Nicole Krauss

A HISTÓRIA
DO AMOR

Nicole Krauss
A HISTÓRIA DO AMOR

Romance

Tradução de
Pedro Serras Pereira

Publicações Dom Quixote
Edifício Arcis
Rua Ivone Silva, n.º 6 – 2.º
1050-124 Lisboa · Portugal

Reservados todos os direitos
de acordo com a legislação em vigor

© 2005, Nicole Krauss
© 2006, Publicações Dom Quixote

Ilustrações © Sam Messner, 2005

Título original *The History of Love*

Capa Atelier Henrique Cayatte

Este livro foi composto em Rongel,
fonte tipográfica desenhada por Mário Feliciano

Revisão Susana Baeta

1.ª edição Outubro de 2006
Depósito legal n.º 249 474/06
Paginação Segundo Capítulo
Impressão e acabamento Manuel Barbosa & Filhos, Lda.

ISBN 972-20-2993-2

Para os meus avós,
que me ensinaram o oposto de desaparecer

e para o Jonathan, a minha vida

AS ÚLTIMAS PALAVRAS NA TERRA

QUANDO escreverem o meu obituário. Amanhã. Ou no dia a seguir. Ler-se-á, LEO GURSKY SUCUMBE A APARTAMENTO CHEIO DE TRAMPA. Surpreende-me ainda não ter morrido soterrado. A casa não é grande. Só a muito custo consigo manter o caminho livre da cama à casa de banho, da casa de banho à mesa da cozinha, da mesa da cozinha à porta de entrada. Se quiser ir da casa de banho à porta de entrada, é impossível, tenho de passar pela mesa da cozinha. Gosto de imaginar a cama como a base principal de um campo de basebol, com a primeira base na casa de banho, a segunda na mesa da cozinha, e a terceira na porta de entrada: se por acaso alguém tocar à campainha enquanto eu estou na cama, tenho de dar a volta pela casa de banho e pela cozinha a fim de chegar à porta. Se por acaso for Bruno, deixo-o entrar sem uma palavra e volto para a cama em passo de corrida, com o burburinho do público invisível a ressoar-me nos ouvidos.

Costumo cismar quem será a última pessoa a ver-me vivo. Se tivesse de apostar, apostaria no rapaz das entregas do restaurante chinês. Mando vir comida quatro noites por semana. Sempre que ele chega faço uma grande fita para achar o porta-moedas. Ele fica à porta com o saco gordurento na mão enquanto eu me interrogo se será nessa noite que eu vou acabar o meu crepe chinês, saltar para a cama e ter um ataque cardíaco durante o sono.

Faço grande questão de ser visto. Às vezes, quando saio à rua, vou comprar um sumo mesmo sem ter sede. Se a loja estiver cheia de gente chego ao ponto de deixar cair o troco no meio do chão, com as moedas a resvalar em todas as direcções. Ponho-me então de joelhos. Tenho de fazer um esforço tremendo para me pôr de joelhos e um esforço ainda maior para me levantar. E no entanto. Talvez faça figura de palerma. Entro na Athlete's Foot e digo, *O que é que têm de sapatilhas?* O empregado olha para mim como pobre diabo que sou e mostra-me o par de Rockports que todos trazem calçados. E eu digo, *Nã, já tenho uns desses.* Dirijo-me então à secção da Reebok, escolho uma coisa que tão-pouco se assemelha a um sapato, umas botas à prova de água, por exemplo, e peço o tamanho 43. O rapaz olha para mim outra vez, com mais atenção. Encara-me de modo firme e severo. *Número 43,* repito eu agarrando num botim. Quando ele volta já eu estou a descalçar as meias. Enrolo as pernas das calças para cima e fico a mirar essas coisas decrépitas que são os meus pés até se tornar claro, ao fim de um minuto de embaraço, que estou à espera que ele trate de mos enfiar dentro das botas. Nunca compro nada. Só não quero é morrer num dia sem ser visto.

Há alguns meses vi um anúncio num jornal que dizia, PRECISA-SE: MODELO NU PARA AULA DE DESENHO. 15$/HORA. Parecia bom demais para ser verdade. Ter tanto para ser visto. Por tanta gente. Marquei o número. Uma voz de mulher disse-me para vir na quinta-feira seguinte. Tentei descrever-me, mas ela não estava interessada. *Qualquer coisa serve,* disse ela.

Os dias passaram lentamente. Falei nisso a Bruno, mas ele percebeu mal e pensou que eu me ia matricular numa aula de desenho para poder ver raparigas nuas. Não quis ser corrigido.

Mostram as maminhas?, perguntou ele. Eu encolhi os ombros. *E cá em baixo e tudo?*

Depois de Mrs. Freid do quarto andar ter morrido, e de ter demorado três dias até que alguém a descobrisse, Bruno e eu adquirimos o hábito de nos vigiarmos um ao outro. Inventávamos pequenas desculpas – acabou-se-me o papel higiénico, dizia eu quando Bruno me abria a porta. Passava-se um dia até eu ouvir bater à porta. Perdi a minha *TV Guia*, explicava ele, e eu ia procurar-lhe a minha, embora soubesse perfeitamente que a dele estava exactamente no mesmo sítio de sempre, em cima do sofá. Uma vez veio cá abaixo num domingo à tarde. *Preciso de uma chávena de farinha*, disse ele. Era desajeitado, mas não consegui deixar de dizer, *Mas tu não sabes cozinhar.* Seguiu-se um momento de silêncio. Bruno olhou-me nos olhos. *Sabes lá*, disse ele, *estou a fazer um bolo.*

Quando vim para a América não conhecia praticamente ninguém, apenas um primo que era serralheiro. Fosse ele sapateiro e ter-me-ia tornado sapateiro; fosse ele carregador de trampa e também eu carregaria trampa. Mas era um serralheiro. Ensinou-me o ofício, e foi nisso que me tornei. Tínhamos um pequeno negócio juntos, até que um ano ele apanhou tuberculose, tiveram de lhe cortar o fígado, ficou com 42 graus de febre e morreu, ficando eu à frente do negócio. Passei a enviar metade dos lucros à mulher, mesmo depois de ela se ter voltado a casar com um médico e mudado para Bay Side. Fiquei no negócio durante mais de cinquenta anos. Não é exactamente aquilo que eu sonhava vir a fazer. E no entanto. A verdade é que fui começando a gostar do trabalho. Ajudava as pessoas que ficavam trancadas à porta de casa a entrar, outros, ajudava-os a manter lá fora aquilo que não podia entrar, para que pudessem dormir sem pesadelos.

Até que um dia estava a olhar pela janela. Talvez estivesse a contemplar o céu. Qualquer palerma pode ser um Espinoza diante de uma janela. A tarde ia passando, a escuridão ia-se abatendo sobre as coisas. Tentei alcançar o interruptor do candeeiro e de repente foi como se um elefante me tivesse pisado o coração. Caí de joelhos. Pensei: não vivi para sempre. Passou-se um minuto. Outro. E mais outro. Finquei-me no chão, arrastando-me em direcção ao telefone.

Vinte e cinco por cento do músculo do meu coração morreu. Levei bastante tempo a recuperar e nunca mais voltei a trabalhar. Passou-se um ano. Sentia o tempo a passar por sua própria conta. Ficava a olhar pela janela. Via o Outono tornar-se Inverno. O Inverno tornar-se Primavera. Havia dias em que Bruno vinha cá abaixo sentar-se ao meu lado. Conhecemo-nos desde miúdos; fomos para a escola juntos. Era um dos meus melhores amigos, de lentes grossas, uma cabeleira ruiva que detestava, e uma voz que quebrava quando se emocionava. Nem sequer sabia que ele ainda era vivo até ao dia em que ouvi a sua voz ao caminhar pela Broadway Oriental. Voltei-me para trás. Estava de costas para mim, ao balcão de uma mercearia a perguntar o preço de uma fruta qualquer. Pensei cá para mim: estás a ouvir coisas, és cá um sonhador, pode lá ser – o teu amigo de infância? Estaquei petrificado no passeio. Ele está ali, disse eu. Tu estás nos Estados Unidos da América, ali está o McDonald's, faz um esforço. Esperei só para não restarem dúvidas. Não o teria reconhecido pela cara. Mas. A forma de andar era inequívoca. Estava prestes a passar por mim, estendi o braço. Não sabia o que estava a fazer, talvez estivesse a ver coisas, mas agarrei-o pela manga do casaco. *Bruno*, disse eu. Ele parou e voltou-se. Primeiro pareceu assustado, depois confuso. *Bruno*. Olhou para mim, e os olhos encheram-se-lhe de lágrimas. Agarrei-lhe a outra mão, tinha agora uma manga e uma mão. *Bruno*. Começou a tremer. Tocou-me a face com a mão. Estávamos no meio do passeio, as pessoas precipitavam-se por nós a correr, era um dia quente de Junho. O seu cabelo era fino e branco. Deixou cair a fruta. *Bruno.*

Alguns anos mais tarde a mulher dele morreu. Era demais para ele, ter de viver no apartamento sem ela, era recordações dela por todo o lado, por isso, quando o apartamento por cima de mim ficou vago, mudou-se para o meu prédio. Costumamos passar muito tempo sentados na minha mesa da cozinha. Às vezes, passam-se tardes inteiras sem que nenhum de nós diga uma palavra. Quando falamos, nunca falamos em *yiddish*. As palavras da nossa infância tornaram-se estranhas para nós – não as poderíamos usar da mesma maneira pelo que decidimos não as usar de todo. A vida exigiu uma linguagem nova.

Bruno, o meu velho e fiel amigo. Não cheguei a descrevê-lo suficientemente. Bastará dizer que é indescritível? Não. É melhor tentar e falhar do que não tentar coisa nenhuma. O teu cabelo branco achatado esvoaçando levemente sobre o teu escalpe como um dente-de-leão já meio descabelado. Muitas vezes, Bruno, me senti tentado a soprar-te na cabeça e pedir um desejo. Só um derradeiro resquício de decoro me impede de o fazer. Ou talvez deva começar pela tua estatura, que é muito reduzida. Mesmo nos teus melhores dias mal me dás pelo peito. Ou deverei começar pelos óculos que desencantaste de um caixote qualquer e que reclamaste como teus, umas coisas redondas e enormes que te ampliam os olhos de tal forma que pareces ver tudo a 4,5 na escala de Richter? São óculos de mulher, Bruno! Nunca tive coragem para to dizer. Já tentei muitas vezes. E mais uma coisa. Quando éramos miúdos o grande escritor eras tu. Era demasiado orgulhoso para to dizer na altura. Mas. Sabia-o. Acredita quando te digo, sabia-o então como sei hoje. Dói-me pensar que nunca to disse, e imaginar tudo o que podias ter sido. Perdoa--me, Bruno. Meu velho amigo. Meu melhor amigo. Não te fiz justiça. Fizeste-me tanta companhia no final da minha vida.

Tu, especialmente tu, que podias ter encontrado as palavras para tudo.

Uma vez, já há muito tempo, encontrei Bruno estendido no meio do chão da sala de estar junto a um frasco de comprimidos vazio. Tinha-se fartado. Já só queria era dormir para sempre. Colado com fita-cola sobre o peito tinha um bilhete com três palavras: *ADEUS, MEUS AMORES*. Desatei aos gritos. *NÃO, BRUNO, NÃO, NÃO, NÃO, NÃO, NÃO, NÃO, NÃO!* Esbofeteí-o. Os seus olhos entreabriram-se-lhe, bruxuleantes. O seu olhar era vazio e inane. *ACORDA, SEU CABEÇA DE ABÓBORA!*, gritei. *OUVE O QUE EU TE ESTOU A DIZER: TENS DE ACORDAR!* Os seus olhos voltaram a piscar e fecharam-se. Liguei para o 911. Enchi uma taça de água fria e atirei-lha para cima. Encostei-lhe o ouvido ao peito. Lá ao fundo, um vago restolho. Chegou a ambulância. No hospital, lavaram-lhe o estômago. *Para que é que tomou esses comprimidos todos?* perguntou o médico. *POR QUE É QUE VOCÊ ACHA QUE EU TOMEI ESSES COMPRIMIDOS TODOS?*, guinchou ele. O silêncio abateu-se sobre a sala; ficou toda a gente a olhar. Bruno grunhiu e voltou-se para a parede. Nessa noite fui ajudá-lo a adormecer. *Bruno*, disse eu. *Lamento*, disse ele. *Que egoísta.* Suspirei e voltei-me para me ir embora. *Fica comigo!* gritou ele.

Depois disso, nunca mais voltámos a tocar no assunto. Tal como nunca falávamos das nossas infâncias, dos sonhos que partilháramos e que perderamos, de tudo o que aconteceu e não chegou a acontecer. Uma vez estávamos os dois a comer em silêncio. Subitamente, um de nós começou a rir. Foi contagiante. Não havia nada que justificasse a risota, mas começámos a rir e daí a pouco, sem que soubéssemos porquê, estávamos os dois agarrados à barriga, e a uivar, a *uivar* de riso, com as lágrimas a escorrerem-nos pelas faces. Surgiu-me então uma mancha húmida na braguilha, o que nos fez rir ainda com mais força, comigo a bater na mesa e a tentar recuperar o fôlego, e a pensar: talvez seja assim que eu vou partir, num assomo de riso, que poderia haver de melhor, rir e chorar, rir e cantar, rir como para não me esquecer que estou sozinho, que é o fim da minha vida, que a morte me espera do outro lado da porta.

    Quando era miúdo queria escrever. Era a única coisa que queria fazer da minha vida. Inventei pessoas imaginárias e enchi cadernos e cadernos com as suas histórias. Escrevi acerca de um rapaz que tinha ficado tão peludo ao crescer que havia caçadores atrás dele por causa do pêlo. Tinha de se esconder nas árvores, e apaixonou-se por um pássaro que pensava que ele era um gorila de cento e cinquenta quilos. Escrevi acerca de dois gémeos siameses, um dos quais estava apaixonado por mim. Pensava que as cenas de sexo eram totalmente originais. E no entanto. Já mais velho, decidi que queria ser um escritor a sério. Tentei escrever sobre coisas reais. Queria descrever o mundo, porque viver num mundo por descrever era uma solidão tremenda. Escrevi três livros antes de fazer vinte e um anos, sabe Deus o que lhes aconteceu. O primeiro era sobre Slonim, a cidade onde eu vivia e que ficava ora na Rússia ora na Polónia. Fiz um mapa da cidade para o frontispício, assinalando as casas e as lojas, ali estava Kipnis, o homem do talho, Grodzenski, o alfaiate, e ali vivia Fishl Shapiro, que era ou um grande *tzaddik* ou um grande idiota, ninguém sabia ao certo, e ali a praça e o campo onde nós brincávamos, e ali era onde o rio se tornava largo e ali estreito, e ali começava a floresta, e ali estava a árvore de onde Beyla Asch se enforcou, e ali isto e ali aquilo. E no entanto. Quando o mostrei à única pessoa em Slonim cuja opinião me interessava, ela limitou-se a encolher os ombros e a dizer que gostava mais quando eu inventava as coisas. Por isso escrevi um segundo livro, onde inventei tudo. Enchi-o de homens a quem cresciam asas, e de árvores com as raízes viradas para o céu, pessoas que se esqueciam dos seus próprios nomes e pessoas que não se esqueciam de nada; até inventei palavras. Quando acabei, fui a correr a casa dela. Precipitei-me porta adentro, escadas acima, e entreguei-o à única pessoa em Slonim cuja opinião me interessava. Encostei-me à parede e fiquei a olhar para a cara dela enquanto lia. A sua expressão enegreceu, mas continuou a ler. Passaram-se horas. Deslizei até ao chão. Ela lia e lia. Quando terminou olhou para cima. Permaneceu calada durante muito tempo. Depois disse que talvez fosse melhor eu não inventar *tudo*, porque assim tornava-se difícil acreditar no que quer que fosse.

Qualquer outra pessoa teria desistido. Eu recomecei tudo de novo. Desta vez não escrevi sobre coisas reais nem sobre coisas imaginárias. Escrevi acerca da única coisa que sabia. As páginas iam-se amontoando. Mesmo depois de a única pessoa cuja opinião me interessava ter embarcado para a América, continuei a encher páginas e páginas com o seu nome.

Depois de ela partir, tudo se desmoronou. Nenhum judeu estava a salvo. Corriam rumores de coisas inimagináveis, e como não se podiam imaginar, nós não acreditávamos nelas, até não termos outro remédio e já ser tarde demais. Eu estava a trabalhar em Minsk, mas perdi o meu emprego e fui para casa em Slonim. Os alemães avançavam para leste. Estavam cada vez mais perto. Na manhã em que ouvimos os seus tanques aproximarem-se, a minha mãe mandou-me esconder-me no bosque. Quis levar o meu irmão mais novo, que só tinha treze anos, mas ela disse que ficava ela com ele. Por que é que eu lhe dei ouvidos? Por ser mais fácil? Larguei a correr para a floresta. Fiquei imóvel no chão. Os cães ladravam ao longe. Passaram-se horas. Depois os tiros. Tantos tiros. Por qualquer motivo, as pessoas não gritavam. Ou talvez fosse eu que não conseguia ouvir os gritos. Depois, apenas silêncio. Tinha o corpo entorpecido, lembro-me de sentir o sabor do sangue na boca. Não sei quanto tempo passou. Dias. Nunca mais voltei. Quando me voltei a levantar, tinha derramado a única parte de mim que alguma vez pensou vir a encontrar palavras para as coisas da vida, mesmo as mais insignificantes.

E no entanto.

Alguns meses depois do meu ataque cardíaco, cinquenta e sete anos depois de ter desistido, recomecei a escrever outra vez. Fi-lo apenas para mim mesmo, para mais ninguém, e a diferença estava aí. Não me interessava se iria encontrar as palavras ou não, e mais do que isso, sabia que era impossível encontrar as palavras certas. E como aceitei que aquilo que outrora acreditara ser possível era na verdade impossível, e por saber que jamais mostraria uma palavra a quem quer que fosse, escrevi uma frase.

Era uma vez um rapaz.

Ali ficou, olhando-me fixamente durante dias e dias numa folha que de outro modo continuaria em branco. Na semana seguinte acrescentei outra. Passado pouco tempo tinha uma página inteira. Aquilo fazia-me feliz, como falar em voz alta com os meus botões, algo que continuo a fazer de vez em quando.

Uma vez disse ao Bruno, *Adivinha lá, quantas páginas é que achas que eu tenho?*

Não faço ideia, disse ele.

Escreve um número, disse eu, *e enfia-o debaixo da mesa*. Ele encolheu os ombros e tirou uma caneta do bolso. Ficou a pensar durante um minuto ou dois, estudando o meu rosto. Só um palpite, disse eu. Ele corcovou-se sobre o guardanapo, escrevinhou um número, e entregou-mo. Eu escrevi o número real, que era 301, no meu guardanapo. Empurrámos os guardanapos para cima da mesa. Eu apanhei o de Bruno. Por razões que me escapam, ele tinha escrito 200 000. Pegou no meu guardanapo e virou-o. Caiu de queixos.

Por vezes acreditava que a última página do meu livro e a última página da minha vida eram uma e a mesma coisa, que quando o meu livro acabasse, também eu acabaria, que uma grande revoada de vento entraria pelas minhas salas, levando as folhas, e que uma vez varridas todas essas folhas brancas esvoaçantes, a sala ficaria em silêncio, e a minha cadeira, vazia.

Todas as manhãs, escrevia um pouco mais. Trezentas e uma páginas, não se pode dizer que não seja nada. De quando em vez, quando acabava, ia ao cinema. É sempre um grande acontecimento para mim. Talvez compre pipocas e – se houver alguém por perto que possa ver – as entorne no chão. Gosto de me sentar na primeira fila, gosto que o ecrã preencha todo o meu campo de visão para que não haja nada que me possa distrair daquele momento. E depois quero que o momento dure para sempre. Não vos posso dizer como fico feliz de estar ali a ver filmes, em ponto grande. Diria *maior do que a vida*, mas nunca entendi bem essa expressão. O que é que pode ser maior do que a vida? Sentarmo-nos na fila da frente e olharmos para a cara de uma jovem maravilhosa com dois andares de altura e sentirmos as vibrações da sua voz a massajar--nos as pernas é recordarmos a dimensão da vida. Por isso sento-me na fila da frente. Se sair da sala com uma cãibra no pescoço e uma erecção passageira é porque o lugar era bom. Não sou um homem ordinário. Sou um homem que quis ser tão grande como a vida.

Sei de cor algumas passagens do meu livro.

De cor vem de coração, por isso não é uma expressão que eu use de ânimo leve.

O meu coração é fraco e não é de fiar. Quando tiver de ir será do coração. Tento onerá-lo o menos possível. Se houver alguma coisa que possa exercer um grande impacto sobre mim, tento dirigi-lo para outro ponto do organismo. Os intestinos, por exemplo, ou os pulmões, que poderão retrair-se por instantes, mas que nunca me deixaram ficar mal. Quando passo por um espelho e apanho um vislumbre de mim mesmo, quando estou na paragem do autocarro e oiço alguns miúdos atrás de mim a dizer, *Quem é que se borrou?* – enfim, as pequenas humilhações quotidianas, amparo-as geralmente no fígado. Mas há outros males que recebo noutros pontos do corpo. Reservo o pâncreas para amparar tudo o que vou perdendo. É verdade que é tanta coisa, e o órgão é tão pequeno. Mas. É surpreendente a sua capacidade de encaixe, a única coisa que sinto é uma dor breve e aguda e pronto, já passou. Às vezes imagino a minha própria autópsia. Desilusão comigo mesmo: rim direito. Desilusão com os outros em mim: rim esquerdo. Fracassos pessoais: tripa. Não pensem que eu fiz disto uma ciência exacta. Não é uma coisa assim tão elaborada. Limito-me a aguentar, venha de onde vier. Simplesmente, verifico a existência de certos padrões. Quando os relógios estão adiantados e a noite cai sem que eu esteja à espera, isso, por razões que me escapam, é algo que eu sinto nos pulsos. E quando acordo com os dedos presos, é quase certo ter estado a sonhar com a minha infância. O campo onde costumávamos brincar, o campo de todas as descobertas e onde tudo era possível. (Corríamos com tanta força que pensávamos que iríamos cuspir sangue: para mim é esse o som da infância, respiração pesada e sapatos esgravatando a terra seca.) A rigidez dos dedos é o sonho da infância tal como me foi devolvido no final da vida. Tenho de os pôr debaixo da torneira de água quente, com o espelho a embaciar-se de vapor, e o rumorejar dos pombos lá fora. Ontem vi um homem a pontapear um cão e senti-o por trás dos olhos. Não sei o que chamar a isto, aquilo que precede as lágrimas. A dor do esquecimento: espinha. A dor de recordar: espinha. Ainda hoje, sempre que me dou conta de que os meus pais estão mortos, surpreendo-me, transtornado pelo facto de existir neste mundo, ao passo que quem me concebeu deixou de existir: joelhos, só para os dobrar, preciso de meio tubo de Ben-Gay e de todo um conjunto de preparativos. Para cada coisa a sua estação, para cada vez que acordo e caio no erro de pensar que tenho alguém a dormir ao meu lado: uma hemorróida. Solidão: não há órgão nenhum que aguente tudo sozinho.

Todas as manhãs, mais um pouco.

Era uma vez um rapaz. Vivia numa aldeia que já não existe, numa casa que já não existe, na orla de um campo que já não existe, lugar de todas as descobertas e onde tudo era possível. Um pau podia ser uma espada. Uma pedra podia ser um diamante. Uma árvore um castelo.

Era uma vez um rapaz que vivia numa casa do outro lado do campo onde vivia uma rapariga que já não existe. Inventavam mil jogos. Ela era a Rainha e ele o Rei. Na luz do Outono, o cabelo dela brilhava como uma coroa. Bebiam o mundo em pequenas mãos-cheias. Quando o céu escurecia, apartavam-se com folhas nos cabelos.

Era uma vez um rapaz que amava uma rapariga, e o riso dela era uma pergunta que ele queria passar a vida inteira a responder. Quando tinham dez anos ele pediu-a em casamento. Quando tinham onze anos beijaram-se pela primeira vez. Quando tinham treze anos envolveram-se numa discussão e durante três semanas deixaram de se falar. Quando tinham quinze anos ela mostrou-lhe a cicatriz que tinha no peito. O seu amor era um segredo que não contaram a ninguém. Ele prometeu-lhe que jamais amaria outra mulher até morrer. *E se eu morrer?*, perguntou ela. *Mesmo assim*, disse ele. Quando ela fez dezasseis anos, ele ofereceu-lhe um dicionário de inglês e aprenderam as palavras juntos. O que é isto, passando-lhe o indicador sobre o tornozelo, e ela ia ver. *E isto?* perguntava ele, beijando-lhe o cotovelo. «Elbow!» *Que diabo de palavra é esta?*, e depois lambia-lho, fazendo-a rir. *Então e isto?*, perguntava ele, tocando-lhe a pele macia por trás da orelha. *Não sei*, dizia ela, desligando a lanterna e rebolando, com um suspiro, de barriga para o ar. Quando tinham dezassete anos fizeram amor pela primeira vez, numa cama de palha num palheiro. Mais tarde – quando aconteceram as coisas que eles nunca poderiam ter imaginado – ela escreveu-lhe uma carta que dizia: *Quando é que vais aprender que não existem umas palavras para tudo?*

Era uma vez um rapaz que amava uma rapariga cujo pai era suficientemente esperto para meter ao bolso todos os zlótis que podia para enviar a sua filha mais nova para a América. A princípio ela recusou-se a ir, mas o rapaz também era suficientemente esperto para insistir, jurando a Deus que arranjaria maneira de ganhar algum dinheiro para ir ter com ela. Por isso ela foi. Ele arranjou um emprego na cidade mais próxima, trabalhando como contínuo num hospital. À noite ficava acordado a escrever o seu livro. Enviou-lhe uma carta onde transcrevera onze capítulos numa letra minúscula. Nem sequer tinha a certeza de que o correio chegasse ao destino. Poupava todo o dinheiro que podia. Um dia foi despedido. Ninguém lhe explicou porquê. Voltou para casa. No Verão de 1941, o *Einsatzgruppen* avançou mais para leste, matando centenas de milhar de judeus. Entraram em Slonim num dia claro e quente de Julho. A essa hora, estava o rapaz deitado na floresta a pensar na rapariga. Poderá dizer-se que foi o seu amor por ela que o salvou. Nos anos que se seguiram, o rapaz tornou-se um homem que se tornou invisível. Desta forma, escapou à morte.

Era uma vez um homem que se tornara invisível que chegou à América. Passara três anos e meio escondido, em árvores, sobretudo, mas também em fendas, celeiros e buracos. Depois acabou. Chegaram os tanques russos. Durante seis meses viveu num Campo de Pessoas Deslocadas. Entrou em contacto com um primo que era serralheiro na América. Na sua cabeça, ensaiou vezes sem conta as únicas palavras que sabia dizer em inglês. *Joelho. Cotovelo. Orelha.* Por fim, os seus papéis lá chegaram. Apanhou um comboio para o barco, e passada uma semana desembarcou no porto de Nova Iorque. Um dia fresco de Novembro. Dobrada na palma da mão trazia a morada da rapariga.

Nessa noite ficou acordado no chão do quarto do primo. O radiador silvava e reboava, mas ele estava grato pelo calor. De manhã, o primo explicou-lhe três vezes como apanhar o metro para Brooklyn. Ele comprou um ramo de rosas, mas elas murcharam, pois apesar de o primo lhe ter explicado o caminho três vezes, o rapaz perdeu-se na mesma. Por fim lá deu com o sítio. Só quando o seu dedo estava a tocar à campainha lhe passou pela cabeça que talvez devesse ter telefonado primeiro. Ela veio à porta. Trazia um lenço azul sobre o cabelo. Ouvia-se o relato de um jogo de futebol através da parede do vizinho.

Era uma vez uma mulher que tinha sido uma rapariga e tinha vindo de barco para a América e passava os dias a vomitar, não por enjoo de mar mas porque estava grávida. Quando descobriu, escreveu ao rapaz. Esperou por uma carta dele todos os dias, mas não teve notícias nenhumas. Foi ficando com a barriga cada vez maior. Tentou disfarçá-la para não perder o emprego na fábrica de vestuário onde trabalhava. Algumas semanas antes do bebé nascer, ouviu dizer que andavam a matar judeus na Polónia. *Onde?*, perguntou ela, mas ninguém sabia onde. Deixou de ir trabalhar. Não conseguia levantar-se da cama. Passada uma semana, o filho do seu patrão veio vê-la. Trouxe-lhe comida, e pôs-lhe um ramo de flores num vaso à sua cabeceira. Quando descobriu que ela estava grávida, mandou chamar uma parteira. Nasceu um bebé. Um dia a rapariga sentou-se na cama e viu o filho do seu patrão a embalar o bebé à luz do Sol. Alguns meses depois, consentiu em casar com ele. Dois anos mais tarde, teve outro filho.

O homem que se tornara invisível ficou sentado na sala dela a ouvir tudo isto. Tinha vinte e cinco anos. Tinha mudado muito desde a última vez que a tinha visto e agora parte dele queria rir uma gargalhada, uma gargalhada fria e crua. Ela deu-lhe uma fotografia do rapaz, que tinha agora cinco anos. Tinha a mão a tremer. Disse-lhe assim: *Deixaste de escrever. Julguei que tinhas morrido*. Ele olhou para a fotografia do menino que viria a parecer-se com ele, e que, embora o homem ainda não o soubesse, iria para a faculdade, apaixonar-se-ia, desapaixonar-se-ia, e tornar-se-ia um escritor famoso. *Como é que se chama?*, perguntou ele. Ela respondeu: *chamei-lhe Isaac*. Permaneceram um bom bocado em silêncio enquanto ele olhava para a fotografia. Por fim, lá conseguiu dizer duas palavras: *Vem comigo*, disse ele, estendendo a mão. Ouviam-se as crianças a gritar na rua mais abaixo. Ela cerrou os olhos. As lágrimas escorreram-lhe pelas faces. Olhou para ela três vezes. Ela abanou a cabeça. *Não posso*, disse ela. Ele olhou para o chão. *Por favor*, disse ela. E ele fez a coisa mais difícil que alguma vez fizera na vida: pegou no chapéu e foi-se embora.

E se o homem que outrora fora um rapaz que prometera nunca mais se apaixonar por ninguém até morrer foi fiel à sua promessa, não foi por teimosia nem mesmo por lealdade. Era mais forte do que ele. E depois de passar três anos e meio escondido, esconder o seu amor por um filho que nem sequer sabia existir não lhe parecia propriamente impensável. Já que era isso que a única mulher que ele amava precisava que ele fizesse. Afinal, qual a importância de esconder mais uma coisa para um homem que já desapareceu por completo?

NA VÉSPERA do dia em que estava previsto posar para a aula de desenho estava excitado e nervoso. Desabotoei a camisa e tirei-a. Depois desapertei o cinto das calças e tirei-as também. Depois, a camisola interior. As cuecas. Fiquei diante do espelho do *hall* de entrada só em peúgas. Ouvia os gritos das crianças no parque infantil do outro lado da rua. Tinha o fio do candeeiro mesmo por cima de mim, mas não o quis acender. Fiquei a olhar-me ao espelho com a pouca luz que restava. Nunca me achei particularmente bonito.

Em criança a minha mãe e as minhas tias costumavam dizer-me que eu me *haveria de tornar* um homem muito bonito quando crescesse. Para mim, era então claro que não seria propriamente um regalo para os olhos, mas acreditava que poderia vir a ser bafejado por alguma dose de beleza no futuro. Não sei muito bem o que eu esperava: que as minhas orelhas, que eram espetadas para fora num ângulo pouco dignificante, acabariam por retroceder, ou que a minha cabeça acabaria por crescer de modo a acomodá-las? Que o meu cabelo, cuja textura não deixava de apresentar algumas semelhanças com uma escova de roupa, acabaria por se desencrespar e reluzir com o tempo? Que a minha cara, tão pouco promissora – pálpebras pesadas como as de um sapo, lábios a atirar para o fino – acabaria de algum modo por transformar-se em algo menos deplorável? Durante anos acordava de manhã e olhava-me ao espelho, sempre esperançoso. Mesmo quando já era demasiado velho para manter a esperança, continuei a tê-la. Fui envelhecendo e não houve quaisquer melhorias. Pior do que isso, quando entrei na adolescência as coisas descambaram e perdi aquela aura agradável e enternecedora que envolve todas as crianças. No ano do meu *Bar Mitzvah* fui acometido por uma praga de acne que me acompanhou durante quatro anos. Mas continuei a ter esperança. Assim que o acne passou, a minha linha capilar começou a recuar, como se quisesse demarcar-se do embaraço no meu rosto. As minhas orelhas, animadas com a nova atenção de que gozavam, pareciam lutar por um lugar na ribalta. As minhas pálpebras caíram a meia haste – alguma tensão muscular tinha de ceder para compensar a luta das minhas orelhas – e as minhas sobrancelhas pareciam ter vida própria, logrando, por um período fugaz, tornar-se aquilo que era legítimo esperar que viessem a ser, para logo depois ultrapassarem essas expectativas e se aproximarem de um Neandertal. Durante anos continuei à espera de que as coisas viessem a evoluir de maneira diferente, mas quando me olhava ao espelho nunca me tomei por nada que não fosse aquilo que tinha à minha frente. Com o tempo fui pensando cada vez menos nisso. Depois quase nada. E no entanto. É possível que uma pequena parte de mim nunca tenha abandonado a esperança – que ainda hoje haja momentos em que me vejo ao espelho, o meu *pischer* encarquilhado na mão, e acredito que a minha beleza ainda está para vir.

Na manhã da aula, 19 de Setembro, acordei numa grande excitação. Vesti-me e comi a minha barra matinal de Metamucil, depois fui à casa de banho e antecipei a espera. Meia hora, e nada, mas o meu optimismo não esmoreceu. Depois lá consegui meia dúzia de bolinhas. Cheio de esperança, esperei mais um bocado. Não é impossível que eu venha a morrer sentado na retrete, com as calças enroladas nos tornozelos. Afinal, passo lá tanto tempo, o que levanta, aliás, outra questão, a saber: quem será a primeira pessoa a encontrar-me morto?

Tomei um banho de esponja e vesti-me. O dia arrastou-se. Depois de esperar o máximo tempo possível, apanhei um autocarro para o outro lado da cidade. Trazia o anúncio do jornal dobrado no bolso e levei algum tempo a ver a morada, embora já a soubesse de cor. Levei algum tempo a descobrir o edifício certo. Primeiro pensei que devia haver algum engano. Passei pelo prédio três vezes até me convencer de que tinha de ser ali. Era um velho armazém. A porta de entrada era ferrugenta e estava presa com um caixote que a mantinha aberta. Por momentos cheguei a imaginar que tinha sido aliciado para ir até ali para ser roubado e assassinado. Imaginei o meu corpo estendido no chão numa poça de sangue.

O céu escurecera e estava a começar a chover. Foi com satisfação que senti o vento e as gotas de água no rosto. Pensei que não tinha muito mais tempo para viver. Ali fiquei, incapaz de avançar, incapaz de retroceder. Por fim, ouvi risos vindos lá de dentro. Vês, estás a ser ridículo, pensei eu. Estendi o braço para a maçaneta da porta no preciso momento em que esta se abriu de repente. Lá de dentro saiu uma rapariga com uma camisola que lhe ficava demasiado grande. Arregaçou as mangas. Os seus braços eram finos e pálidos. *Precisa de ajuda?*, perguntou ela. Tinha a camisola cheia de buraquinhos. Por baixo trazia uma saia. Tinha as pernas nuas apesar do frio. *Estou à procura de uma aula de desenho. Vi um anúncio no jornal, se calhar enganei-me na morada* – remexi o bolso do casaco à procura do anúncio. Ela apontou para o andar de cima. *Segundo andar, primeira sala à direita. Mas só começa daqui a uma hora.* Olhei para o edifício. Disse-lhe, *Tive medo de me perder por isso vim mais cedo.* Ela estava a tremer. Eu tirei a gabardina. *Tome lá, vista isto. Vai-se constipar.* Ela encolheu os ombros, mas não se mexeu para pegar no casaco. Eu ofereci-lho de braço estendido até se tornar claro que não o iria aceitar.

Não havia mais nada a dizer. Havia degraus, por isso resolvi subi-los. O meu coração batia. Ainda pensei em voltar para trás: passar pela rapariga, descer a rua escalavrada e atravessar a cidade até minha casa onde havia tanta coisa para fazer. Que espécie de imbecil era eu, para pensar que os alunos não se iriam todos embora quando eu despisse a camisa e deixasse cair as calças e ficasse nu à sua frente? Para pensar que eles ficariam a observar as minhas pernas varicosas, o meu *knedelach* peludo e descaído, e imagine-se – começar a fazer esboços? E no entanto. Não voltei para trás. Agarrei o corrimão e subi as escadas. Ouvia a chuva a bater na clarabóia, que filtrava uma luz suja. Ao cimo das escadas havia um corredor. À esquerda ficava uma sala onde estava um homem a pintar uma tela enorme. A sala à direita estava vazia. Havia um bloco coberto com um pano preto aveludado, e um conjunto de cadeiras e cavaletes caoticamente dispostos à sua volta. Eu entrei e sentei-me à espera.

Ao fim de meia hora, as pessoas começaram a afluir despreocupadamente. Uma mulher perguntou-me quem eu era. *Estou aqui por causa do anúncio*, disse-lhe eu. Telefonei e falei com uma pessoa. Para meu alívio, pareceu entender. Mostrou-me o vestiário improvisado, um canto onde tinha sido pendurada uma cortina provisória. Eu já lá estava dentro e ela puxou a cortina à minha volta. Ouvi os seus passos afastarem-se, e continuei especado. Passado um minuto descalcei os sapatos. Arrumei-os muito bem arrumados. Tirei as meias e pu-las dentro dos sapatos. Desabotoei a camisa e despi-a; ali estava um cabide, por isso pendurei-a. Ouvi cadeiras a serem arrastadas e depois risos. De repente já não me importava nada que me vissem. Tinha vontade de pegar nos meus sapatos e sair porta fora, descer as escadas e desaparecer dali. E no entanto. Desapertei as calças. Depois ocorreu-me o seguinte: o que é que «nu» queria dizer ao certo? Pretenderiam mesmo sem roupa interior? Reflecti. E se estivessem à espera de roupa interior e eu aparecesse com os meus ditos cujos a dar a dar? Procurei o anúncio no bolso das calças. MODELO NU, dizia. Não sejas palerma, disse eu a mim mesmo. Eles não são amadores. Tinha as cuecas nos joelhos quando voltei a ouvir os passos da mulher. *Está tudo bem aí dentro?* Alguém abriu uma janela e ouviu-se um carro a varrer através da chuva. *Tudo bem, tudo bem. Vou já sair.* Olhei para baixo. Vi uma pequena mancha. Os meus intestinos. Nunca deixam de me atormentar. Descalcei-me das minhas cuecas e amarrotei-as numa bola.

Pensei: afinal, talvez tenha vindo aqui para morrer. Não era verdade que eu nunca tinha visto o armazém antes? Talvez eles fossem aquilo a que se chama anjos. A rapariga lá fora, claro, como é que eu podia não ter reparado logo, tão pálida que ela era. Fiquei sem me mexer. Estava a começar a ficar com frio.

Pensei: com que então é assim que a morte nos leva. Nus num armazém abandonado. Amanhã Bruno iria descer as escadas e bater à minha porta e ninguém lha viria abrir. Perdoa-me, Bruno. Gostaria de ter podido dizer adeus. Desculpa ter-te decepcionado com tão poucas páginas. Depois pensei: o meu livro. Quem o encontrará? Seria mandado para o lixo, juntamente com o resto das minhas coisas? Embora pensasse estar a escrevê-lo só para mim, a verdade é que queria que alguém o pudesse ler.

Fechei os olhos e respirei fundo. Quem lavaria o meu corpo? Quem recitaria o *Kaddish*? Pensei: as mãos da minha mãe. Puxei a cortina. Tinha o coração na boca. Dei um passo em frente. Semicerrando os olhos contra a luz, detive-me diante deles.

Nunca fui um homem muito ambicioso.

Chorava com demasiada facilidade.

Não tinha cabeça para as ciências.

Faltavam-me muitas vezes as palavras.

Enquanto os outros rezavam eu apenas mexia os lábios.

Por favor.

A mulher que me indicara o sítio para me despir apontou para a caixa envolta em veludo.

Ponha-se aqui.

Eu atravessei a sala. Seriam talvez uns doze alunos, sentados nas cadeiras com os seus blocos de desenho na mão. A menina da camisola larga estava lá.

Como se sentir mais confortável.

Não sabia em que direcção olhar. Eles formavam um círculo, alguém teria de ficar de caras com o meu traseiro, por mais voltas que eu desse. Decidi deixar-me ficar como estava. Deixei os meus braços caídos sobre as ancas e concentrei-me num ponto no chão. Eles pegaram nos lápis.

Não aconteceu nada. Em vez disso senti o tecido de pelúcia na planta dos pés, os pêlos dos braços arrepiados, os meus dedos

como pequenos pesos pendentes. Senti o meu corpo despertar sob doze pares de olhos. Ergui a cabeça.
Tente não se mexer, disse a mulher.
Fiquei a olhar para uma fenda no tecto de cimento. Conseguia ouvir os lápis a correr sobre as folhas. Queria sorrir. O meu corpo começava já a revoltar-se, os joelhos começavam a tremer e sentia os músculos das costas em esforço. Mas não me importava. Ficava ali o dia todo, se fosse preciso. Passaram-se quinze, vinte minutos. Até que a mulher disse: *Vamos fazer uma pequena pausa e já voltamos para uma pose diferente.*
Eu sentei-me. Levantei-me outra vez. Rodei 180 graus para que aqueles que não tinham apanhado o meu traseiro ficassem agora de caras com ele. Folhear de cadernos. E assim continuou, não sei por quanto tempo. Cheguei a pensar que ia desfalecer. Passei por vários ciclos de dormência. Vieram-me lágrimas de dor aos olhos.
Sem saber como, dei por mim novamente vestido. Não consegui encontrar as minhas cuecas e estava demasiado cansado para procurar. Consegui descer as escadas, agarrado ao corrimão. A mulher veio atrás de mim, e disse, *Espere, esqueceu-se dos quinze dólares.* Eu aceitei-os, e quando ia a metê-los no bolso senti o chumaço das cuecas. *Obrigado.* O agradecimento era sincero. Estava exausto. Mas feliz.
Quero dizer isto algures: tentei ser generoso. E no entanto. Houve alturas da minha vida, anos inteiros, em que a raiva levou a melhor sobre mim. A fealdade virou-me do avesso. Havia uma certa satisfação na amargura. Cortejei-a. Vi-a à minha porta e convidei-a a entrar. Estava zangado com o mundo. E o mundo comigo. Estávamos presos num esgar de repugnância mútua. Costumava deixar as portas bater na cara das pessoas. Bufava-me sempre que tinha vontade de me bufar. Acusava os caixas das lojas de me ficarem com o troco, mesmo que tivesse o troco na

mão. Até que percebi que estava quase a tornar-me naquele tipo de pessoas que envenenam os pombos. As pessoas atravessavam a rua para me evitar. Era um cancro humano. E para ser sincero, já não estava zangado com ninguém. Há muito tempo que a raiva me abandonara. Tinha-a deixado esquecida num banco de jardim. E no entanto. Já era assim há tanto tempo, não conhecia mais nenhuma maneira de estar na vida. Um dia acordei e disse a mim mesmo: *não é demasiado tarde.* Os primeiros dias foram estranhos. Tive de treinar o meu sorriso em frente ao espelho. Mas recuperei-o. Foi como se me tivessem tirado um peso de cima. Deixei-me ir, e alguma coisa me deixou ir também. Alguns meses mais tarde, encontrei Bruno.

Quando cheguei a casa vindo da aula de desenho, tinha um bilhete de Bruno na porta. Dizia: ONDE ESTÁS TU? Estava demasiado cansado para subir as escadas e falar com ele. Estava escuro dentro de casa pelo que puxei o fio do candeeiro do corredor. Vi-me ao espelho. O meu cabelo, ou o que restava dele, estava arrepanhado atrás como a crista de uma onda. Tinha a cara engelhada como uma coisa que tivesse sido abandonada à chuva.

Caí na cama com a roupa que trazia menos as cuecas. Já passava da meia-noite quando o telefone tocou. Acordei de um sonho em que estava a ensinar o meu irmão Josef a urinar em arco. Às vezes tenho pesadelos. Mas não era este o caso. Estávamos os dois na floresta, o frio mordia-nos os traseiros. O vapor elevava-se do meio da neve. Josef voltou-se para mim, sorrindo. Um menino maravilhoso, loiro de olhos cinzentos. Cinzentos como o mar num dia encoberto, ou como o elefante que eu vi na praça da cidade quando tinha a idade dele. Claro como água, ali, na luz poeirenta da manhã. Mais tarde, ninguém se lembrava de o ter visto, e como era impossível entender como é que um elefante poderia chegar a Slonim, ninguém acreditava em mim. Mas eu vi-o.

Ouviu-se soar uma sirene à distância. No preciso momento em que o meu irmão ia a abrir a boca para falar, o sonho foi interrompido e eu acordei na escuridão do meu quarto, a chuva a baquetear na janela. O telefone continuou a tocar. Bruno, sem dúvida. Tê-lo-ia ignorado não fora o receio de que ele chamasse a polícia. Por que não batia no radiador com a bengala como costumamos fazer sempre? Três toques significa ESTÁS VIVO?, dois significa SIM, e um, NÃO. Só fazemos isso à noite, durante o dia há demasiados barulhos diferentes, e de qualquer maneira, não é infalível pois Bruno costuma adormecer de auscultadores nos ouvidos.

Desembaracei-me dos lençóis e fui a cambalear para o telefone, batendo em cheio na perna da mesa. *ESTÁ?*, vociferei eu, mas a linha caiu. Desliguei, fui até à cozinha, e tirei um copo do armário. A água gorgolejou nos canos e irrompeu num jacto. Bebi um bocado e lembrei-me da minha planta. Há quase dez anos que a tenho. É mais castanha do que verde. Há partes que murcharam. Mas continua viva, pendendo sempre para a esquerda. Mesmo quando a rodo por forma a voltar a parte de trás contra o sol, ela teima em inclinar-se para a esquerda, sacrificando a necessidade física por um acto de criatividade. Despejei o resto da água no vaso. Que significa *florescer*, ao fim e ao cabo?

Momentos depois, o telefone voltou a tocar. *OK, OK*, disse eu, pegando no auscultador. *Não é preciso acordar o prédio todo.* Silêncio do outro lado da linha. *Bruno?*, disse eu.

É o senhor Leopold Gursky?

Presumi que fosse alguém a tentar vender alguma coisa. Passam a vida a tentar vender-me coisas por telefone. Uma vez disseram-me que se eu enviasse um cheque de 99 dólares estaria habilitado a um cartão de crédito, e eu respondi, *Pois, pois, claro, e se passar por baixo de um pombo fico habilitado a um monte de caca.*

Mas o homem dizia que não estava ali para vender nada a ninguém. Tinha ficado trancado fora de casa e tinha ligado para as informações à procura de um serralheiro. Eu disse-lhe que já estava reformado. O homem fez uma pausa. Parecia não conseguir acreditar no seu azar. Já tinha telefonado a três outras pessoas e ninguém atendia. *Está a chover torrencialmente*, disse ele.

Não pode ir ficar a casa de alguém? De manhã vai ser mais fácil descobrir um serralheiro. Se há coisa que não falta por aí são serralheiros.

Não, disse ele.

Tudo bem, quer dizer, se for pedir de mais... começou ele, e fez uma pausa, esperando que eu dissesse alguma coisa. Eu não disse nada. *Muito bem, sendo assim...* Conseguia sentir-lhe o desapontamento na voz. *Desculpe tê-lo incomodado.*

Mas nem ele nem eu desligámos o telefone. Eu estava extremamente culpabilizado. Pensei então: precisarei assim tanto de dormir? Tenho muito tempo para isso. Amanhã. E depois.

OK, OK, disse eu, mesmo não querendo dizê-lo. Teria de desencantar as minhas ferramentas. Era como procurar uma agulha num palheiro ou um judeu na Polónia. *Espere só um minuto, se fizer favor – vou buscar uma caneta.*

Ele deu-me a morada que ficava na zona nova da cidade. Só depois de desligar é que lembrei que podia ter de esperar uma eternidade até passar um autocarro àquela hora. Tinha um cartão do Goldstar Car Service, não é que eu costume usá-lo, mas nunca se sabe. Mandei vir um carro e comecei a revolver o armário do corredor à procura da minha caixa de ferramentas. Em vez disso, descobri a caixa dos meus óculos antigos. Sabe Deus onde os fui arranjar. Provavelmente à venda no meio da rua com um serviço de porcelana desirmanado e uma boneca sem cabeça. De tempos a tempos experimento um par deles. Uma vez cozinhei uma omelete com um par de óculos para ler de senhora. Ficou uma omelete gigantesca, metia medo só de olhar para ela.

Remexi a caixa e pesquei um par. Eram quadrados e cor de pele, com umas lentes com mais de um centímetro de espessura. Pu-los na cara. O chão caiu-me debaixo dos pés, e quando tentei dar um passo balançou para baixo e para cima. Cambaleei em direcção ao espelho do corredor. Num esforço para me focalizar, tentei fazer um *zoom*, mas calculei mal a distância e embati estrondosamente contra o espelho. A campainha tocou. Quando estamos com as calças em baixo é quando toda a gente aparece. *Só um minuto, vou já descer*, gritei eu ao intercomunicador. Quando tirei os óculos, a caixa das ferramentas estava mesmo debaixo do meu nariz. Passei a mão pela tampa já gasta. Depois apanhei a minha gabardina do chão, alisei o cabelo ao espelho, e saí. O bilhete de Bruno continuava colado à porta. Amarrotei-o dentro do bolso.

Tinha uma limusina preta à minha espera na rua, a chuva a cair no feixe dos faróis. Afora isso, havia apenas alguns carros estacionados ao longo do passeio. Estive prestes a voltar para dentro do prédio, mas o motorista da limusina baixou o vidro e chamou por mim. Trazia um turbante roxo na cabeça. Eu dirigi-me até à janela. *Deve haver um mal-entendido*, disse eu. *Eu mandei vir um carro.*

OK, disse ele.

Mas isto é uma limusina, observei.

OK, repetiu ele, fazendo-me sinal para entrar.

Não posso pagar mais por isso.

O turbante moveu-se. *Entre antes que fique ensopado.*

Agachei-me lá para dentro. Tinha os assentos forrados em pele, com duas garrafas de cristal no tabuleiro lateral. Era maior do que imaginara. A música suave e exótica que vinha da parte da frente e a cadência lenta dos limpa-pára-brisas mal chegavam até mim. O motorista apontou o focinho do carro para a rua e mergulhámos noite dentro. As luzes dos carros desaguavam nos charcos. Abri uma das garrafas de cristal, mas esta estava vazia.

Havia um pequeno frasco de rebuçados de hortelã-pimenta e eu enchi os bolsos. Quando olhei para baixo vi que tinha a braguilha aberta.

Endireitei-me e clareei a garganta.

Senhores e senhoras, vou fazer os possíveis para ser breve, foram todos tão pacientes. A verdade é que estou chocado, a sério, estou a beliscar-me a mim mesmo. Uma honra que só poderia imaginar em sonhos, o Prémio de Realização de Vida Goldstar, estou praticamente sem palavras... Terá sido mesmo? E no entanto. Sim. Tudo indica que sim. Uma vida inteira.

Avançámos através da cidade. Já tinha percorrido todos aqueles bairros, o meu ofício levava-me a todo o lado. Até em Brooklyn me conheciam, ia a toda a parte. Abrir fechaduras aos Hasids, aos *shvartzers*. Às vezes até caminhava por gosto, podia passar um domingo inteiro sempre a andar. Uma vez, há alguns anos, dei por mim diante do Jardim Botânico e entrei para ir ver as cerejeiras. Comprei um pacote de Cracker Jacks, e fiquei a ver os peixes-dourados gordos e pachorrentos a nadar no lago. Havia uma noiva a tirar fotografias debaixo de uma árvore, as flores brancas davam a sensação de que uma tempestade de neve se abatera especialmente sobre ela. Encaminhei-me para a estufa tropical. Era como entrar noutro mundo, húmido e quente, como se a respiração de pessoas a fazer amor tivesse sido aprisionada lá dentro. Com o dedo, escrevi o meu nome no copo.

A limusina parou. Pus a cabeça de fora da janela. *Qual delas?* O motorista apontou para uma vivenda. Era fabulosa, com degraus até à porta e folhas esculpidas em pedra. *Dezassete dólares*, disse o motorista. Eu levei a mão ao bolso à procura da carteira. Nada. Outro bolso. O bilhete de Bruno, as minhas cuecas dessa manhã, mas carteira, nada. Bolsos do casaco, não, não. Devo ter-me esquecido dela em casa com a pressa. Lembrei-me então dos meus emolumentos da aula de desenho. Vasculhei no meio dos rebuçados de mentol, do bilhete, das cuecas, e lá desencantei o dinheiro. *Desculpe*, disse eu. *Que vergonha. Só tenho quinze dólares comigo.* Tenho de admitir que me custou separar-me daquelas notas, não que o trabalho fosse particularmente árduo, mas por se tratar de algo diferente, mais doce-amargo. Mas após um pequeno impasse o turbante mexeu-se e o dinheiro foi aceite.

O homem estava especado à entrada. Claro que não estava à espera de me ver chegar numa limusina, de onde eu saíra qual Senhor Serralheiro das Estrelas. Estava envergonhadíssimo, quis explicar, *Acredite, nunca quis ser nada mais que os outros.* Mas continuava a chover intensamente, e eu pensei que ele precisava mais dos meus serviços do que de qualquer explicação sobre o meio de transporte que ali me trouxera. Tinha o cabelo acapachado pela chuva. Agradeceu-me três vezes por ter vindo. *Não tem importância*, disse eu. E no entanto. Sabia que estivera quase para não vir.

Era uma fechadura manhosa. O homem estava de pé por cima de mim, segurando a minha lanterna. A chuva gotejava-me pela nuca. Pude sentir tudo quanto dependia do facto de eu conseguir destrancar aquela fechadura. Os minutos iam passando. Tentei e falhei. Tentei e voltei a falhar. Até que por fim o meu coração começou a bater apressado. Rodei a maçaneta e a porta abriu-se.

Ficámos os dois ensopados no corredor. Ele descalçou os sapatos, por isso eu também tirei os meus. Voltou a agradecer-me, e foi trocar de roupa e chamar um táxi. Eu tentei protestar, dizendo que podia apanhar um autocarro ou mandar parar um táxi, mas ele nem me quis ouvir, com uma chuvada daquelas? Deixou-me na sala de estar. Eu cirandei até à sala de jantar, e daí vislumbrei uma sala cheia de livros. Nunca tinha visto tantos livros juntos a não ser numa biblioteca. Entrei lá dentro.

Também eu gosto de ler. Uma vez por mês vou à biblioteca do bairro. Escolho um livro para mim e um livro gravado em cassete para Bruno por causa das suas cataratas. A princípio mostrou-se relutante. *E agora o que é que eu faço com isto?*, dizia ele, olhando para a caixa de *Anna Karenina* como se eu lhe tivesse dado um clister para a mão. E no entanto. Um ou dois dias depois, andava eu na minha vida quando ouvi uma voz reboar no andar de cima, TODAS AS FAMÍLIAS FELIZES SE PARECEM. Ia tendo um ataque de nervos. Depois disso passou a ouvir tudo o que eu lhe trazia no máximo volume, devolvendo-me tudo sem qualquer comentário. Uma tarde vim da biblioteca com o *Ulisses*. Na manhã seguinte estava eu na casa de banho quando as palavras, POMPOSO, ROLIÇO, BLACK MULLIGAN, ressoaram no andar de cima. Ouviu-o durante um mês inteiro. Tinha o hábito de parar e rebobinar a cassete sempre que lhe escapava alguma coisa. INELUTÁVEL MODALIDADE DO VISÍVEL: PELO MENOS ISSO. Pausa, volta atrás. INELUTÁVEL MODALIDADE DO. Pausa, volta atrás. INELUTÁVEL MODALIDADE. PAUSA. INELUT. Quando se aproximou a data de devolução, quis renovar a requisição. Por essa altura já eu estava pelos cabelos com as suas pausas e recomeços, por isso fui ao Wiz e arranjei-lhe um *walkman* Sony Sportsman, e agora anda sempre com ele atrás enfiado no cinto. Tanto quanto me é dado entender, parece-me que do que ele gosta é de ouvir o sotaque irlandês.

Entretive-me a espreitar as prateleiras do homem. Por força do hábito, pus-me a ver se havia alguma coisa do meu filho Isaac. Havia, sim senhor. E não apenas um livro, mas quatro. Percorri as lombadas com os dedos. Detive-me no *Casas de Vidro* e retirei-o da prateleira. Um belíssimo livro. Pequenas histórias. Já as li sei lá quantas vezes. Há uma – a história do título, que é a minha preferida. Não é que eu não goste delas todas. Mas esta é imbatível. Imbatível, não, incomparável. É curta, mas choro sempre que a leio. É acerca de um anjo que vive em Ludlow Street. Não muito longe de mim, logo ali em Delancey. Vive lá há tanto tempo que já não se lembra por que é que Deus o pôs na terra. Todas as noites o anjo fala com Deus, e todos os dias aguarda uma palavra Sua. Para passar o tempo, caminha pela cidade. Ao princípio costuma deslumbrar-se com tudo e mais alguma coisa. Começa a fazer uma colecção de pedras. Estuda matemática avançada. E no entanto. A cada dia que passa sente-se um pouco menos deslumbrado com a beleza do mundo. À noite o anjo fica acordado a ouvir os passos da viúva que vive por cima dele, e todas as manhãs se cruza nas escadas com um velhote, Mr. Grossmark, que passa os dias a arrastar-se para baixo e para cima das escadas, murmurando, *Quem está aí?* Tanto quanto lhe é dado entender, são as únicas palavras que ele diz, tirando uma vez em que, sem que nada o fizesse prever, se voltou para o anjo ao passar por ele nas escadas e disse, *Quem sou eu?*, o que deixou o anjo tão perplexo – ele que nunca diz nada a ninguém e com quem ninguém fala – que nem sequer foi capaz de lhe dizer: *Tu és o Grossmark, o ser humano.* Quanto mais tristezas vê, mais o seu coração começa a voltar-se para Deus. Começa a deambular pelas ruas durante a noite, parando para ouvir qualquer pessoa que precise de falar. As coisas que ele ouve – é demais. Não consegue entender. Quando pergunta a Deus por que foi que Ele o fez tão inútil, a voz do anjo vacila tentando reter lágrimas de revolta. Por fim, deixa de falar com Deus de todo em todo. Uma noite encontra um homem debaixo de uma ponte. Dividem uma garrafa de vodka que o homem trazia num saco castanho. E como o anjo se encontrava embriagado, sozinho e zangado com Deus, e como, mesmo sem o saber, sentia a necessidade, comum entre os humanos, de confiar em alguém, conta ao homem a verdade: que é um anjo. O homem não acredita nele mas o anjo insiste. O homem pede-lhe que lho prove, pelo que o anjo levanta a camisa, apesar do frio, e mostra-lhe o círculo perfeito que tem no peito, que é a marca dos anjos. Mas isto não diz nada ao homem, que não nada sabe acerca das marcas dos anjos, pelo que diz, *Mostra-me alguma coisa que Deus pudesse fazer*, e o anjo, ingénuo como todos os anjos, aponta para o homem. E como o homem pensa que o anjo está a mentir, dá-lhe um murro no estômago, fazendo-o cambalear para trás e cair nas águas escuras do rio. Onde acaba por morrer, pois uma das características dos anjos é não saberem nadar.

Sozinho naquela sala cheia de livros, segurei o livro do meu filho nas mãos. Estávamos a meio da noite. Mais de meio. Pensei: pobre Bruno. A esta hora já deve estar a telefonar para a morgue a saber se receberam algum idoso com um cartão na carteira a dizer: CHAMO-ME LEO GURSKY NÃO TENHO FAMÍLIA POR FAVOR LIGUE PARA O CEMITÉRIO DE PINELAWN TENHO LÁ UM TALHÃO NA PARTE JUDAICA OBRIGADO PELA SUA CONSIDERAÇÃO.

Virei o livro do meu filho ao contrário para olhar para a fotografia dele. Conhecemo-nos uma vez. Conhecemos, não, mas estivemos cara a cara. Foi numa conferência na 92nd Street Y. Comprei bilhetes com quatro meses de antecedência. Muitas vezes imaginei o nosso encontro. Eu como seu pai, ele como meu filho. E no entanto. Sabia que nunca iria acontecer, pelo menos como eu queria. Já aceitara que o máximo a que podia aspirar era a um lugar na assistência. Mas durante a conferência alguma coisa se apoderou de mim. No fim, dei por mim no meio de uma fila, as mãos a tremer enquanto apertava a dele para lhe dar um pedaço de papel em que tinha escrito o meu nome. Ele olhou-o de relance e copiou-o para um livro. Tentei dizer alguma coisa, mas não me saiu nada. Ele sorriu e agradeceu-me. E no entanto. Nem me mexi. *Mais alguma coisa?*, perguntou ele. Eu deixei cair os braços. A mulher atrás de mim lançou-me um olhar impaciente e empurrou-me para o cumprimentar. Eu gesticulei como um palerma. Que podia ele fazer? Assinou o livro da mulher. Foi desagradável para todos. As minhas mãos continuaram a mexer-se sozinhas. A fila teve de avançar à minha volta. Ocasionalmente, olhava para mim, desconcertado. Uma vez, sorriu-me como se estivesse a sorrir para um imbecil. Mas as minhas mãos debatiam-se para lhe dizer tudo. Pelo menos tanto quanto lhes foi possível até um segurança me agarrar firmemente pelo braço e me acompanhar até à saída.

Era Inverno. A neve caía em grandes flocos brancos sob os candeeiros. Fiquei à espera que o meu filho saísse, mas ele não apareceu. Talvez houvesse uma porta das traseiras, não sei. Apanhei o autocarro para casa. Caminhei pela minha rua coberta de neve. Voltei-me para trás e verifiquei as minhas pegadas, como costumava fazer. Quando cheguei ao meu prédio procurei o meu nome na campainha. E como sei que de vez em quando vejo coisas que mais ninguém vê, depois de jantar telefonei para as informações para perguntar se o meu nome vinha na lista. Nessa noite, antes de me deitar, abri o livro, que tinha posto na mesa de cabeceira. *PARA LEON GURSKY*, escrevera ele.

Continuava a segurar o livro quando o homem cuja porta eu destrancara apareceu por trás de mim. *Conhece?*, perguntou ele. Eu deixei cair o livro e este caiu com um baque aos meus pés, com a cara do meu filho no chão a olhar para mim. Não sabia o que me estava a acontecer. Tentei explicar. *Sou pai dele*, disse eu. Ou talvez tenha dito: *É meu filho*. Seja o que for que eu tenha dito, fiz-me entender porque o homem parecia chocado. Olhou para mim muito espantado e depois ficou com um ar de quem não acreditava em mim. O que não me pareceu mal, pois quem é que eu julgava que era, afinal, para aparecer numa limusina, abrir uma fechadura, e arvorar-me progenitor de um escritor famoso?

Subitamente senti-me cansado, cansado como já não me sentia há anos. Agachei-me, apanhei o livro, e voltei a arrumá-lo na prateleira. O homem continuou a olhar para mim, mas foi então que o carro buzinou lá fora, o que foi uma sorte pois já estava farto de ser observado nesse dia. *Bem*, disse eu, encaminhando-me para a porta de entrada, *É melhor ir andando.* O homem puxou da carteira, sacou de uma nota de cem dólares, e entregou-ma. *Seu filho?*, indagou. Eu pus o dinheiro no bolso e estendi-lhe um rebuçado de mentol de cortesia. Enfiei os pés nos meus sapatos encharcados. *Não exactamente meu filho*, disse eu. E como não sabia bem o que dizer, disse: *Mais propriamente meu sobrinho.* Isto pareceu deixá-lo bastante confuso, mas por via das dúvidas, ajuntei: *Não propriamente meu sobrinho.* Ele franziu o sobrolho. Peguei na minha caixa das ferramentas e saí para a chuva. Ele ainda tentou agradecer-me por ter vindo, mas eu já ia a meio das escadas. Entrei no carro. Ele continuava à porta, olhando cá para fora. Para provar que era mesmo chanfrado, fiz-lhe um aceno teatral.

Eram três da manhã quando cheguei a casa. Trepei para cima da cama. Estava exausto. Mas não conseguia dormir. Deitei-me de barriga para o ar, a ouvir a chuva a cair e a pensar no meu livro. Nunca lhe tinha dado um título, mas para que é que um livro precisa de um título se não se destina a ser lido por mais ninguém?

Levantei-me da cama e fui até à cozinha. Tenho o meu manuscrito guardado numa caixa dentro do forno. Tirei-o para fora, pu-lo na mesa da cozinha, e introduzi uma folha na máquina de escrever. Fiquei muito tempo a olhar para a folha em branco. Com dois dedos escolhi um título:

A História do Amor

RIR E CHORAR

Estudei-o durante alguns minutos. Não estava certo. Acrescentei outra palavra.

RIR E CHORAR E ESCREVER

Nicole Krauss

Depois outra:

A História do Amor

RIR E CHORAR E ESCREVER E ESPERAR

Amarrotei a folha e atirei-a para o chão. Pus a chaleira de água a ferver. Um pombo chilreou no parapeito da janela. Sacudiu as penas, saltitou de um lado para o outro, e levantou voo. Livre como um pássaro, por assim dizer. Pus mais uma folha na máquina e escrevi:

PALAVRAS PARA TUDO

Antes que pudesse mudar de ideias outra vez, desenrolei-a, coloquei-a em cima do maço, e fechei a tampa da caixa. Descobri um bocado de papel pardo e embrulhei-a. Na parte da frente, escrevi o nome e a morada do meu filho, que sei de cor.

Esperei que acontecesse alguma coisa, mas não aconteceu nada. Não se levantou tempestade nenhuma. Não tive nenhum ataque de coração. Não apareceu nenhum anjo à minha porta.

Eram cinco da manhã. Faltavam horas para abrir o posto dos correios. Para passar o tempo, puxei o projector de *slides* de baixo do sofá. É algo que costumo fazer em ocasiões especiais, no dia do meu aniversário, por exemplo. Monto o projector em cima de uma caixa de sapatos, ligo-o à corrente, e carrego no botão. Um feixe de luz poeirenta ilumina a parede. O *slide*, guardo-o num frasco na prateleira da cozinha. Limpo-lhe o pó com uma assopradela, coloco-o na ranhura, e faço-o avançar. A fotografia surge em evidência. Uma casa com uma porta amarela à beira de um campo. Finais de Outono. Entre os ramos negros vê-se um céu alaranjado, depois azul-escuro. O fumo da lenha a arder eleva-se da chaminé, e eu quase consigo ver a minha mãe a curvar-se sobre a mesa. Corro em direcção à casa. Sinto o vento frio nas bochechas. Estendo a mão. E como tenho a cabeça cheia de sonhos, por momentos convenço-me de que posso abrir a porta e entrar lá dentro.

Lá fora, estava quase a amanhecer. Diante dos meus olhos, a casa da minha infância desfez-se em coisa nenhuma. Desliguei o projector, comi uma barra de Metamucil, e fui à casa de banho. Depois de fazer o que tinha a fazer, tomei um banho de esponja e revolvi o guarda-fatos à procura do meu fato. Encontrei as galochas de que andara à procura, bem como um rádio velho. Por fim, amarrotado no chão, o fato, um fato branco de Verão, sofrível se se ignorasse a nódoa acastanhada na lapela. Vesti-me. Cuspi na palma das mãos e submeti o meu cabelo pela força.

Sentei-me completamente vestido com a embalagem de papel pardo sobre o colo. Confirmei e voltei a confirmar a morada. Às 8,45 vesti a gabardina e enfiei a embalagem debaixo do braço. Olhei-me uma última vez ao espelho. Depois saí porta fora e mergulhei no ar fresco da manhã.

A TRISTEZA DA MINHA MÃE

1. CHAMO-ME ALMA SINGER

Quando eu nasci a minha mãe baptizou-me em honra de todas as personagens femininas de um livro que o meu pai lhe ofereceu chamado *A História do Amor*. Ao meu irmão, chamou Emanuel Chaim em memória do historiador Emanuel Ringelblum, que enterrou diversas latas de leite cheias de testemunhos do Gueto de Varsóvia, bem como do violoncelista judeu Emanuel Feuermann, que foi um dos melhores prodígios musicais do século XX, e também do genial escritor judeu Isaac Emmanuilovitch Babel, assim como do seu tio Chaim, que era um brincalhão, um verdadeiro jogral, que fazia toda a gente rir até às lágrimas, e que foi morto pelos nazis. Mas o meu irmão não respondia pelo nome. Quando as pessoas lhe perguntavam como se chamava, ele inventava uma coisa qualquer. Passou por uns quinze ou vinte nomes. Durante um mês referiu-se a si mesmo na terceira pessoa como Mr. Fruit. No dia em que fez seis anos mandou um salto em corrida da janela de um segundo andar para tentar voar. Partiu um braço e ficou com uma cicatriz na testa para toda a vida, mas a partir daí toda a gente passou a chamar-lhe Bird.

2. O QUE EU NÃO SOU

O meu irmão e eu costumávamos jogar um jogo. Eu apontava para a cadeira e dizia, «ISTO NÃO É UMA CADEIRA.» «ISTO NÃO É UMA MESA.» «ISTO NÃO É UMA PAREDE», dizia eu. «AQUILO NÃO É O TECTO.» E por aí fora. «NÃO ESTÁ A CHOVER LÁ FORA.» «O MEU SAPATO NÃO ESTÁ DESAPERTADO!», gritava Bird. Eu apontava para o cotovelo. «ISTO NÃO É UM ARRANHÃO!» «AQUILO NÃO É UMA CHALEIRA!» «NÃO É UMA CHÁVENA!» «NÃO É UMA COLHER!» «NÃO É LOIÇA SUJA!» Negávamos salas inteiras, anos, estados do tempo. Uma vez, no auge da nossa gritaria, Bird respirou fundo. Em plenos pulmões, guinchou: «EU! NÃO FUI! INFELIZ! TODA A MINHA VIDA!» «Mas tu ainda só tens sete anos», disse eu.

3. O MEU IRMÃO ACREDITA EM DEUS

Quando tinha nove anos e meio, encontrou um pequeno livro vermelho chamado *Livro dos Pensamentos Judaicos* com uma dedicatória ao nosso pai, David Singer, por ocasião do seu *Bar Mitzvah*. Nele, os pensamentos judaicos encontram-se reunidos em subtítulos como «Cada israelita tem a honra de todo o seu povo nas suas mãos», «Sob os Romanoffs», e «Imortalidade». Pouco depois de o encontrar, Bird começou a usar um *kippah* de veludo preto onde quer que fosse, sem se importar com o facto de não lhe assentar nada bem e de se lhe enfolar nas costas, dando-lhe um ar bastante apalermado. Também tinha o hábito de seguir Mr. Goldstein, o contínuo da Escola Hebraica que resmungava em três línguas diferentes, e cujas mãos deixavam mais lixo para trás do que limpavam. Dizia-se que Mr. Goldstein dormia apenas uma hora por noite na cave da sinagoga, que estivera num campo de trabalho na Sibéria, que tinha o coração fraco, que um ruído mais forte o poderia matar, que a neve o fazia chorar. Bird sentia-se atraído por ele. Seguia-o por todo o lado depois da escola enquanto Goldstein aspirava as salas de aula, limpava as casas de banho, e apagava as asneiras inscritas no quadro. Era a Mr. Goldstein que cabia retirar de circulação os velhos *siddurs* já descosidos e rasgados, e uma bela tarde, com dois corvos grandes como cães espreitando das árvores, trouxe um carrinho de mão cheio deles pelas traseiras da sinagoga aos tropeções sobre raízes e calhaus, fez uma cova, recitou uma oração, e enterrou-os. «Não se podem atirar simplesmente para o lixo», disse ele a Bird. «Têm o nome de Deus inscrito. Têm de ser enterrados como deve ser.»

Na semana seguinte, Bird começou a escrever as quatro letras hebraicas do nome que ninguém pode pronunciar e que ninguém pode atirar para o lixo nas folhas do trabalho de casa. Alguns dias mais tarde abri o cesto da roupa suja e vi o nome escrito a marcador na etiqueta das suas cuecas. Escreveu-o a giz na nossa porta de entrada, escreveu-o na sua fotografia da escola, na parede da casa de banho, e, antes de lhe passar, gravou-o com o meu canivete suíço o mais alto que conseguiu na árvore em frente de nossa casa.

Talvez fosse por causa disso, ou do seu hábito de pôr o braço sobre a cara e de tirar macacos do nariz como se ninguém percebesse o que ele estava a fazer, ou a forma como por vezes fazia barulhos estranhos como um jogo de vídeo, mas nesse ano os dois amigos que ele tinha deixaram de aparecer para brincar.

Todas as manhãs acorda cedo para rezar lá fora, voltado para Jerusalém. Quando o vejo da janela, arrependo-me de o ter ensinado a decifrar as letras hebraicas quando tinha apenas cinco anos. Fico triste, sabendo que não pode durar.

4. O MEU PAI MORREU QUANDO EU TINHA SETE ANOS

As memórias que tenho são memórias fragmentárias. As orelhas. A pele encarquilhada nos cotovelos. As histórias que ele me costumava contar sobre a sua infância em Israel. Como costumava sentar-se na sua cadeira preferida a ouvir música, e como gostava de cantar. Falava comigo em hebraico, e eu chamava-lhe *Abba*. Esqueci quase tudo, mas às vezes as palavras acodem-me novamente ao espírito, *kum-kum, shemesh, chol, yam, etz, neshika, motek*, os seus significados esbatidos como as faces das moedas antigas. A minha mãe, que é inglesa, tinha-o conhecido no tempo em que trabalhara num *kibutz* não muito longe de Ashdod, no Verão antes de ir para Oxford. Ele era dez anos mais velho do que ela. Tinha estado no exército, e depois viajara pela América do Sul. Depois voltou à escola e tornou-se engenheiro. Gostava de acampar ao ar livre, e trazia sempre um saco-cama e dois garrafões de água no porta-bagagens, e conseguia atear uma fogueira com uma lasca de pedra, se fosse preciso. Ia buscar a minha mãe às sextas-feiras à noite enquanto os outros membros do *kibutz* se encontravam estendidos nas suas mantas sob um ecrã gigante no meio da relva, afagando os seus cães e a fumar marijuana. Pegava nela e levava-a para o mar Morto onde flutuavam os dois de modo estranho.

5. O MAR MORTO É O LUGAR MAIS BAIXO DA TERRA

6. NÃO HAVIA DUAS PESSOAS MENOS PARECIDAS DO QUE O MEU PAI E A MINHA MÃE

Quando o corpo da minha mãe ficava castanho e o meu pai dava uma gargalhada e dizia que ela estava cada vez mais parecida com ele, era uma piada, pois enquanto ele tinha um metro e noventa de altura, olhos verdes e cabelo preto, a minha mãe é pálida, e tão pequena que mesmo agora, aos quarenta e um anos, se a víssemos do outro lado da rua facilmente a tomaríamos por uma miúda. Bird é pequeno e bonito como ela, ao passo que eu sou alta como o meu pai. Para além disso, também tenho cabelos pretos, brechas nos dentes, um ar escanzelado e quinze anos de idade.

7. EXISTE UMA FOTOGRAFIA DA MINHA MÃE QUE NUNCA NINGUÉM VIU

No Outono, a minha mãe voltou para Inglaterra para iniciar a universidade. Trazia os bolsos cheios de areia do sítio mais baixo da terra. Pesava quarenta e sete quilos. Há uma história que ela por vezes conta acerca da viagem de comboio de Paddington Station para Oxford em que conheceu um fotógrafo que era praticamente cego. Usava óculos escuros quase negros, e dizia que tinha danificado as retinas há dez anos numa viagem à Antárctida. Tinha o fato impecavelmente engomado e trazia a máquina sobre o colo. Disse que agora via o mundo de maneira diferente, e que isso não era necessariamente mau. Perguntou se lhe podia tirar uma fotografia. Quando ele ergueu a objectiva e olhou através das lentes, a minha mãe perguntou-lhe o que é que ele via. «A mesma coisa de sempre», disse ele. «O quê?» «Um borrão», disse ele. «Então porquê tirar fotografias?», perguntou ela. «Para o caso de alguma vez recuperar a visão», disse ele. «Para ficar a saber o que é que andei a ver este tempo todo.» No colo da minha mãe vinha um saco de papel com uma sanduíche de iscas de porco que a minha avó lhe tinha feito. Ofereceu-a ao fotógrafo quase cego. «Não tem fome?», perguntou ele. Ela respondeu que sim, mas que nunca tinha dito à mãe que detestava iscas de porco, e que agora já era tarde, depois de tantos anos sem dizer nada. O comboio entrou em Oxford Station, e a minha mãe saiu, deixando um rasto de areia atrás de si. Sei que há uma moral qualquer nesta história, mas não sei bem qual é.

8. A MINHA MÃE É A PESSOA MAIS TEIMOSA QUE EU CONHEÇO

Ao fim de cinco minutos, decidiu que detestava Oxford. Na primeira semana do trimestre, a minha mãe não fez mais nada senão ficar sentada no seu quarto num edifício de pedra tosca, vendo a chuva a cair sobre as vacas de Christ Church Meadow, e a sentir pena de si mesma. Tinha de aquecer água para o chá numa chapa eléctrica. Para falar com o seu tutor, tinha de subir cinquenta e seis degraus e martelar-lhe à porta até ele se levantar da camilha da sala de estudo onde costumava adormecer sob uma pilha de papéis. Escrevia ao meu pai para Israel quase todos os dias num papel de carta francês bastante caro, e quando este se lhe acabava, escrevia em folhas de papel quadriculado arrancadas de um caderno. Numa destas cartas (que eu descobri escondida numa velha lata de chocolates Cadbury's debaixo do sofá no seu escritório), escreveu: *O livro que me deste está aberto em cima da minha secretária, e todos os dias aprendo a lê-lo mais um pouco.* A razão pela qual tinha de aprender a lê-lo era por estar escrito em espanhol. Viu o seu corpo empalidecer novamente no espelho. Na segunda semana do trimestre, comprou uma bicicleta em segunda mão e percorreu Oxford a colar cartazes dizendo: EXPLICADOR DE HEBRAICO, PROCURA-SE, porque tinha jeito para línguas, e ela queria ser capaz de entender o meu pai. Houve meia dúzia de pessoas a responder, mas só uma não recuou quando a minha mãe explicou que não sabia rezar. Era um rapaz borbulhento chamado Nehemia, que vinha de Haifa que também era caloiro e estava tão infeliz como a minha mãe, e que achava – de acordo com uma carta que ela escreveu ao meu pai – que a companhia de uma rapariga era razão suficiente para se encontrar com ela duas vezes por semana em King's Arms cobrando-lhe apenas o preço da sua cerveja. A minha mãe estava igualmente a aprender espanhol a partir de um livro chamado *Aprenda Espanhol Você Mesmo*. Passava imenso tempo na Biblioteca Bodleian a ler centenas de livros e sem fazer amigos nenhuns. Requisitava tantos livros que sempre que o bibliotecário a via aparecer, tentava esconder-se debaixo da secretária. No final do ano, ficou em Primeiro Lugar nos exames e, apesar das objecções dos pais, saiu da universidade e foi viver com o meu pai para Telavive.

9. SEGUIRAM-SE OS DIAS MAIS FELIZES DAS SUAS VIDAS

Viviam numa casa soalheira coberta de buganvílias em Ramat Gan. O meu pai plantou uma oliveira e um limoeiro no jardim, e cavou uma pequena vala à volta de cada um deles para recolher a água. À noite ouviam música americana num rádio de onda curta do meu pai. Quando tinham as janelas abertas, e o vento soprava na direcção certa, conseguiam sentir o cheiro do mar. Acabaram por se casar na praia em Telavive, e na lua-de-mel passaram dois meses a viajar na América do Sul. Quando voltaram, a minha mãe começou a traduzir livros para inglês – primeiro do espanhol, mais tarde do hebraico. Assim se passaram cinco anos, até que o meu pai recebeu uma proposta de trabalho irrecusável numa companhia americana da indústria aeroespacial.

10. MUDARAM-SE PARA NOVA IORQUE E TIVERAM-ME A MIM

Enquanto a minha mãe estava grávida de mim leu três *zilhões* de livros abrangendo um vasto leque de assuntos. Não gostava da América, mas também não detestava lá estar. Dois anos e meio e oito *zilhões* de livros depois, teve o Bird. Depois mudámo-nos para Brooklyn.

11. QUANDO EU TINHA SEIS ANOS FOI DIAGNOSTICADO UM CANCRO DO PÂNCREAS AO MEU PAI

Algures nesse ano a minha mãe e eu íamos as duas no carro. Ela pediu-me para lhe passar a mala. «Não a vejo aqui», disse eu. «Talvez esteja no banco de trás», disse ela. Mas não estava no banco de trás. Ela encostou e revolveu o carro, a mala não estava em lado nenhum. A minha mãe levou as mãos à cabeça e tentou lembrar-se onde é que deixara a mala. Passava a vida a perder coisas. «Um dia destes ainda perco a cabeça», disse ela. Tentei imaginar o que aconteceria se ela perdesse a cabeça. Mas afinal, foi o meu pai que perdeu tudo: peso, cabelo, vários órgãos internos.

12. O MEU PAI GOSTAVA DE COZINHAR, DE RIR E CANTAR, SABIA ATEAR UMA FOGUEIRA COM AS MÃOS, ARRANJAR COISAS AVARIADAS, E EXPLICAR COMO ERAM LANÇADAS COISAS PARA O ESPAÇO, MAS MORREU PASSADOS NOVE MESES

13. O MEU PAI NÃO ERA UM ESCRITOR RUSSO FAMOSO

A princípio, a minha mãe mantinha tudo exactamente como ele deixara. De acordo com Misha Shlovsky, é o que fazem com as casas dos escritores famosos na Rússia. Mas o meu pai não era um escritor famoso. Nem sequer era russo. Até que um dia regressei da escola e todos os vestígios mais evidentes da sua pessoa tinham desaparecido. As suas roupas tinham sido retiradas dos roupeiros, os seus sapatos tinham desaparecido do pé da porta, e a sua velha cadeira estava na rua, junto a uma pilha de sacos do lixo. Eu subi ao meu quarto e fiquei a olhá-la da janela. O vento varria as folhas que revoluteavam ao longo do passeio. Um velhote que ia a passar sentou-se nela. Eu fui lá fora e pesquei a camisola dele do caixote do lixo.

14. NO FIM DO MUNDO

Depois de o meu pai morrer, o tio Julian, o irmão da minha mãe, que é historiador de arte e vive em Londres, enviou-me um canivete do exército suíço que dizia pertencer ao meu pai. Tinha treze lâminas diferentes, um saca-rolhas, uma pequena tesoura, uma pinça e um palito. Na carta que o tio Julian enviou juntamente com ele, dizia que o meu pai lho emprestara uma vez que ele tinha ido acampar para os Pirenéus, e que se esquecera completamente dele até hoje, e que tinha pensado que talvez eu quisesse ficar com ele. *Tens de ter cuidado*, escreveu ele, *porque as lâminas estão afiadas. Foi feito para ajudar uma pessoa a sobreviver no meio do mato. Não é que eu saiba alguma coisa disso pois bastava uma noite de chuva para eu e a tia Frances irmos logo a correr para um hotel encharcados dos pés à cabeça. O teu pai era muito melhor caminheiro do que eu. Uma vez,* no *Negev*, vi-o recolher água com uma lona e um funil. *Para além disso, também sabia o nome de todas as plantas e se eram comestíveis ou não. Bem sei que não é grande consolação, mas se vieres a Londres vou-te ensinar os nomes de todos os restaurantes indianos do Noroeste de Londres e se são comestíveis ou não. Saudades, tio Julian. P.S. Não digas à tua mãe que eu te dei isto, para ela não ficar furiosa nem começar a dizer que tu ainda és muito nova para isso.* Examinei as diversas partes puxando cada uma com a unha do polegar, e testando as lâminas no dedo.

 Decidi que iria aprender a sobreviver no mato como o meu pai. Seria bom aprender para o caso de acontecer alguma coisa à minha mãe, e de eu e Bird ficarmos entregues a nós próprios. Como o tio Julian me pedira segredo, não contei nada à minha mãe sobre a faca, para além disso, se ela mal me deixava atravessar a rua como é que me havia de deixar acampar sozinha na floresta?

15. SEMPRE QUE EU SAÍA PARA BRINCAR, A MINHA MÃE QUERIA SABER EXACTAMENTE ONDE É QUE EU ESTAVA

 Quando eu entrava, ela chamava-me ao seu quarto, tomava-me nos braços, e cobria-me de beijos. Afagava-me o cabelo e dizia, «Gosto tanto de ti», e quando eu espirrava, ela dizia, «Santinho, sabes como eu gosto de ti, não sabes?», e quando eu me levantava para ir buscar um lenço de papel ela dizia, «Deixa estar que eu vou-to buscar, gosto tanto de ti», e quando eu procurava uma caneta para fazer os trabalhos de casa ela dizia, «Usa a minha, tudo por ti», e quando eu tinha uma comichão na perna ela dizia, «É aqui neste sítio, deixa-me dar-te um abraço», e quando eu dizia que ia subir para o meu quarto ela vinha atrás de mim e dizia, «O que é que eu posso fazer por ti, gosto tanto de ti», e eu tinha sempre vontade de dizer, embora nunca o dissesse: não gostes tanto de mim.

16. TUDO É RECONSTRUÍDO COMO RAZÃO

Um dia a minha mãe levantou-se da cama em que estivera deitada durante quase um ano. Parecia a primeira vez que a víamos sem ser no meio dos copos de água que ela ia juntando à volta da cama, e que Bird, com o tédio, tentava por vezes fazer assobiar com o dedo. Fez-nos macarrão com queijo, uma das poucas coisas que sabia cozinhar. Nós fingimos que era a melhor coisa que alguma vez tínhamos comido. Uma bela tarde, chamou-me à parte. «A partir de agora», disse ela, «vou passar a tratar-te como um adulto.» Mas eu só tenho oito anos, quis eu dizer, mas não disse. Recomeçou a trabalhar. Cirandava pela casa num quimono com flores vermelhas impressas, e onde quer que ela fosse deixava um rasto de folhas amarrotadas. Antes de o meu pai morrer, costumava ser mais arrumada. Mas agora, se quiséssemos encontrá-la, a única coisa que era preciso fazer era seguir as páginas de palavras riscadas, e no fim do rasto lá estaria ela, a olhar para a janela ou para um copo de água como se lá estivesse um peixe que só ela podia ver.

17. CENOURAS

Com a minha mesada, comprei um livro chamado *Plantas e Flores Comestíveis da América do Norte*. Aprendi que se podia retirar o amargor das bolotas fervendo-as em água, que as rosas bravas são comestíveis, e que se deve evitar qualquer coisa que tenha um cheiro amendoado, um padrão de crescimento trifoliado, ou uma seiva leitosa. Tentei identificar o maior número de plantas possível em Prospect Park. Como sabia que iria passar-se muito tempo antes de ser capaz de reconhecer todas as plantas, e como havia sempre a possibilidade de eu ter de sobreviver noutro sítio que não na América do Norte, decorei também o Teste Universal de Plantas Comestíveis. É bom saber, visto que algumas plantas venenosas, como a cicuta, podem ser bastante parecidas com certas plantas comestíveis, como as cenouras selvagens e a pastinaga. Para fazer o teste, é preciso, antes de mais, não comer durante oito horas. Depois separa-se a planta nas suas diferentes partes – raiz, folha, caule, botão e flor – e testar uma pequena porção de uma delas na parte interior do pulso. Se não acontecer nada, encosta-se a substância ao interior do lábio durante três minutos, e se nada acontecer depois disso, encosta-se à língua durante quinze minutos. Se não acontecer nada na mesma, pode-se mastigá-la sem engolir, e mantê-la dentro da boca durante quinze minutos, e se nada acontecer depois disso, pode-se engolir e esperar oito horas, e se nada acontecer depois disso, pode-se comer um quarto de uma chávena dela, e se nada acontecer depois disso: é comestível.

Guardava o meu *Plantas e Flores Comestíveis da América do Norte* debaixo da cama numa mochila que também continha o canivete suíço do meu pai, uma lanterna, uma tela de plástico, um compasso, uma caixa de barras de cereais, dois sacos de M&Ms de amendoim, três latas de atum, um abre-latas, pensos rápidos, um *kit* para mordeduras de serpente, uma muda de roupa interior, e um mapa do metro de Nova Iorque. É verdade que também devia ter um pedaço de sílex, mas quando tentei comprar um na loja de ferragens, eles não mo queriam vender, ou por eu ser demasiado nova ou por pensarem que eu era uma pirómana. Numa emergência, pode-se tentar fazer uma faísca com uma faca de mato e um pedaço de jaspe, ágata ou jade, mas eu não sabia onde encontrar nenhuma destas pedras. Em vez disso, levei alguns fósforos do café da 2nd Street e pu-los num saco impermeável com fecho para os proteger da chuva.

    Pelo *Chanukah*, pedi um saco-cama. O que a minha mãe me arranjou era de flanela e tinha corações cor-de-rosa, e teria servido para me manter viva durante cinco segundos sob temperaturas negativas até morrer de hipotermia. Perguntei-lhe se poderíamos devolvê-lo e trocá-lo por um saco de temperaturas negativas extremas. «Onde é que estás a pensar dormir, no Pólo Norte?», perguntou ela. E eu pensei, «Aí ou nos Andes peruanos, onde o meu pai uma vez acampou.» Para mudar de assunto, falei-lhe da cicuta, das cenouras selvagens, e da pastinaga, o que acabou por revelar-se não muito boa ideia porque os olhos dela encheram-se de lágrimas, e quando eu lhe perguntei o que se passava ela disse que não era nada, só que lhe faziam lembrar as cenouras que o pai costumava plantar no jardim em Ramat Gan. Eu queria perguntar-lhe o que era que ele cultivava mais para além de uma oliveira, um limoeiro e cenouras, mas não a quis pôr ainda mais triste do que ela já estava.

    Comecei a tomar notas num caderno chamado *Como Sobreviver no Mato*.

18. A MINHA MÃE NUNCA SE DESAPAIXONOU DO MEU PAI

Manteve o seu amor por ele tão vivo como no Verão em que se conheceram pela primeira vez. Para o conseguir, virou as costas à vida. Às vezes subsiste durante dias a água e oxigénio. Sendo a única forma de vida complexa conhecida a fazê-lo, o seu nome devia ter designado uma nova espécie. Uma vez o tio Julian explicou-me que o pintor e escultor Alberto Giacometti disse um dia que para pintar uma simples cabeça é preciso renunciar ao resto do corpo. Para pintar uma folha, é preciso sacrificar o resto da paisagem. A princípio pode parecer que uma pessoa se está a limitar, mas ao fim de algum tempo damo-nos conta de que tendo meio centímetro de alguma coisa temos mais chances de preservar um certo sentimento do universo do que se pretendermos fazer o céu inteiro.

A minha mãe não escolheu uma folha nem uma cabeça. Escolheu o meu pai, e para preservar um certo sentimento, decidiu sacrificar o mundo.

19. O MURO DE DICIONÁRIOS ENTRE A MINHA MÃE E O MUNDO TORNA-SE MAIS ALTO A CADA ANO QUE PASSA

Às vezes as páginas dos dicionários soltam-se e juntam-se aos seus pés, *chalmugra, chalo, chaloca, chalorda, chalota, chalrar, chalreada*, como as pétalas de uma flor imensa. Quando eu era pequena pensava que as páginas no chão eram palavras que ela nunca mais poderia voltar a usar, e tentava colá-las novamente no sítio onde pertenciam, com medo que um dia ela ficasse sem palavras.

20. A MINHA MÃE SÓ TEVE DOIS ENCONTROS DESDE QUE O MEU PAI MORREU

O primeiro foi há cinco anos, quando eu tinha dez anos, com um editor inglês gordo numa dessas casas que publicam as suas traduções. No dedo mindinho usava um anel com um brasão de uma família que podia ou não ser a sua. Sempre que falava sobre si abanava essa mão. Houve uma conversa em que ficou assente que a minha mãe e este homem, chamado Lyle, haviam estudado em Oxford na mesma altura. Sob o efeito desta coincidência, convidara-a para sair. Muitos homens haviam já convidado a minha mãe para sair e ela dissera sempre que não. Por qualquer motivo, desta vez aceitou. Um sábado à noite apareceu na sala de estar com o cabelo apanhado para cima, usando o xaile vermelho que o meu pai lhe comprara no Peru. «Que tal estou?» perguntou ela. Estava maravilhosa, mas, de alguma maneira, parecia não ser justo usá-lo. Mas não houve tempo para dizer nada porque nesse preciso momento apareceu Lyle à porta, a arfar. Perguntei-lhe se ele sabia alguma coisa sobre técnicas de sobrevivência no mato, e ele disse, «Claro que sim.» Perguntei-lhe se sabia distinguir a cicuta das cenouras selvagens e ele fez-me um relato ponto por ponto dos momentos finais de uma regata em Oxford durante a qual o seu barco passara para a frente nos últimos três segundos. «Valha-me Deus», disse eu, de um modo passível de ser interpretado como sarcástico. Lyle tinha igualmente boas memórias do rio Cherwell. A minha mãe disse que não sabia, pois nunca tinha estado no Cherwell. Eu pensei, «Pois bem, não penses que me surpreendes.»

Depois de eles saírem, fiquei acordada a ver um programa na televisão sobre os albatrozes na Antárctica: podem andar anos sem tocar no chão, dormir planando no céu, beber água do mar, expelir o sal, e regressar ano após ano para criar bebés com o mesmo companheiro. Devo ter adormecido porque quando ouvi a chave da minha mãe na fechadura era quase uma da manhã. Tinha alguns caracóis caídos à volta do pescoço e trazia a maquilhagem borratada, mas quando lhe perguntei como é que tinha corrido ela disse que conhecia alguns orangotangos com quem se podia ter uma conversa mais interessante.

Cerca de um ano mais tarde, Bird fracturou o pulso ao tentar saltar da varanda do nosso vizinho, e o médico alto e marreco que o tratou nas urgências convidou a minha mãe para sair. Talvez tenha sido por ter conseguido pôr o meu irmão a sorrir apesar da sua mão se encontrar num ângulo terrível, mas pela segunda vez desde que o meu pai morrera a minha mãe disse que sim. O médico chamava-se Henry Lavender, o que me parecia de bom augúrio (Alma Lavender!). Quando a campainha tocou, Bird disparou escadas abaixo que nem uma seta, todo nu excepto o gesso, pôs *That's Amore* a tocar no gira-discos, e voltou a correr cá para cima. A minha mãe precipitou-se pelas escadas sem o xaile vermelho vestido, e levantou a agulha do prato. O disco soltou um rangido e girou silenciosamente sobre o prato enquanto Henry Lavender entrava e aceitava uma taça de vinho branco fresco e nos falava da sua colecção de conchas, boa parte das quais apanhadas pelo próprio em sessões de mergulho nas Filipinas. Imaginei o nosso futuro juntos, com ele a levar-nos em expedições de mergulho e nós os quatro a sorrirmos uns para os outros nos nossos escafandros no fundo do mar. Na manhã seguinte, perguntei à minha mãe como tinha corrido. Ela disse que ele era um homem bastante simpático. Eu vi isto como uma coisa positiva, mas quando Henry Lavender telefonou nessa tarde a minha mãe estava no supermercado e não lhe ligou de volta. Dois dias depois Henry Lavender fez nova tentativa. Desta vez a minha mãe tinha ido dar um passeio no parque. «Não lhe vais ligar, pois não?», perguntei eu. Ao que ela respondeu, «Não». Quando Henry Lavender telefonou pela terceira vez, ela estava mergulhada num livro de histórias, exclamando repetidamente que o autor devia ser galardoado com um nobel póstumo. A minha mãe passa a vida a atribuir nóbeis póstumos. Eu esgueirei-me até à cozinha com o telefone portátil. «Dr. Lavender?», disse eu. E depois disse-lhe que achava que a minha mãe gostava dele e que embora uma pessoa normal devesse ficar muito feliz de poder falar e sair com ele outra vez, eu conhecia a minha mãe há onze anos e meio e sabia que ela nunca fazia nada que fosse normal.

21. EU PENSAVA QUE ERA APENAS UMA QUESTÃO DE ELA NÃO TER ENCONTRADO A PESSOA CERTA

O facto de ela ficar em casa o dia todo em pijama a traduzir livros quase todos escritos por pessoas já mortas também parecia não ajudar por aí além. Por vezes encalhava numa dada frase durante horas e andava às voltas pela casa como um cão com um osso até soltar um guincho, «JÁ SEI!» e correr para a secretária para abrir uma cova e enterrá-lo. Eu decidi tomar as coisas nas minhas próprias mãos. Um dia um veterinário chamado Dr. Tucci veio falar à minha turma do sexto ano. Tinha uma voz agradável e um papagaio verde chamado Gordo que se empoleirava no seu ombro e olhava afectadamente pela janela. Também tinha uma iguana, dois furões, um cágado, rãs, um pato com uma asa partida, e uma jibóia chamada Mahatma que largara a pele recentemente. Tinha dois lamas no pátio das traseiras. Depois das aulas, enquanto toda a gente se encontrava de volta da Mahatma, perguntei-lhe se era casado e há quanto tempo, e quando ele, com uma expressão confusa, me disse que não, eu pedi-lhe para ver o seu cartão. Tinha uma imagem de um macaco; vários miúdos perderam o interesse na cobra e começaram igualmente a pedir para ver os cartões.

Nessa noite encontrei uma fotografia instantânea bastante atraente da minha mãe em fato de banho para enviar ao Dr. Frank Tucci, bem como uma lista dactilografada das suas melhores qualidades, entre as quais se incluíam um *QI ELEVADO, GRANDE LEITORA, ATRAENTE (VER FOTO), ENGRAÇADA*.

Bird examinou a lista e após reflectir um pouco, sugeriu que eu acrescentasse OPINIOSA, que era uma palavra que eu lhe tinha ensinado recentemente, bem como TEIMOSA. Quando eu disse que não achava que essas fossem as suas melhores ou sequer boas qualidades, Bird disse que o facto de estarem na lista poderia fazer com que parecessem ser boas, e que assim, se o Dr. Tucci concordasse em encontrar-se com ela, já não ficaria desiludido. Na altura, isto parecia ser um bom argumento, por isso acrescentei OPINIOSA e TEIMOSA. Em baixo, escrevi o nosso número de telefone. Depois, pu-la no correio.

Passou-se uma semana e ele não telefonou. Passaram-se três dias e eu comecei a cismar se teria sido boa ideia escrever OPINIOSA e TEIMOSA.

No dia seguinte, o telefone tocou e eu ouvi a minha mãe dizer, «Frank quê?» Seguiu-se um longo silêncio. «Desculpe?» Novo silêncio. Depois começou a rir histericamente. Desligou o telefone e veio até ao meu quarto. «Que conversa era essa?», perguntei eu inocentemente. «Que conversa?», perguntou a minha mãe ainda mais inocentemente. «A pessoa que acabou de ligar», disse eu. «Ah, isso», disse ela. «Espero que não te importes, mas combinei sairmos juntas, eu e o encantador de serpentes, e tu e o Herman Cooper.»

Herman Cooper era um aborto do oitavo ano que vivia no nosso quarteirão, chamava «pénis» a toda a gente e apupava os testículos enormes do cão do nosso vizinho.

«Preferia lamber as pedras da calçada», disse eu.

22. NESSE ANO USEI A CAMISOLA DO MEU PAI DURANTE QUARENTA E DOIS DIAS SEGUIDOS

Ao décimo segundo dia passei por Sharon Newman e os seus amigos no corredor. «O QUE É QUE SE PASSA COM ESSA

CAMISOLA NOJENTA?», disse ela. «Vai mas é comer cicuta», pensei eu, e decidi usar a camisola do meu pai para o resto da vida. Cheguei quase ao fim desse ano escolar. Era lã de alpaca, e em meados de Maio já se tinha tornado insuportável. A minha mãe pensou que era um luto retardado. Mas eu não estava a tentar bater recordes nenhuns. Gostava de a ter vestida, mais nada.

23. A MINHA MÃE TEM UMA FOTOGRAFIA DO MEU PAI NA PAREDE JUNTO À SECRETÁRIA

Uma ou duas vezes passei pela porta e ouvi-a a falar com ela em voz alta. A minha mãe já é uma mulher bastante solitária connosco à sua volta, mas às vezes fico doente só de pensar no que lhe irá acontecer quando eu crescer e me for embora para começar a viver a minha própria vida. Outras vezes penso que nunca serei capaz de partir.

24. TODOS OS AMIGOS QUE EU TINHA FORAM-SE EMBORA

No meu décimo quarto aniversário, Bird acordou-me aos saltos na minha cama a cantar, «Porqu'Ela é Bo'Companheira». Deu-me uma barra de Hershey's derretida e um gorro de lã vermelho que encontrou nos perdidos e achados. Pesquei-lhe um cabelo loiro encaracolado e usei-o durante o resto do dia. A minha mãe deu-me um anoraque testado por Tenzing Norgay, o *sherpa* que subiu o monte Evereste com Sir Edmund Hillary, bem como um velho chapéu de pele igual ao que usava Antoine de Saint-Exupéry, que é um dos meus heróis. O meu pai leu-me *O Principezinho* quando eu tinha seis anos, e contou-me como Saint-Exupéry, que era um grande piloto, arriscara a vida para abrir rotas de correio aéreo para lugares remotos. No fim, acabou por ser morto por um bombardeiro alemão, tendo ele e o seu avião desaparecido para sempre nas águas do Mediterrâneo.

Juntamente com o casaco e o chapéu de piloto, a minha mãe deu-me igualmente um livro escrito por um senhor chamado Daniel Eldridge que ela dizia que devia ter recebido um Nobel, se houvesse nóbeis para paleontologistas. «Já morreu?» perguntei eu. «Por que é que perguntas?» «Por nada», disse eu. Bird perguntou o que era um paleontólogo e a mãe disse-lhe que se ele pegasse num guia ilustrado completo do Museu Metropolitano de Nova Iorque, o rasgasse em mil pedaços e os largasse ao vento das escadas do museu, deixasse passar algumas semanas, e depois voltasse e esquadrinhasse a Quinta Avenida e o Central Park em busca de todos os pedaços de papel desaparecidos que conseguisse encontrar para tentar reconstruir a história da pintura, incluindo as escolas, os estilos, os géneros e os nomes dos pintores a partir desses pedaços de papel, isso, seria mais ou menos fazer de paleontologista. A única diferença era que em vez de papéis os paleontologistas estudam fósseis para descobrir a origem e a evolução da vida. Todas as meninas de catorze anos deviam saber alguma coisa sobre as suas origens, disse a minha mãe. Não bastava andar por aí sem fazer a mais vaga ideia de como tudo começou. Depois, muito rapidamente, como se não fosse esse o ponto essencial desde o início, disse que o livro pertencia ao pai. Bird precipitou-se sobre ele e tocou na capa.

Chamava-se *A Vida como Não a Conhecemos*. Na contracapa vinha uma fotografia de Eldridge. Tinha olhos escuros com pestanas grossas e barba, e estava a segurar um fóssil de um peixe assustador. Por baixo dizia que ele era professor em Columbia. Nessa noite comecei a lê-lo. Pensei que o meu pai pudesse ter escrito algumas notas nas margens, mas não.

O único sinal dele era o seu nome no frontispício. O livro contava como Eldridge e alguns outros cientistas tinham descido ao fundo do oceano num submergível e descoberto chaminés hidrotermais nos locais onde as placas tectónicas se encontravam, as quais expeliam gases que atingiam os 700 graus centígrados. Até aí, os cientistas julgavam que o fundo do oceano era uma terra desolada com pouca ou nenhuma vida. Mas aquilo que Eldridge e os seus colegas observaram nos faróis do seu submergível foram centenas de organismos nunca antes vistos pelo olhar humano – todo um ecossistema que eles perceberam ser já muito, muito antigo. Baptizaram-no de biosfera profunda. Havia ali muitas chaminés hidrotermais, e não tardaram a perceber que havia micro-organismos a viver nas rochas em redor das chaminés a temperaturas suficientemente elevadas para derreter chumbo. Quando trouxeram alguns dos organismos à superfície, cheiravam a ovos podres. Aperceberam-se de que estes organismos estranhos subsistiam à base de gás sulfídrico expelido a partir das chaminés, exalando enxofre da mesma maneira que as plantas terrestres produzem oxigénio. De acordo com o livro do Dr. Eldridge, aquilo que haviam descoberto era nada menos do que uma janela aberta para as vias químicas que há milhares de milhões de anos levaram ao dealbar da evolução.

A ideia de evolução é tão bela e tão triste. Desde os primórdios da vida na terra, existiram entre cinco a cinquenta mil milhões de espécies, sendo que apenas cinco a cinquenta milhões de entre elas se encontram vivas actualmente. O que significa que noventa e nove por cento de todas as espécies que alguma vez viveram na terra estão actualmente extintas.

25. O MEU IRMÃO, O MESSIAS

Nessa noite, enquanto eu lia, Bird entrou no meu quarto e veio deitar-se na minha cama. Aos onze anos e meio, ainda era pequeno para a idade. Aninhou os seus pés frios na minha perna. «Conta-me alguma coisa acerca do pai», sussurrou ele. «Esqueceste-te de cortar as unhas dos pés», disse eu. Ele massajou-me a barriga da perna com as plantas dos pés. «Por favor?», implorou ele. Eu tentei pensar, e como não me conseguia lembrar de nada que não lhe tivesse já contado mais de mil vezes, inventei algo de novo. «Gostava de escalar», disse eu. «Era um bom escalador. Uma vez escalou uma rocha que tinha para aí uns trinta metros de altura. Algures no Negev, creio eu». Senti o hálito quente de Bird no pescoço. «Em Masada?», perguntou ele. «Talvez», disse eu. «Era uma coisa de que ele gostava. Um passatempo», disse eu. «E ele gostava de dançar?», perguntou Bird. Eu não fazia ideia se ele gostava de dançar, mas respondi, «Adorava. Até sabia dançar o tango. Aprendeu em Buenos Aires. Ele e a mãe passavam a vida a dançar. Encostava a mesa da cozinha à parede e utilizava a sala inteira. Costumava levantá-la no ar, pousá-la e cantar--lhe ao ouvido.» «E eu também lá estava?» «Claro que estavas», disse eu. «Ele costumava atirar-te ao ar e apanhar-te.» «Como é que ele sabia que não me deixava cair?» «Sabia, pronto.» «Como é que ele me chamava?» «Muitas coisas. Companheiro, Baixinho, Punch.» Eu ia inventando à medida que ia falando. Bird parecia pouco impressionado. «Judas Macabeu», tornei. «Só Macabeu. Mac.» «Qual era o nome que ele me chamava mais vezes?» «Acho que era Emanuel.» Fingi reflectir. «Não, espera. Era Manny. Costumava chamar-te Manny.» «*Manny*», disse Bird, testando o seu nome. Chegou-se mais perto. «Quero contar-te um segredo», sussurrou ele. «Como é o dia dos teus anos.» «O que é?» «Primeiro tens de prometer que acreditas em mim.» «OK.» «Diz, que juras.» «Juro.» Respirou fundo. «Acho que se calhar sou um *lamed vovnik*.» «Um quê?» «Um dos *lamed vovniks*», sussurrou ele. «As trinta e seis pessoas santas.» «*Quais* trinta e seis pessoas santas?» «Aquelas de quem depende a existência do mundo.» «Ah, *essas*. Escuta, não sejas...» «Tu prometeste», disse Bird. Eu calei-me. «Existem sempre trinta e seis pessoas em qualquer altura», sussurrou ele. «Ninguém sabe quem são. Só as suas preces chegam aos ouvidos de Deus. É o que diz Mr. Goldstein.» «E tu achas que és uma delas», disse eu. «E que mais diz Mr. Goldstein?» «Diz que quando o Messias vier, vai ser um dos *lamed vovnicks*. Em cada geração há uma pessoa que tem potencial para ser o Messias. Talvez esteja à altura da tarefa, ou talvez não. Talvez o mundo esteja pronto para ele, ou talvez não. É só isso.» Eu deixei-me ficar estendida na escuridão a pensar na coisa certa para dizer. Começou a doer-me a barriga.

26. A SITUAÇÃO À BEIRA DE SE TORNAR CRÍTICA

No domingo seguinte pus *A Vida como Não a Conhecemos* na minha mochila e apanhei o metro até à Universidade de Columbia. Errei pelo campus durante quarenta e cinco minutos até encontrar o escritório do Dr. Eldridge no edifício de Ciências da Terra. Quando lá cheguei encontrei o secretário a comer uma refeição rápida que me disse que o Dr. Eldridge não estava. Eu disse que podia esperar, e ele respondeu que talvez fosse melhor voltar noutra altura porque o Dr. Eldridge só voltaria daí por algumas horas. Eu disse-lhe que não me importava. Ele voltou à sua refeição. Enquanto esperava, li um número da revista *Fossil*. Depois perguntei ao secretário, que estava a rir em voz alta de uma coisa qualquer no computador, se achava que o Dr. Eldridge iria demorar muito. Ele parou de rir e olhou para mim como se eu lhe tivesse estragado o momento mais importante da sua vida. Voltei ao meu lugar e li um número da *Paleontologist Today*.

Comecei a ficar com fome, por isso desci o corredor e saquei uma embalagem de Devil Dogs de uma máquina. Depois adormeci. Quando acordei, o secretário já lá não estava. A porta do escritório do Dr. Eldridge estava aberta, e as luzes estavam acesas. Lá dentro, estava um homem muito velho de cabelos brancos junto a um armário de ficheiros debaixo de um póster onde se lia: ASSIM, SEM PAIS E POR GERAÇÃO ESPONTÂNEA, SURGEM AS PRIMEIRAS PARTÍCULAS DE MATÉRIA ANIMADA NA TERRA – *ERASMUS DARWIN*.

«Bom, para ser franco não tinha pensado nessa opção», disse o homem velho ao telefone. «Duvido que ele queira sequer candidatar-se. De qualquer maneira, julgo que já temos o nosso homem. Vou ter de falar com o departamento, mas digamos que as coisas parecem bem encaminhadas.»

Ele viu-me especada à porta e fez um gesto indicando que estava quase a sair. Eu estive quase para dizer que não fazia mal, que estava à espera do Dr. Eldridge, mas ele virou-me as costas e olhou pela janela. «Bom, fico contente de ouvir isso. O melhor é despachar-me. Muito bem. Tudo de bom. Então adeus». Voltou-se para mim. «Lamento muito», disse ele. «Em que é que posso ajudá-la?» Eu cocei o braço e reparei na sujidade debaixo das unhas. «O senhor não é o Dr. Eldridge, pois não?», perguntei. «Sou eu», disse ele. Fiquei destroçada. Deviam ter passado trinta anos desde que a fotografia do livro fora tirada. Não tive de pensar por muito tempo para perceber que ele não me podia ajudar no assunto que ali me trouxera, pois, se era verdade que ele merecia um Nobel por ser o maior paleontologista vivo, também merecia um por ser o mais velho.

Não sabia o que dizer. «Li o seu livro», desembuchei eu, «e estou a pensar em tornar-me uma paleontóloga.» «Bom», disse ele, «não diga isso com um ar tão triste.»

27. UMA COISA QUE EU NUNCA VOU FAZER QUANDO CRESCER

É apaixonar-me, largar a universidade, aprender a sobreviver a água e oxigénio, ter uma espécie nova baptizada com o meu nome e dar cabo da minha vida. Quando era pequena a minha mãe costumava olhar para mim de uma certa maneira e dizer, «Um dia vais-te apaixonar.» Eu tinha vontade de dizer, embora nunca tenha dito: «Nem daqui a um milhão de anos.»

O único rapaz que alguma vez beijei foi Misha Shlovsky. Tinha aprendido a beijar com uma prima na Rússia, onde vivia antes de vir para Brooklyn, e me ensinar a mim. «Tanta língua, não», foi a única coisa que ele disse.

28. HÁ CENTENAS DE COISAS QUE PODEM MUDAR AS NOSSAS VIDAS, E UMA CARTA É UMA DELAS

Tinham-se passado cinco meses e eu já quase desistira de encontrar alguém para fazer a minha mãe feliz. Até que aconteceu: em meados de Fevereiro último chegou uma carta, dactilografada em papel de carta azul e com um carimbo dos correios de Veneza, dirigida à minha mãe pelo seu editor. Foi Bird quem a viu primeiro, e foi levá-la à mãe para lhe perguntar se podia ficar com os selos. Estávamos todos na cozinha. Ela abriu-a e leu-a de pé. Depois leu-a uma segunda vez, agora sentada. «Isto é fantástico», disse ela. «O quê?», perguntei. «Alguém me escreveu sobre *A História do Amor*. O livro onde eu e o teu pai fomos buscar o teu nome.» Leu a carta em voz alta para nós ouvirmos.

Cara Ms. Singer,
Acabo de ler a sua tradução dos poemas de Nicanor Parra, que, como você diz, «trazia na lapela um pequeno astronauta russo, e nos bolsos as cartas de uma mulher que o trocara por outro». Tenho-o aqui ao meu lado em cima da mesa do meu quarto numa pensão com vista para o Grand Canal. Não sei o que dizer sobre ela, a não ser que me tocou da maneira que sempre esperamos ser tocados de cada vez que começamos a ler um livro. Quero eu dizer que, de alguma maneira que me é impossível explicar, este livro modificou-me. Mas não me vou alongar muito por aí. A verdade é que estou a escrever não para lhe agradecer, mas para lhe fazer um pedido que poderá parecer um tanto bizarro. Na sua introdução, refere de passagem um escritor pouco conhecido, Zvi Litvinoff, que fugiu da Polónia para o Chile em 1941, e cuja única obra publicada, escrita em espanhol, se chama *A História do Amor*. A minha pergunta é: estaria disposta a considerar a hipótese de traduzir este livro? Seria apenas para meu uso pessoal; não tenho qualquer intenção de publicá-lo, e os direitos permanecerão seus se desejar fazê-lo você. Estou disposto a pagar qualquer valor que lhe pareça razoável pelo trabalho. Não me sinto muito à vontade em falar nestes assuntos. Que tal 100 mil dólares? Aí tem. Se por acaso lhe parecer pouco, diga-me, por favor.

    Estou a imaginar a sua reacção ao ler esta carta – que por essa altura terá já passado uma semana ou duas à espera nesta lagoa, mais um mês às voltas no caos do sistema de correios italianos, até atravessar finalmente o Atlântico e ser entregue a um posto de correio americano, onde terá sido transferida para um saco a ser transportado por um carteiro numa diligência que terá enfrentado chuva e neve, a fim de lha introduzir na ranhura do correio, onde terá caído no chão, à espera que você a encontrasse. E imaginando tudo isto, estou preparado para o pior, que seria você tomar-me por uma espécie de tresloucado. Mas talvez não tenha de ser assim. Talvez se eu lhe disser que há muito, muito tempo alguém me leu algumas páginas de um livro chamado *A História do Amor*, e que passados todos estes anos nunca mais esqueci essa noite, ou essas páginas, talvez você entenda.

Ficar-lhe-ia muito grato se me pudesse enviar a sua resposta para aqui, remetendo-a para a morada acima indicada. No caso de eu já ter partido quando ela chegar, a porteira encarregar-se-á de reencaminhar o meu correio.

Ansiosamente,
Jacob Marcus

Eu pensei, «Valha-me Deus!» Mal podia acreditar na nossa sorte, e considerei responder a Jacob Marcus com a desculpa de explicar que tinha sido Saint-Exupéry que estabelecera a última ligação sul da rota do correio para a América do Sul em 1929, até à pontinha do continente. Jacob Marcus parecia interessar-se pelos correios, e de qualquer maneira, a minha mãe já tinha chamado a atenção para o facto de ter sido em parte devido à coragem de Saint-Exupéry que Zvi Litvinoff, o autor d'*A História do Amor*, pôde mais tarde receber as derradeiras cartas da sua família e amigos na Polónia. No final da carta acrescentaria qualquer coisa sobre o facto de a minha mãe ser solteira. Mas depois pensei melhor, não fosse alguém descobrir e estragar aquilo que começara tão bem e sem qualquer interferência. Cem mil dólares era muito dinheiro. Mas eu sabia que mesmo que Jacob Marcus tivesse oferecido muito pouco, a minha mãe aceitaria o trabalho na mesma.

29. A MINHA MÃE COSTUMAVA LER-ME *A HISTÓRIA DO AMOR*

«A primeira mulher pode ter sido Eva, mas a primeira menina será sempre Alma», dizia ela estendida na cama com o livro espanhol aberto sobre o colo. Isto era quando eu tinha quatro ou cinco anos, antes de o pai adoecer e de o livro ter sido arrumado numa prateleira. «Talvez tivesses dez anos da primeira vez que a viste. Estava sentada ao sol a coçar as pernas. Ou a escrevinhar letras no chão com um pau. Talvez alguém lhe estivesse a puxar o cabelo ou ela a puxar o cabelo a alguém. E uma parte de ti sentia-se atraída por ela, e outra parte resistia – querendo arrancar na tua bicicleta, pontapear uma pedra, não complicar. Num mesmo fôlego sentias a força de um homem e a autocomiseração que te fazia sentir pequeno e magoado. Parte de ti pensava: por favor, não olhem para mim. Caso contrário, posso sempre virar as costas. E parte de ti pensava: olhem para mim.

Se te lembrares da primeira vez que viste Alma, lembrar-te--ás igualmente da última. Estava a abanar a cabeça. Ou a desaparecer ao fundo de um campo. Ou a entrar-te pela janela. *Volta, Alma!*, gritavas tu. *Volta! Volta!*

Mas ela não voltava.

E embora por esta altura já fosses crescido, sentias-te tão perdido como uma criança. E embora sentisses o teu orgulho despedaçado, sentias-te tão grande como o teu amor por ela. Ela tinha desaparecido, e única coisa que restava dela era o lugar onde tinhas crescido, à sua volta, como uma árvore que cresce à volta de uma sebe.

Durante muito tempo, permaneceu oco. Anos, talvez. E quando finalmente se encheu de novo, sabias que o novo amor que sentias por uma mulher não teria sido possível sem Alma. Se não fosse ela, jamais haveria um espaço vazio, ou a necessidade de o preencher. Claro que há certos casos em que o rapaz em questão se recusa a deixar de gritar por Alma a plenos pulmões. Encena uma greve de fome. Implora. Enche um livro inteiro com o seu amor. Continua até não ter outro remédio senão voltar. De cada vez que ela tenta ir-se embora, o rapaz detém-na, implorando como um palerma. E ela volta sempre, por muitas vezes que se vá embora ou por mais longe que vá, aparecendo silenciosamente por trás dele e tapando-lhe os olhos com as mãos, minando-lhe o terreno para quem quer que pudesse vir a seguir a ela.»

30. OS CORREIOS ITALIANOS LEVAM TANTO TEMPO QUE AS COISAS PERDEM-SE E ARRUINAM-SE VIDAS PARA SEMPRE

A resposta da minha mãe deve ter demorado mais algumas semanas a chegar a Veneza, e era mais do que provável que Jacob Marcus já se tivesse ido embora, deixando instruções para que o seu correio lhe fosse reencaminhado. A princípio, imaginava-o muito alto e magro, com uma tosse crónica, pronunciando a meia dúzia de palavras em italiano que conhecia com um tremendo sotaque, uma dessas pessoas tristes que nunca se sentem em casa em lado nenhum. Bird imaginava-o como uma espécie de John Travolta num Lamborghini com uma mala cheia de dinheiro no banco de trás. Se a minha mãe imaginava alguma coisa, não dizia.

Mas a segunda carta chegou no fim de Março, seis semanas depois da primeira, enviada de Nova Iorque e escrita à mão nas costas de um velho postal com um zepelim. A minha ideia dele evoluiu. Em vez da tosse, emprestei-lhe uma bengala que ele tinha desde que tivera um acidente de automóvel nos anos vinte, e decidi que a sua tristeza se devia ao facto de os pais, que o tinham deixado muito tempo sozinho em criança, terem morrido deixando-lhe todo o seu dinheiro. Nas costas do postal, escrevera:

Cara Ms. Singer,
    A sua resposta encheu-me de alegria, e saber que poderá começar a trabalhar na tradução. Por favor envie-me os dados da sua conta bancária, para que eu deposite os primeiros 25 mil dólares de imediato. Estaria de acordo em enviar-me o livro em quatro partes, à medida que o for traduzindo? Espero que perdoe a minha impaciência, e que a atribua à excitação com que antecipo a possibilidade de poder finalmente ler o livro de Litvinoff, e seu. E também ao facto de eu adorar receber correspondência, e de assim poder prolongar, pelo maior tempo possível, uma experiência que antevejo profundamente comovente.

                              Um abraço,
                                    J. M.

31. CADA ISRAELITA TEM A HONRA DE TODO O SEU POVO NAS SUAS MÃOS

O dinheiro chegou uma semana depois. Para comemorar, a minha mãe levou-nos a ver um filme francês com legendas sobre duas raparigas que fugiam de casa. O cinema estava vazio à excepção de mais três pessoas. Uma delas era o porteiro. Bird terminou os seus Milk Duds ainda durante os agradecimentos iniciais. Desatou então a correr para baixo e para cima das cadeiras com uma pedrada de açúcar até cair a dormir na fila da frente.

Não muito depois disso, durante a primeira semana de Abril, subiu ao telhado da Escola Hebraica, caiu, e abriu o pulso. Para se consolar, montou uma mesa de jogo à porta de casa, e pintou um placar a dizer: *SUMO DE LI-MÃO 50 CÊNTIMOS POR FAVOR SIRVA-SE VOCÊ MESMO (PULSO DESLOCADO)*. Fizesse chuva ou sol, lá estava ele com o seu jarro de limonada e uma caixa de sapatos para recolher as moedas. Quando esgotou a clientela da nossa rua, avançou alguns quarteirões e instalou-se diante de um terreno baldio. Começou a lá passar cada vez mais tempo. Quando havia menos movimento, abandonava a mesa de jogo e entretinha-se por ali às voltas, brincando no descampado. Cada vez que eu lá passava já ele tinha feito um melhoramento qualquer: removido a vedação ferrugenta para um lado, arrancado as ervas daninhas, enchido um saco de lixo. Quando escurecia vinha para casa com as pernas esfoladas, o *kippah* de lado na cabeça. «Que imundície», dizia ele. Mas quando eu lhe perguntava o que planeava ele fazer ali, limitava-se a encolher os ombros. «Os sítios pertencem a quem tiver uso para lhes dar», explicava-me. «Obrigada, Mr. Dali Lamed Vovnik. Foi Mr. Goldstein quem lhe disse isso?» «Não.» «Então que uso tens tu para lhe dar, afinal?» Chamei por ele. Em vez de responder, caminhou até à ombreira da porta, esticou-se para tocar nalguma coisa, beijou a mão, e subiu as escadas. Era uma *mezuzah* de plástico; entalara uma em todas as ombreiras da casa. Até na porta da casa de banho havia uma.

No dia seguinte encontrei o terceiro volume de *Como Sobreviver no Mato* no quarto de Bird. Tinha escrevinhado o nome de Deus com um marcador no cimo de todas as páginas.

«O QUE É QUE TU FIZESTE AO MEU CADERNO?», gritei eu. Ele ficou calado. «DESTE CABO DELE.» «Não dei nada. Eu tive cuidado...» «Cuidado? *Cuidado*? Quem é que te deu autorização para lhe tocares? A palavra confidencial diz-te alguma coisa?» Bird ficou especado a olhar para o caderno na minha mão. «Quando é que te começas a portar como uma pessoa normal?» «O que é que se passa aí em baixo?», chamou a voz da nossa mãe do cimo das escadas. «Nada!», respondemos nós em uníssono. Passado um minuto ouvimo-la a regressar ao seu estudo. Bird levou o braço ao rosto e tirou um macaco do nariz. «Raios te partam, Bird», sussurrei entredentes. «Ao menos tenta ser normal. Tens pelo menos de *tentar*.»

32. DURANTE DOIS MESES A MINHA MÃE MAL SAIU DE CASA

Uma tarde, durante a última semana antes das férias do Verão, cheguei a casa vinda da escola e encontrei a minha mãe na cozinha com uma embalagem dirigida a Jacob Marcus numa morada no Connecticut. Tinha acabado de traduzir o primeiro quartel d'*A História do Amor*, e queria que eu lho fosse pôr no correio. «Claro», disse eu, enfiando-o debaixo do braço. Em vez disso, fui direita ao parque e trabalhei a unha do polegar por baixo do lacre. Por cima estava uma carta, uma única frase, escrita na caligrafia minúscula da minha mãe:

Caro Mr. Marcus,
Espero que estes capítulos façam justiça a tudo o que deles esperou; tudo o menos é inteiramente culpa minha.

Atenciosamente,
Charlotte Singer

Fiquei destroçada. Quinze palavras sem o mais leve indício de romance! Sabia que era meu dever enviá-la, que não era nada comigo, que não é justo metermo-nos nos assuntos dos outros. Mas pensando bem, há tantas coisas injustas neste mundo.

33. *A HISTÓRIA DO AMOR*, CAPÍTULO 10

Durante a Idade do Vidro, toda a gente, homens e mulheres, acreditava que alguma parte de si seria muito frágil. Para alguns era uma mão, para outros um fémur, outros julgavam que eram os seus narizes que eram feitos de vidro. A Idade do Vidro seguiu-se à Idade da Pedra como uma correcção evolucionária, introduzindo nas relações humanas um novo sentimento de fragilidade que fomentava a compaixão. Este período foi um período relativamente breve na história do amor – cerca de um século – até um médico chamado Ignacio da Silva descobrir um tratamento que consistia em convidar as pessoas para se deitarem num divã e dar-lhes um beijo revigorante na parte do corpo em questão, provando-lhes a verdade. A ilusão anatómica, que tão real parecera, desapareceu lentamente e – como tantas outras coisas de que já não precisamos mas não conseguimos abrir mão – tornou-se residual. Mas de tempos a tempos, por razões que nem sempre são compreensíveis, volta a emergir, sugerindo que a Idade do Vidro, tal como a Idade do Silêncio, nunca acabou por completo.

Consideremos aquele homem que vai a andar pela rua. Ninguém repararia nele, não é o tipo de homem que chame a nossa atenção; nada na sua roupa ou postura nos levaria a distingui-lo no meio da multidão. Em condições normais – ele próprio seria o primeiro a admiti-lo – passaria despercebido. Não traz nada consigo. Pelo menos parece não trazer nada, nem um guarda-chuva, embora pareça estar prestes a chover, nem uma mala, embora seja hora de ponta e as pessoas à sua volta, curvadas contra o vento, se dirijam para as suas casas nos confins da cidade onde os seus filhos fazem os trabalhos de casa debruçados sobre a mesa da cozinha, com a panela do jantar ao lume, e provavelmente um cão, porque normalmente nestas casas há sempre um cão.

Uma bela noite, quando este homem ainda era novo, decidiu ir a uma festa. Aí, encontrou uma jovem de quem fora colega desde a escola primária, uma menina por quem estivera sempre apaixonado embora tivesse a certeza de que ela nem sequer sabia que ele existia. Tinha o nome mais belo que alguma vez ouvira: Alma. Quando ela o viu junto à porta, o rosto iluminou-se-lhe e atravessou a sala para lhe falar. Ele não podia acreditar.

Passou-se uma hora ou duas. A conversa deve ter sido boa, porque daí a pouco ouviu Alma dizer-lhe para fechar os olhos. Depois beijou-o. O seu beijo era uma pergunta que ele queria passar a vida inteira a responder. Sentiu o corpo a tremer. Estava assustado por sentir que estava prestes a perder o controlo dos seus músculos. Para qualquer outra pessoa, era uma coisa, mas para ele não era tão fácil, pois este homem acreditava – e toda a vida acreditara, tanto quanto se lembrava – que uma parte dele era de vidro. Imaginou um movimento em falso em que caía e se estilhaçava diante dela. Afastou-se, ainda que não desejasse fazê-lo. Sorriu para os pés de Alma, esperando que ela entendesse. Conversaram horas a fio. Não conseguiu dormir, de tão excitado que estava com o dia seguinte, em que ele e Alma tinham um encontro marcado para ir ao cinema. Na noite seguinte foi buscá-la e levou-lhe um ramo de narcisos. No teatro, lutou – e conseguiu vencer! – os perigos dos bancos do cinema. Viu o filme todo inclinado para que o seu peso repousasse sobre as coxas e não na parte do seu corpo que era feita de vidro. Se Alma reparou nalguma coisa não disse nada. Ele moveu ligeiramente o joelho, depois mais um pouco mais, até o encostar contra o dela. Estava a transpirar. Quando o filme terminou, não fazia ideia nenhuma do que estivera a ver. Sugeriu que fossem dar um passeio pelo parque. Desta vez foi ele quem parou, tomou Alma nos braços e beijou-a. Quando os seus joelhos começaram a tremer e ele começou a imaginar-se estatelado em cacos de vidro, lutou contra o impulso de se afastar. Percorreu-lhe as costas com os dedos sobre a blusa fina, e por momentos esqueceu-se do perigo em que se encontrava, grato ao mundo que propositadamente põe divisões em jogo para que as possamos superar, sentindo a alegria de estarmos mais próximos, mesmo se lá no fundo jamais podemos esquecer a tristeza das nossas irreconciliáveis diferenças. Quando deu por si, estava a tremer violentamente. Segurou os músculos para tentar detê-los. Alma sentiu a sua hesitação. Inclinou-se para trás e olhou para ele com uma espécie de dor, ao que ele esteve quase mas não chegou a dizer as duas frases que vinha tentando dizer há anos: *Uma parte de mim é feita de vidro*, e, *Amo-te*.

Viu Alma uma última vez. Não fazia ideia de que seria a última. Julgava que tudo estava apenas no início. Passou a tarde a fazer-lhe um colar de pequenos pássaros de papel unidos por um fio. Antes de sair de casa, pegou numa almofada bordada do sofá da mãe e enfiou-a no fundilho das calças como medida de protecção. Assim que o fez, cismou por que razão nunca tinha pensado nisso antes.

Nessa noite – depois de oferecer a Alma o colar, apertando-o delicadamente à volta do pescoço enquanto ela o beijava, sentindo apenas um pequeno tremor, nada de extraordinário, enquanto *ela* lhe percorria as costas com os dedos, detendo-se por alguns instantes até lhe enfiar a mão no cós das calças, para logo a retirar, percorrida por uma expressão tremulando entre o riso e o terror, uma expressão que o fez relembrar um tipo de dor que ele nunca deixara de sentir – contou-lhe a verdade. Mais tarde, muito mais tarde, descobriu que havia duas coisas de que se arrependia inconsolavelmente: primeiro, quando descobriu, vendo-a recostar-se à luz do candeeiro, que o colar que ele lhe fizera lhe havia arranhado o pescoço, e, em segundo lugar, que no momento mais importante da sua vida tinha escolhido a frase errada.

Durante muito tempo fiquei sentado a ler os capítulos traduzidos pela minha mãe. Quando acabei o décimo, já sabia o que fazer.

34. JÁ NÃO HAVIA NADA A PERDER

Amarrotei a carta da minha mãe e atirei-a para o caixote do lixo. Corri para casa, e subi ao meu quarto para escrever uma carta nova para o único homem, acreditava eu, que podia fazer a minha mãe mudar. Trabalhei nela horas a fio. Tarde nessa noite, já ela e Bird estavam a dormir, levantei-me da cama, atravessei o corredor pé ante pé, e levei a máquina de escrever da minha mãe para o meu quarto, aquela que ela ainda hoje utiliza para cartas com mais de quinze palavras.

Tive de a bater várias vezes até conseguir escrever uma sem erros. Reli-a uma última vez. Depois assinei o nome da minha mãe e fui-me deitar.

PERDOA-ME

QUASE TUDO o que se sabe acerca de Zvi Litvinoff provém da introdução que a sua mulher escreveu para uma reedição d'*A História do Amor* alguns anos depois de ele morrer. O tom da sua prosa, sensível e obscura, é colorido pela devoção de uma pessoa que dedicou a sua vida à arte de outrem. Começa assim, *Conheci Zvi em Valparaíso, no Outono de 1951, pouco depois de fazer vinte anos. Já o tinha visto várias vezes nos cafés da baía que eu costumava frequentar com os meus amigos. Usava sempre um casaco, mesmo nos meses mais quentes, e ficava a olhar melancolicamente para a vista. Tinha quase mais doze anos do que eu, mas havia qualquer coisa nele que me atraía. Eu sabia que ele era um exilado porque tinha ouvido o seu sotaque nas poucas ocasiões em que alguém que ele conhecia, também desse outro mundo, se detinha por um momento na sua mesa. Os meus pais tinham emigrado de Cracóvia para o Chile quando eu era criança, pelo que havia nele algo que me tocava e me era estranhamente familiar. Demorava-me a tomar o café, observando-o a ler o jornal de ponta a ponta. Os meus amigos riam-se de mim, chamando-lhe* un viéjon, *até que um dia uma rapariga chamada Gracia Stürmer me desafiou a ir falar com ele.*

E Rosa assim fez. Falou com ele durante quase três horas nesse dia à medida que ia entardecendo e o ar fresco lhes chegava da água fria. Litvinoff, por seu lado – satisfeito com a atenção desta jovem mulher de rosto pálido e cabelos negros, encantado por ela entender pequenas frases de *yiddish*, e subitamente acometido de um desejo que não sabia transportar dentro de si há anos e anos – ganhou nova vida, entretendo-a com histórias e recitando poesia. Nessa noite, Rosa foi para casa tomada por uma alegria inebriante. Entre os rapazes presunçosos e egocêntricos com os seus cabelos empastados e conversas ocas sobre filosofia, já para não falar nos poucos melodramáticos que lhe haviam proclamado o seu amor à primeira visão do seu corpo nu, não havia um que tivesse metade da experiência de Litvinoff. Na tarde seguinte, depois das aulas, Rosa foi a correr para o café, onde estava Litvinoff à sua espera, e mais uma vez conversaram durante horas: acerca do som do violoncelo, de cinema mudo, e das memórias que ambos associavam ao cheiro da água salgada. Isto continuou durante duas semanas. Tinham muita coisa em comum, mas entre eles pairava uma diferença negra e pesada que levava Rosa a aproximar-se, num esforço para captar uma parte dela, por mais ínfima que fosse. Mas Litvinoff raramente falava no seu passado e em tudo o que tinha perdido. E nem por uma vez mencionou aquilo em que tinha começado a trabalhar à noite na velha mesa de trabalho do quarto em que estava alojado, o livro que se tornaria a sua obra-prima. A única coisa que disse foi que dava aulas em *part-time* numa escola judaica. Era difícil para Rosa imaginar o homem sentado à sua frente – negro como um corvo no seu casaco, e tocado pela solenidade de uma fotografia antiga – rodeado por uma turma de crianças irrequietas e ridentes. *Mas foi só dois meses mais tarde*, escreve Rosa, *durante os primeiros momentos dessa tristeza que parecia entrar pela janela aberta sem que ninguém desse por isso, perturbando a atmosfera rarefeita que acompanha o início do amor, que Litvinoff me leu as primeiras páginas da* História.

Estavam escritas em *yiddish*. Mais tarde, com a ajuda de Rosa, Litvinoff viria a traduzi-las para espanhol. O manuscrito *yiddish* original, escrito à mão, perdeu-se quando a casa de Litvinoff foi inundada enquanto eles estavam nas montanhas. Tudo o que resta é uma única página que Rosa salvou, tendo-a encontrado a flutuar à tona da água que chegara a atingir uma altura de dois metros no escritório de Litvinoff. *Lá no fundo, vislumbrei a tampa dourada da caneta que ele trazia sempre no bolso*, escreve ela, *e tive de mergulhar o meu braço até ao ombro para a alcançar*. A tinta desbotara, e havia alguns sítios em que a escrita era ilegível. Mas o nome que ele lhe tinha dado no seu livro, o nome que era o de todas as mulheres na *História*, podia ainda distinguir-se na letra angulosa de Litvinoff ao fundo da página.

Ao contrário do seu marido, Rosa Litvinoff não era escritora, e no entanto a sua introdução é pautada por uma inteligência natural, obscurecida, quase por intuição, com pausas, sugestões e elipses, cujo efeito é uma espécie de meia-luz em que o leitor pode projectar a sua própria imaginação. Descreve-nos a janela aberta e como a voz de Litvinoff tremia de sentimento ao ler-lha do princípio ao fim, mas não diz nada sobre o quarto em si – que somos levados a presumir ter pertencido a Litvinoff, com a mesa que outrora pertencera ao filho da senhoria e em cujo canto estavam inscritas as palavras da mais importante oração judaica: *Shema yisrael adonai elohanu adonai echad*, de modo que sempre que Litvinoff se sentava a escrever no seu tampo inclinado, consciente ou inconscientemente, proferia uma oração – nada sobre a cama estreita em que ele dormia, ou sobre as meias que ele lavara e torcera na noite anterior, agora estendidas como dois animais cansados nas costas de uma cadeira, nada sobre a única fotografia emoldurada, posicionada de frente para o papel de parede descascado (para onde Rosa deve ter ficado a olhar quando Litvinoff pedia licença para ir à casa de banho), com um rapaz e uma rapariga especados com os braços pendendo hirtos sobre os flancos, de mãos dadas, joelhos nus, estacados na sua posição, ao passo que lá fora, na janela que ficava no canto mais distante do quadro, a tarde se escoava lentamente. E apesar de Rosa nos contar como acabou por se casar com o seu corvo preto, como o seu pai morreu e como a grande casa da sua infância, com os seus jardins docemente perfumados, foi vendida e eles acabaram por ficar com algum dinheiro e comprar um pequeno *bungalow* branco nas colinas sobranceiras à baía de Valparaíso, e como Litvinoff pôde enfim deixar o seu emprego na escola por uns tempos e passar a maior parte das tardes e noites a escrever, não nos diz nada acerca da tosse persistente de Litvinoff, que o obrigava amiúde a sair para a varanda a meio da noite, onde ficava a olhar para a água escura, nada sobre os seus longos silêncios, ou a forma como ela o via envelhecer de dia para dia, como se o tempo passasse mais depressa para ele do que para todas as outras coisas à sua volta.

Quanto a Litvinoff em si, sabemos apenas aquilo que vem escrito nas páginas do único livro que escreveu. Não tinha nenhum diário e escrevia poucas cartas. As poucas que escreveu ou se perderam ou foram destruídas. Para além de algumas listas de compras, notas pessoais e da única página do manuscrito em *yiddish* que Rosa conseguiu resgatar da cheia, subsistiu apenas uma carta, tanto quanto se sabe: um postal de 1964 dirigido a um sobrinho em Londres. Nessa altura, a *História* tinha sido publicada numa tiragem modesta de uns poucos milhares de exemplares, e Litvinoff regressara ao ensino, desta vez – mercê da pequena dose de apreço que granjeara com a sua recente publicação – num curso de literatura na universidade. O postal pode ser visto numa vitrina forrada num veludo azul já gasto no bafiento museu de história da cidade, que está quase sempre fechado quando alguém se lembra de o visitar. Na parte de trás, diz simplesmente:

> Querido Boris,
> Fiquei tão feliz por saber que passaste nos exames. A tua mãe, abençoada seja a sua memória, estaria certamente muito orgulhosa. Um médico a sério! Deves estar mais ocupado do que nunca, mas se nos quiseres visitar temos um quarto sempre livre para ti. Podes ficar o tempo que quiseres. A Rosa é boa cozinheira. Podes sentar-te à beira-mar e fazer umas férias a sério. E como vamos de meninas? É só uma pergunta. Para isso é que nunca devemos deixar de ter tempo. As saudades e os parabéns do teu tio,
> Zvi

A imagem do postal, uma fotografia do mar pintada à mão, aparece reproduzida num placar na parede, juntamente com as palavras, *Zvi Litvinoff, autor d'*A História do Amor, *nasceu na Polónia, e viveu em Valparaíso durante trinta e sete anos até à sua morte em 1978. Este postal foi escrito a Boris Perlstein, filho da sua irmã mais velha.* Em letras mais pequenas, impressas no canto inferior esquerdo, diz: *Oferta de Rosa Litvinoff.* O que não diz é que a sua irmã, Miriam, foi alvejada na cabeça por um oficial nazi no Gueto de Varsóvia, nem que para além de Boris, que escapou num *kindertransport* e passou os restantes anos da guerra e da sua infância num orfanato em Surrey, e dos seus filhos, que eram algo asfixiados pelo desespero e pelo medo que acompanhava o amor do pai, Litvinoff não tinha quaisquer parentes vivos. Também não diz que o postal nunca chegou a ser enviado, mas qualquer observador mais atento pode ver que o selo não está carimbado.

Aquilo que não se sabe acerca de Zvi Litvinoff não tem fim. Não se sabe, por exemplo, que na sua primeira e última viagem a Nova Iorque, no Outono de 1954 – em que Rosa insistiu que fossem mostrar o seu manuscrito a alguns editores – ele fingiu perder-se da mulher no meio da multidão de um grande armazém de compras, que se esgueirou porta fora, atravessou a rua, e ficou a pestanejar à luz do Sol em Central Park. Que enquanto ela o procurava nas secções de meias e luvas, ele caminhava por uma avenida ladeada de elmos. Que depois de Rosa encontrar um segurança e de se ouvir anunciar nos altifalantes – *Mr Z Litvinoff, chamando Mr Z Litvinoff. É favor ir ter com a sua mulher à secção de Calçado Feminino* – Litvinoff chegou a um lago, e ficou a olhar quando um jovem casal num barco a remos se aproximou em direcção ao canavial por trás do qual ele se encontrava, e a rapariga, julgando-se inobservada, desabotoou a camisa revelando os seus seios brancos. A visão destes seios enchera Litvinoff de remorsos, pelo que voltou a correr pelo parque em direcção aos armazéns, onde foi dar com Rosa – o rosto afogueado e os cabelos húmidos de suor na nuca – a falar com dois polícias. E que quando ela se largou nos seus braços, dizendo-lhe que lhe tinha pregado um susto de morte e perguntando-lhe onde diabo se enfiara, Litvinoff respondeu que tinha ido à casa de banho e que ficara trancado na retrete. Que mais tarde, no bar de um hotel, os Litvinoff conheceram o único editor que consentiu em recebê-los, um homem nervoso com um risinho agudo e dedos manchados de nicotina que lhes disse que embora tivesse gostado muito do livro, não podia publicá-lo porque ninguém o iria comprar. Em sinal deste seu apreço, ofereceu-lhes um livro que a sua editora acabara de lançar. Ao fim de uma hora desculpou-se dizendo que tinha um jantar combinado, e saiu apressadamente, deixando a conta aos Litvinoff.

Nessa noite, depois de Rosa adormecer, Litvinoff trancou-se na casa de banho de verdade. Fazia-o quase todas as noites porque tinha vergonha de que a mulher tivesse de cheirar aquilo que era só seu. Enquanto estava sentado na sanita, leu a primeira página do livro que o editor lhes tinha oferecido. E chorou.

Não se sabe que a flor preferida de Litvinoff era a peónia. Que o seu sinal de pontuação preferido era o ponto de interrogação. Que tinha sonhos horríveis e só conseguia adormecer, quando conseguia adormecer de todo, com um copo de leite quente. Que costumava imaginar a sua própria morte. Que achava que a mulher que o amava fazia mal em amá-lo. Que tinha o pé chato. Que o seu alimento preferido era a batata. Que gostava de se pensar em si mesmo como filósofo. Que questionava tudo e mais alguma coisa, mesmo as coisas mais simples, a tal ponto que quando alguém se cruzava com ele na rua e dizia, «Bom dia», Litvinoff chegava a deter-se tão demoradamente a avaliar o acerto da asserção que quando finalmente chegava a uma conclusão para responder já a pessoa se tinha ido embora, deixando-o sozinho no meio da rua. Estas coisas perderam-se no esquecimento como tantas outras acerca de tantas outras pessoas que nascem e morrem sem que alguém se dê ao trabalho de fazer o registo das suas vidas. Em boa verdade, não fora o facto de Litvinoff ter uma mulher tão dedicada, e ninguém saberia coisa nenhuma sobre ele.

Alguns meses após a publicação do livro por uma pequena editora em Santiago, Litvinoff recebeu um embrulho no correio. No momento em que o carteiro tocou à campainha, a caneta de Litvinoff estava suspensa sobre uma folha em branco, os seus olhos congestionados de revelações, eivados do sentimento de estarem à beira de apreender a essência de alguma coisa. Mas quando a campainha tocou, o sentimento desvaneceu-se, e Litvinoff, de volta à normalidade, arrastou os pés pelo corredor escuro e abriu a porta onde o carteiro se encontrava à luz do Sol. «Bom dia», disse o carteiro, estendendo-lhe um envelope castanho impecavelmente dobrado, e Litvinoff não teve de avaliar o acerto da asserção por muito tempo até chegar à conclusão de que se há alguns instantes o dia estivera perto de ser excelente, mais até do que seria de esperar, subitamente mudara como uma rajada de vento no horizonte. O que viria a confirmar-se quando Litvinoff abriu o embrulho e reconheceu o corpo de letra d'*A História do Amor*, juntamente com uma breve nota do seu editor: *O material incluso já não nos é necessário, pelo que o devolvemos ao autor*. Litvinoff pestanejou, sem saber que a devolução das primeiras provas ao autor é um procedimento normal. Pôs-se a cismar se isto afectaria a opinião de Rosa sobre o livro. Como não tinha vontade de descobrir, queimou a nota juntamente com o material incluso, observando o lume a chamejar e a revolutear na lareira. Quando a mulher voltou das compras, correu as cortinas para deixar entrar a luz e o ar fresco, e lhe perguntou por que motivo tinha ele acendido o lume num dia tão bonito, Litvinoff encolheu os ombros e queixou-se de que estava constipado.

Dos primeiros dois mil exemplares impressos d'*A História do Amor*, alguns foram comprados e lidos, muitos foram comprados mas não lidos, alguns foram oferecidos como presentes, outros ficaram a esmorecer nas montras das livrarias, servindo de pista de aterragem às moscas; outros foram assinalados a lápis, e uma boa parte deles foi enviada para a fábrica de papel, onde foram retalhados numa polpa juntamente com outros livros não lidos ou indesejados, as suas frases decompostas e retalhadas nas lâminas giratórias da máquina. Ao olhar pela janela, Litvinoff imaginou os dois mil exemplares d'*A História do Amor* como um bando de dois mil pombos capazes de bater as asas e voltar para contar quantas lágrimas derramadas, quantas gargalhadas, quantas passagens lidas em voz alta, quantos exemplares cruelmente abandonados ao fim da primeira página, quantos exemplares que nunca chegaram sequer a ser abertos.

Não podia sabê-lo, mas da primeira tiragem d'*A História do Amor* (houve um surto de interesse na sequência da morte de Litvinoff, e o livro não tardou a ser reeditado com a introdução de Rosa), pelo menos uma cópia estava destinada a mudar uma vida – mais do que uma vida. Este livro em particular era um dos últimos dos dois mil que foram inicialmente impressos, e permaneceu mais tempo do que os outros num armazém nos arredores de Santiago, absorvendo a humidade. Daí foi finalmente enviado para uma livraria em Buenos Aires. O proprietário, descuidado, mal deu por ele, e durante alguns anos definhou nas prateleiras, adquirindo um padrão bolorento na capa. Era um volume fino, e a sua posição na prateleira não era propriamente central: ensanduichado à esquerda por uma biografia excessivamente pesada de uma actriz menor e à direita por um romance que outrora tivera grande êxito de um autor de quem já ninguém se lembrava, a sua lombada era praticamente imperceptível, mesmo ao observador mais atento. Quando a livraria mudou de dono foi vítima de uma limpeza maciça, e foi transportado para outro armazém, imundo, sombrio, pejado de pernilongos, onde permaneceu na escuridão e na humidade antes de ser finalmente enviado para uma loja de livros em segunda mão, não muito longe da casa do escritor Jorge Luis Borges. Nessa altura, Borges estava completamente cego e não tinha razão nenhuma para visitar a livraria – porque já não podia ler, e porque ao longo da vida tinha lido tanto, memorizado porções tão vastas de Cervantes, Goethe e Shakespeare, que a única coisa que tinha de fazer era deixar-se estar na escuridão a reflectir. Havia alguns admiradores de Borges o escritor que procuravam a sua morada e apareciam a bater-lhe à porta, mas quando entravam, encontravam Borges o leitor, que percorria as lombadas dos livros com os dedos até localizar aquele que desejava ouvir, e o estendia ao visitante, que não tinha outro remédio senão sentar-se e ler para ele em voz alta. Por vezes deixava Buenos Aires para viajar com a sua amiga María Kodama, ditando-lhe os seus pensamentos acerca da alegria de fazer uma viagem de balão ou da beleza de um tigre. Mas não chegou a visitar a loja de livros em segunda mão, embora mantivesse uma relação próxima com a dona, mesmo enquanto ainda podia ler.

A dona demorava-se a desembrulhar os livros que tinha comprado por atacado e muito bom preço no armazém. Uma bela manhã, ao revolver os caixotes, descobriu o exemplar bolorento d'*A História do Amor*. Nunca tinha ouvido falar no livro, mas o título chamou-lhe a atenção. Pô-lo de lado, e durante uma longa hora na loja leu o capítulo de abertura, chamado «A Idade do Silêncio».

> A primeira linguagem que os humanos tiveram foi os gestos. Não havia nada de primitivo nesta língua que brotava das mãos das pessoas, nada que hoje se diga que não pudesse ser dito nesse imenso rol de movimentos possíveis com os ossos finos das mãos e dos dedos. Os gestos eram complexos e subtis, envolvendo uma delicadeza de movimentos que se perdeu completamente desde então.
>
> Durante a Idade do Silêncio, as pessoas comunicavam mais, e não menos. As necessidades de sobrevivência exigiam que as mãos quase nunca estivessem paradas, e a única altura em que as pessoas não estavam a dizer isto ou aquilo (e por vezes nem aí) era quando estavam a dormir. Não havia qualquer distinção entre os gestos da linguagem e os gestos da vida. A acção de construir uma casa, por exemplo, ou de preparar uma refeição, exprimia tanto como fazer o gesto para dizer, *Eu Amo-te* ou *Sinto-me sério*. Quando uma mão era usada para esconder uma cara assustada por um ruído violento, isso era dizer alguma coisa;

e quando os dedos das mãos eram usados para apanhar alguma coisa que alguém deixara cair no chão, também aí, algo estava a ser dito. Naturalmente, também havia mal-entendidos. Por vezes, um dedo podia ser erguido apenas para coçar o nariz, e no caso de haver um contacto visual fortuito com um amante nesse preciso momento, então o nosso amante poderia tomar acidentalmente esse gesto, em tudo idêntico, ao que usaríamos para dizer, *Agora percebo que fiz mal em amar-te*. Estes mal-entendidos eram de partir o coração. No entanto, como as pessoas sabiam como era fácil eles acontecerem, como não viviam na ilusão de se entenderem perfeitamente umas às outras, estavam habituadas a interromper-se umas às outras para perguntar se tinham entendido bem. Às vezes estes mal-entendidos eram até desejáveis, pois davam às pessoas o ensejo de dizer, *Desculpa, estava só a coçar o nariz. Claro que sei que fiz bem em amar-te*. Devido à frequência destes erros, com o tempo o gesto para pedir perdão evoluiu para a forma mais simples. O simples gesto de abrir a palma da mão passou a querer dizer: perdoa-me.

Tirando uma excepção, praticamente não existe nenhum registo desta linguagem primeira. A excepção, na qual se baseia todo o conhecimento sobre o assunto, é uma colecção de setenta e nove gestos fossilizados, impressões de mãos humanas congeladas a meio das frases, conservadas num pequeno museu em Buenos Aires. Uma delas representa o gesto para *Às vezes quando a chuva*, outra para *Ao fim destes anos todos*, e outra para *Terei feito bem em te amar?* Foram encontradas em Marrocos em 1903 por um médico argentino chamado Antonio Alberto de Biedma. Estava a fazer montanhismo nas montanhas do Alto Atlas quando descobriu a gruta onde os setenta e nove gestos estavam impressos no argilito. Estudou-os durante anos sem conseguir avançar um milímetro na sua compreensão, até que um dia, sofrendo já da disenteria que acabaria por matá-lo, achou-se capaz de decifrar os significados dos movimentos delicados dos pulsos e dos dedos retidos na rocha. Pouco tempo depois foi levado para o hospital em Fez, e enquanto exalava o seu último suspiro, as suas mãos remexiam-se como pássaros formando mil gestos adormecidos ao longo de todos esses anos.

Se em grandes reuniões ou festas, rodeados de pessoas de quem nos sentimos distantes, sentimos por vezes as nossas mãos pender desajeitadamente na ponta dos braços – se não sabemos bem o que fazer com elas, possuídos pela tristeza que sobrevém quando reconhecemos a estranheza do nosso próprio corpo – é porque as nossas mãos têm memória de um tempo em que a divisão entre corpo e mente, cérebro e coração, o que está dentro e o que está fora, era muito *menor*. Não é que nos tenhamos esquecido da linguagem dos gestos por completo. O hábito de movermos as nossas mãos enquanto falamos ficou-nos desse tempo. Bater palmas, apontar com o dedo, esticar o polegar para cima: são tudo artefactos de gestos antigos. Dar as mãos, por exemplo, é uma forma de relembrarmos a sensação de estarmos juntos sem dizer nada. E à noite, quando a escuridão já não nos deixa ver, sentimos a necessidade de gesticular uns aos outros para nos fazermos entender.

A dona da loja de livros em segunda mão baixou o volume da rádio. Saltou para a badana da contracapa do livro para descobrir mais sobre o autor, mas a única coisa que dizia era que Zvi Litvinoff tinha nascido na Polónia e viajado para o Chile em 1941, onde vivia ainda hoje. Não havia fotografia nenhuma. Nesse dia, enquanto não estava a atender os clientes, acabou o livro. Antes de trancar a porta nessa noite, colocou-o na janela, um tanto desgostosa por ter de se separar dele.

Na manhã seguinte, os primeiros raios de sol nascente incidiram sobre a capa d'*A História do Amor*. A primeira de muitas moscas rebrilhou no seu invólucro. As suas páginas bolorentas começaram a secar ao calor enquanto o gato persa cinzento-azulado que se pavoneava pela livraria o roçagava ao passar para reclamar uma represa de luz do Sol. Algumas horas depois, o primeiro de muitos transeuntes lançou-lhe um olhar furtivo ao passar pela montra.

A dona da loja não tentou impingir o livro a nenhum dos seus clientes. Sabia que nas mãos erradas um tal livro poderia facilmente ser descartado ou, pior ainda, ficar por ler. Em vez disso, deixou-o ficar onde estava, na esperança de que viesse a ser descoberto pelo leitor certo.

E foi o que aconteceu. Uma bela tarde um jovem alto viu o livro na montra. Entrou na loja, pegou nele, leu algumas páginas e levou-o até à caixa registadora. Quando falou com a dona da livraria, ela não foi capaz de identificar o seu sotaque. Perguntou-lhe de onde era, curiosa em saber quem era a pessoa que ia ficar com o livro. De Israel, respondeu ele, explicando que tinha acabado de cumprir o serviço militar recentemente, estando agora a viajar pela América do Sul durante uns meses. A dona da loja estava prestes a pôr o livro num saco de papel, mas o jovem disse que não era preciso, e enfiou-o na mochila. Os sinos chineses da porta ainda tilintavam enquanto ela o via afastar-se, as sandálias a estalar contra o pavimento quente e luzidio.

Nessa noite, recostado na cama do seu quarto alugado em tronco nu, com uma ventoinha a soprar indolentemente o ar quente, o jovem abriu o livro e, num floreado que vinha aperfeiçoando há anos, assinou o seu nome: *David Singer*.

Começou então a ler, eivado de desejo e inquietude.

UMA ALEGRIA PARA SEMPRE

NÃO SEI do que era que eu estava à espera, mas de alguma coisa seria. Os meus dedos tremiam-me sempre que ia abrir a caixa do correio. Ia ver segunda-feira. Nada. Voltava a ver na terça e na quarta, nada. Quinta-feira tão-pouco. Duas semanas e meia depois de eu ter posto o meu livro no correio, o telefone tocou. Tinha a certeza que era o meu filho. Estava a dormitar na minha cadeira. Tinha um fio de baba no ombro. Levantei-me de um pulo para ir atender. ESTÁ LÁ? Mas. Era apenas a professora da aula de desenho a dizer que estava à procura de pessoas para um projecto que estava a desenvolver numa galeria, e que se tinha lembrado de mim por causa da minha citação presença forte fim de citação. Claro que me senti lisonjeado. Em qualquer outra altura seria motivo suficiente para me levar a cometer uma extravagância. E no entanto. *Um projecto de que tipo?*, perguntei. Ela disse que a única coisa que eu tinha de fazer era ficar nu num banco de metal no meio da sala e depois, se me apetecesse, o que ela esperava que viesse a acontecer, mergulhar o meu corpo num barril de verdadeiro sangue de vaca *kosher* e rebolar-me em grandes lençóis de papel brancos para esse efeito.

Posso ser um tonto, mas não sou doido. Há certos limites para além dos quais não estou disposto a ir, por isso agradeci-lhe a proposta mas disse que ia ser obrigado a recusar porque já tinha um compromisso para me sentar de papo para o ar em rotação de acordo com o movimento da Terra à volta do Sol. Ela ficou desapontada. Mas pareceu compreender. Disse que se eu quisesse aparecer para ver os desenhos que tinham sido feitos de mim na aula de desenho, podia ir à exposição que eles iam montar daí a um mês. Tomei nota da data e desliguei.

Ainda não tinha saído de casa o dia todo. Já estava a começar a escurecer, por isso decidi sair para dar um passeio. Sou um homem velho. Mas ainda consigo dar uma curva. Passei a gingar pela Lanchonete Zafi's e pelo barbeiro original do Mr. Man e pelo Kossar's Bialys onde às vezes vou comer um *bagel* quente ao sábado à noite. Dantes não faziam *bagels*. Por que haveriam de fazê-los? Se se chamavam Bialys, só tinham de fazer *bialys*. E no entanto.

Continuei a caminhar. Entrei na drogaria e atirei um placar de geleia KY ao chão. Mas. Fi-lo sem alma. Quando passei pelo centro, vi uma grande bandeira a dizer DUDU FISHER ESTE DOMINGO À NOITE, COMPRE BILHETES AGORA. Por que não?, pensei eu. Nem é tanto por mim, mas o Bruno adora o Dudu Fisher. Entrei e comprei dois bilhetes.

Não tinha nenhum destino em mente. Começou a escurecer, mas eu perseverei. Quando vi um Starbucks entrei e pedi um café porque me apetecia um café, e não porque quisesse que alguém reparasse em mim. Em condições normais teria feito um grande número, *Dê-me um Grande Vente, Quero dizer, um Grande Alto, ou Dê-me um Chai Super Vente Grande, ou será que vou para um Frappe Curto?*, e depois, para rematar, arranjaria um pequeno desentendimento na máquina do leite. Mas desta vez não. Tirei o leite como uma pessoa normal, um cidadão do mundo, e sentei-me numa cadeira de braços defronte de um homem a ler o jornal. Envolvi o café com as mãos. O calor do copo soube-me bem. Na mesa ao lado estava uma rapariga com o cabelo azul debruçada sobre um bloco de notas e a roer uma esferográfica, e na mesa ao lado dela estava um rapazinho vestido com um equipamento de futebol sentado ao lado da mãe, que lhe dizia, *O plural de anão é anões*. Senti uma onda de felicidade invadir-me. Sentia-me inebriado por fazer parte daquilo tudo. Por estar a tomar um café como uma pessoa normal. Apetecia-me gritar: *O plural de anão é anões! Mas que língua a nossa! Mas que mund'este!*

Havia uma cabine telefónica junto às casas de banho. Levei a mão ao bolso à procura de uma moeda e marquei o número de Bruno. Tocou nove vezes. A jovem do cabelo azul passou por mim a caminho da casa de banho. Eu sorri-lhe. Incrível! Ela sorriu-me de volta. Ao décimo toque, Bruno atendeu.

Bruno?
Sim?
Não é maravilhoso estarmos vivos?
Não obrigado, não estou interessado em comprar nada.
Eu não te estou a tentar vender nada! É o Leo. Escuta. Estava aqui sentado a tomar um café no Starbucks e de repente bateu-me.
Quem é que te bateu?
Chiu, escuta! Bateu-me como é bom estarmos vivos. Vivos! E queria dizer-te isto. Não entendes o que eu te estou a dizer? Estou a dizer que a vida é uma coisa maravilhosa, Bruno. Uma maravilha e uma alegria para sempre.

Seguiu-se uma pausa.
Claro que sim, como queiras, Leo. A vida é uma maravilha.
E uma alegria para sempre, disse eu.
Está bem, disse Bruno. *E uma alegria.*
Aguardei.
Para sempre.
Já estava prestes a desligar quando Bruno disse, *Leo?*
Sim?
Estavas a referir-te à vida humana?

Demorei-me no meu café uma boa meia hora, aproveitando-o ao máximo. A rapariga fechou o caderno e levantou-se para sair. O homem aproximava-se do fim do jornal. Eu fui lendo as gordas. Eu era uma pequeníssima parte de algo muito muito maior do que eu mesmo. Sim, da vida humana. Humana! Vida! Até que o homem virou a página e o meu coração parou.

Era uma fotografia do meu filho Isaac. Nunca a tinha visto antes. Costumo guardar todos os recortes em que ele aparece, se houvesse algum clube de fãs, o presidente seria eu. Há vinte anos que sou assinante da revista onde ele publica de vez em quando. Pensava que já tinha visto todas as fotografias que havia dele. Já as estudei a todas milhares e milhares de vezes. E no entanto. Esta era nova para mim. Estava de pé diante de uma janela. Tinha o queixo descaído, a cabeça ligeiramente inclinada. É provável que estivesse a pensar. Mas tinha os olhos voltados para cima, como se alguém o tivesse chamado pelo seu nome no preciso momento em que a máquina disparou. Quis chamá-lo. Era apenas um jornal, mas eu tinha vontade de o saudar a plenos pulmões. *Isaac! Estou aqui! Estás-me a ouvir, meu pequeno Isaac?* Queria que ele voltasse os olhos para mim tal como fizera com quem o tinha distraído dos seus pensamentos. Mas. Não podia. Porque o título dizia, ISAAC MORITZ, ROMANCISTA, MORRE AOS 60 ANOS.

> *Isaac Moritz, aclamado autor de seis romances, entre os quais se contam* O Remédio, *premiado com o National Book Award, faleceu na terça-feira à noite. A causa da morte foi a doença de Hodgkins. Tinha 60 anos de idade.*
>
> *Os romances de Mr. Moritz caracterizam-se pelo humor, compaixão e esperança que tentam encontrar no meio do desespero. Desde o primeiro momento que teve fervorosos apoiantes. Entre eles figuram o romancista Philip Roth, um dos juízes do National Book Award em 1972, atribuído a Mr. Moritz pelo seu romance de*

estreia. «*No centro de* O Remédio *encontramos um coração humano vivo, agudo e pungente*», *escreveu Roth numa nota à imprensa a anunciar o prémio. Outro dos fãs de Mr. Moritz, Leon Wiesetier, falando ao telefone esta manhã da redacção do* New Republic *em Washington D.C., apelidou Mr. Moritz de* «*um dos escritores mais importantes e subvalorizados de finais do século* XX. *Designá-lo como escritor judeu*», *acrescentou,* «*ou, pior, escritor experimental, é passar completamente ao lado da sua humanidade, que resistia a toda e qualquer categorização.*»

Mr. Moritz nasceu em 1940 em Brooklyn, filho de pais imigrantes. Sendo uma criança séria e calada, costumava encher cadernos com descrições pormenorizadas de cenas da sua própria vida. Uma delas – uma passagem acerca de um dia em que viu um cão ser espancado por um bando de crianças, escrita aos doze anos – viria a inspirar a cena mais célebre de O Remédio, *em que o protagonista, Jacob, deixa o apartamento de uma mulher com quem acabou de fazer amor pela primeira vez, e, detendo-se na sombra de um candeeiro de rua debaixo de um frio gélido, vê um cão ser brutalmente morto a pontapé por dois homens. Nesse momento, acometido pela brutalidade cruciante da existência humana – pela «contradição insolúvel de sermos animais amaldiçoados pela auto-reflexão e seres morais amaldiçoados pelos instintos animais» – Jacob lança-se num lamento, um único parágrafo arrebatado e ininterrupto ao longo de cinco páginas, que a revista* Time *considerou uma das «passagens mais assombrosas e candentes» da literatura contemporânea.*

Para além de ter conquistado uma avalanche de elogios e o National Book Award, O Remédio *fez de Mr. Moritz um nome familiarmente conhecido. Vendeu mais de 200 mil exemplares no ano em que foi publicado, e foi um* best-seller *do top de vendas do* New York Times.

A sua segunda obra foi aguardada com grande expectativa, mas quando Casas de Vidro, *um livro de histórias, foi finalmente*

> *publicado cinco anos mais tarde foi acolhido com críticas diversas. Enquanto alguns críticos viram nele uma estreia ambiciosa e inovadora, outros, como Morton Levy, que publicou um ataque cáustico na revista* Comentary, *qualificou a colecção como um falhanço. «Mr. Moritz», escreveu Levy, «cujo romance de estreia foi encorajado por especulações escatológicas, resolveu dedicar-se aqui a um exercício de escatologia pura, embora de outro tipo.» Escrito num estilo fragmentado e por vezes surreal, as histórias de* Casas de Vidro *abarcam temas tão diversos como anjos e homens do lixo.*
>
> *Reiventando a sua voz mais uma vez, o terceiro livro de Mr. Moritz,* Sing, *foi escrito numa linguagem despojada que o* New York Times *descreveu como «seca como a pele de um tambor». Embora nos seus dois últimos romances continuasse à procura de novos meios para os exprimir, os temas tratados por Mr. Moritz revelam uma certa consistência. Na origem da sua arte encontramos um humanismo apaixonado e uma exploração inabalável da relação do homem com o seu Deus.*
>
> *Mr. Moritz deixa um irmão, Bernard Moritz.*

Sentei-me, com as ideias em desalinho. Pensei no rosto do meu filho de cinco anos. Bem como na vez em que o vi a atar o atacador do sapato do outro lado da rua. Até que um empregado do Starbucks com um anel na sobrancelha veio ter comigo. *Estamos a fechar*, disse ele. Olhei à minha volta. Era verdade. Toda a gente se tinha ido embora. Uma rapariga com as unhas pintadas estava a passar uma sabrina pelo chão. Levantei-me. Ou melhor, tentei levantar-me, mas as pernas vergaram debaixo de mim. O empregado da Starbucks olhou para mim como se eu fosse uma barata na massa de um bolo. O copo de papel que eu tinha na mão estava desfeito numa papa húmida. Estendi-lho e comecei a atravessar o recinto. Depois lembrei-me do jornal. O empregado já o tinha atirado para o contentor do lixo que fazia rolar pelo chão. Repesquei-o, manchado como estava de queijo dinamarquês, enquanto ele continuava a olhar. Como não sou nenhum pedinte, entreguei-lhe os bilhetes para o Dudu Fisher.

Não sei como cheguei a casa. Bruno deve ter-me ouvido abrir a fechadura, pois daí a um minuto desceu as escadas e bateu. Eu não respondi. Estava sentado às escuras na cadeira junto à janela. Ele continou a bater. Por fim ouvi-o voltar a subir as escadas. Passou-se uma hora ou mais até que o ouvi descer as escadas outra vez. Introduziu um pedaço de papel debaixo da porta, onde se lia, A VIDA É MERAVILHOSA. Empurrei-o outra vez para fora. Ele voltou a empurrá-lo para dentro. Empurrei-o para fora, e ele para dentro. Dentro e fora, fora, dentro. Olhei para ele. A VIDA É MERAVILHOSA. Talvez seja, pensei eu. Talvez seja essa a palavra para a vida. Ouvi a respiração de Bruno do outro lado da porta. Descobri um lápis. Escrevinhei: E UMA ANEDOTA PARA SEMPRE. Voltei a empurrá-lo por baixo da porta. Uma pausa enquanto ele o lia. Depois, aparentemente satisfeito, voltou a subir as escadas.

É possível, gritei eu. Vai dar ao mesmo.

Adormeci perto da madrugada. Sonhei que estava de pé numa estação de caminho de ferro. O comboio chegava e de lá saía o meu pai. Trazia um casaco de pele de camelo. Eu corria para ele. Ele não me reconhecia. Eu dizia-lhe quem era. Ele abanava a cabeça. *Não*, dizia ele. *Só tive filhas*. Sonhei que os meus dentes se desfaziam, que os cobertores me sufocavam. Sonhei com os meus irmãos, havia sangue por todo o lado. Gostaria de dizer que sonhei que eu e a rapariga que amava envelhecíamos juntos. Ou com uma porta amarela e um campo aberto. Gostaria de dizer que sonhei que tinha morrido e que o meu livro tinha sido encontrado entre as minhas coisas, e que me tornara famoso nos anos que se seguiram ao fim da minha vida. E no entanto.

Peguei no jornal e cortei a fotografia do meu Isaac. Estava amarrotada, mas eu alisei-a. Pu-la na minha carteira, na parte de plástico, própria para fotografias. Abri e fechei o fecho de velcro umas quantas vezes para olhar para ele. Depois reparei que por baixo do sítio onde a tinha recortado, dizia, «O serviço fúnebre realizar-se-á» – não conseguia ler o resto. Tive de voltar a tirar a fotografia e juntar os dois bocados. *O serviço fúnebre realizar-se-á no sábado, dia 7 de Outubro, às 10 da manhã na Sinagoga Central.*

Era sexta-feira. Sabia que não devia ficar em casa, por isso obriguei-me a sair. Sentia o ar de maneira diferente nos pulmões. O mundo já não parecia o mesmo. Uma pessoa muda e volta a mudar. Tornamo-nos um cão, um pássaro, uma planta que pende sempre para a esquerda. Só agora que o meu filho tinha morrido é que eu me dava conta de como tinha andado a viver para ele. Quando acordava de manhã era porque ele existia, quando mandava vir comida era porque ele existia, e quando escrevia o meu livro era porque ele existia para o ler.

Apanhei o autocarro para a zona nova. Disse a mim próprio que não podia ir ao funeral do meu filho na *shmatta* velha e engelhada a que eu chamava um fato. Não queria envergonhar o meu filho. Mais do que isso, queria que ele se sentisse orgulhoso. Saí em Madison Avenue e percorri a avenida a pé, observando as montras. Tinha o lenço frio e húmido na mão. Não sabia em que loja entrar. Por fim, acabei por escolher uma que me pareceu simpática. Passei o dedo por um casaco para avaliar o material. Um *shvartzer* gigante num fato bege brilhante e botas de *cowboy* abeirou-se de mim. *Estou só a apalpar o tecido*, disse eu. *Não quer experimentá-lo?*, perguntou ele. Fiquei lisonjeado. Perguntou-me o meu tamanho. Eu não sabia. Mas ele parecia compreender. Olhou-me de alto a baixo, indicou-me um vestiário, e pendurou o casaco no gancho. Eu despi-me. Havia três espelhos. Fiquei exposto a partes de mim mesmo que já não via há anos. Apesar da mágoa que isso me causou, perdi algum tempo a examiná-las. Depois vesti o casaco. As calças estavam justas e apertadas e o casaco vinha-me praticamente até aos joelhos. Parecia um palhaço. O *shvartzer* puxou a cortina com um sorriso. Ajustou-me o fato, abotoou-mo e fez-me rodopiar. Olhámos ambos para o espelho. *Assenta-lhe que nem uma luva*, anunciou ele. *Se você quisesse*, disse ele, *podíamos tirar-lhe um bocadinho aqui. Mas não precisa. Parece que foi feito para si.* Ora, o que é que eu percebo de moda?, pensei eu. Perguntei-lhe o preço. Ele levou a mão à parte de trás das minhas calças, e remexeu as minhas *tuchas*. *Este é a... mil*, anunciou. Eu fiquei a olhar para ele. *Mil quê?* disse eu. Ele riu delicadamente. Ficámos os dois especados diante dos três espelhos. Eu dobrava e voltava a dobrar o meu lenço húmido. Num derradeiro assomo de compostura, desprendi as cuecas que se me haviam alojado entre as nádegas. Devia haver uma palavra para isto. A harpa de uma só corda.

De volta à rua, continuei a andar. Sabia que o fato não importava. Mas. Precisava de fazer mais alguma coisa. Para me estabilizar.

Havia uma loja em Lexington que anunciava fotografias de passaporte. Gosto de lá ir de vez em quando. Costumo guardá-las num pequeno álbum. A maioria delas são minhas, excepto uma, que é de Isaac, então com cinco anos de idade, e uma outra do meu primo, o serralheiro. Era um fotógrafo amador e um dia ensinou-me a fazer uma máquina fotográfica de cartão. Isto foi no Verão de 1947. Eu estava sentado nas traseiras da sua pequena loja a vê-lo arranjar o papel fotográfico dentro da caixa. Mandou-me estar quieto e apontou-me um candeeiro à cara. Depois removeu a capa do buraco de alfinete. Eu estava tão quieto que mal respirava. Quando acabámos, fomos até à sala escura e mergulhámo-lo na tina de revelação. Aguardámos. Nada. Onde devia aparecer eu, havia apenas uma mancha cinzenta riscada. O meu primo insistiu que tentássemos outra vez, por isso voltámos a tentar, e mais uma vez, nada. Tentou três vezes tirar-me uma fotografia com a máquina de cartão, três vezes em que eu me recusei a aparecer. O meu primo não conseguia entender. Amaldiçoava o homem que lhe tinha vendido o papel, julgando que lhe tinham vendido um lote defeituoso. Mas eu sabia que não. Sabia que tal como algumas pessoas perdem um braço ou uma perna, assim eu perdera seja lá o que for que torna as pessoas indeléveis. Disse ao meu primo para se sentar na cadeira. Ele estava relutante, mas por fim lá concordou. Tirei-lhe uma fotografia, e enquanto olhávamos para o papel na tina de revelação vimos o seu rosto aparecer. Ele riu-se. E eu ri-me também. Era eu que tinha tirado a fotografia, e se ela era prova da existência dele, era-o igualmente da minha. Deixou-me ficar com ela. Quando a tirava da minha carteira e o via a ele, sabia que estava na verdade a ver-me a mim. Comprei um álbum, e colei-a à segunda página. Na primeira página, pus uma fotografia do meu filho. Algumas semanas depois, passei por uma drogaria com uma cabine de fotografias. Entrei lá dentro. A partir daí, de cada vez que tinha algum dinheiro extra passava pela cabine. No princípio era sempre a mesma coisa. Mas. Continuei a tentar. Até que um dia mexi-me sem querer no preciso momento em que a máquina disparou. Apareceu uma sombra. Da vez seguinte vi o contorno da minha cara, e algumas semanas mais tarde a minha cara propriamente dita. Era o contrário de desaparecer.

Quando abri a porta da loja de fotografia ouvi tilintar um sino. Dez minutos depois já eu estava na rua com quatro fotografias idênticas de mim mesmo na mão. Olhei para elas. Podem chamar-me muita coisa. Mas bonito não é uma delas. Enfiei uma na carteira, junto à fotografia de Isaac recortada do jornal e atirei as outras para o lixo.

Levantei os olhos. Do outro lado da rua estava o Bloomingdale's. Já lá tinha ido uma ou duas vezes para pedir um pouco de *shpritz* a uma das senhoras da perfumaria. Que posso eu dizer, vivemos num país livre. Andei para baixo e para cima nas escadas rolantes até encontrar a secção dos fatos no piso inferior. Desta vez olhei primeiro para os preços. Havia um fato azul-escuro pendurado num cabide que estava em saldo por duzentos dólares. Parecia ser o meu tamanho. Levei-o até ao vestiário e experimentei-o. As calças eram demasiado compridas, mas isso já era de esperar. As mangas também. Saí para fora do cubículo. Um costureiro com uma fita métrica ao pescoço fez-me um gesto para subir ao piso de cima. Eu avancei, e ao fazê-lo lembrei-me do tempo em que a minha mãe me mandava ao alfaiate para ir buscar as camisas novas do meu pai. Tinha então nove anos, talvez dez. No interior da sala pardacenta, os manequins estavam todos juntos a um canto, como se estivessem à espera de um comboio. O alfaiate Grodzenski estava debruçado sobre a sua máquina de costura, pedalando com um pé. Eu ficava a olhar para ele, fascinado. Todos os dias, tendo apenas os manequins por testemunhas, as suas mãos transformavam rolos de panos desenxabidos em colarinhos, punhos, pregas, bolsos. *Queres experimentar?*, perguntava ele. Eu via a agulha saltar para baixo e para cima, deixando um trilho miraculoso de pontos azuis. Enquanto eu pedalava, Grodzenski ia trazendo as camisas do meu pai embrulhadas em papel pardo. Fazia-me então sinal para ir ter com ele atrás do balcão. Ia buscar outro pacote embrulhado no mesmo papel pardo. Cuidadosamente, desencantava uma revista. Já tinha alguns anos. Mas estava em perfeito estado. Manuseava-a com as pontas dos dedos. Como se fossem iluminadas por dentro. Exibiam vestidos como eu nunca tinha visto: vestidos em madrepérola, com penas e borlas, vestidos que revelavam pernas, braços, a curva do seio. Dos lábios de Grodzenski saía uma única palavra: *Paris*. Folheava as páginas em silêncio, e eu ficava a ver em silêncio. As nossas respirações condensavam-se nas fotografias lustrosas. Talvez Grodzenski me estivesse a mostrar, com o seu orgulho discreto, a razão pela qual costumava cantarolar um pouco enquanto trabalhava. Por fim, lá fechava a revista, voltando a introduzi-la no embrulho de papel pardo. E voltava ao trabalho. Se alguém me tivesse dito então que Eva tinha comido a maçã apenas para que os Grodzenskis deste mundo pudessem existir, eu teria acreditado.

O parente pobre de Grodzenski afadigava-se à minha volta com giz e alfinetes. Perguntei-lhe se seria possível esperar um pouco enquanto ele me fazia a bainha. Ele olhou para mim como se eu tivesse duas cabeças. *Tenho p'raí uns cem fatos p'ra arranjar, e você quer que eu trate do seu agora?* Abanou a cabeça. Duas semanas, no mínimo.

É para um funeral, disse eu. *Do meu filho*. Tentei controlar-me. Levei a mão ao bolso à procura do meu lenço. Depois lembrei-me que estava no bolso das minhas calças engelhadas no chão do vestiário. Abandonei a sala e voltei a correr para o meu cubículo. Sabia que iria fazer uma triste figura naquele fato de palhaço. Um homem deve comprar um fato para a vida, não para a morte. Não era isso que o fantasma de Grodenski me estava a dizer? Não podia envergonhar nem agradar a Isaac. Porque ele já não existia.

E no entanto.

Nessa noite, cheguei a casa com o fato arranjado à medida, envolto num saco de plástico. Sentei-me na mesa da cozinha e fiz um pequeno rasgão no colarinho. A minha vontade era rasgá-lo todo. Mas contive-me. Fishl, o *tzaddik*, que talvez fosse um idiota, disse uma vez: *Um único rasgão é mais difícil de suportar do que uma centena de rasgões.*

Tomei um banho. Não um banho de gato com uma esponja, mas um banho a sério, enegrecendo um pouco mais o anel de sujidade na banheira. Vesti o meu fato novo, e tirei a garrafa de *vodka* da prateleira. Bebi um copo, limpando a boca com as costas da mão, repetindo o gesto que já tinha sido feito centenas de vezes pelo meu pai e pelo pai dele e pelo pai do pai dele, olhos meio fechados, como se o amargor do álcool substituísse a amargura da dor. Depois, quando a garrafa acabou, pus-me a dançar. Primeiro lentamente. Mas cada vez mais depressa. Batia com os pés e sacudia as pernas, articulações a estalar. Martelava com os pés e agachava-me e esperneava na mesma dança que o meu pai dançava, e o pai dele, as lágrimas a escorrerem-me pelas faces enquanto eu ria e cantava, dançando, dançando, até ficar com os pés em chaga e com a unha do pé ensanguentada, dancei da única forma que sabia dançar: de corpo e alma, chocando com as cadeiras, e rodopiando até cair, para logo me levantar e continuar a dançar, até o dia nascer e eu dar por mim prostrado no chão, tão próximo da morte que podia cuspir-lhe na cara e sussurrar: *L'chaim*.

Acordei ao som de um pombo a sacudir as penas no parapeito da janela. Tinha uma manga do casaco rasgada, a cabeça a latejar, sangue seco na face. Mas não sou feito de vidro.

Pensei: Bruno. Por que não teria vindo? Talvez eu não o tivesse ouvido bater à porta. Mesmo assim. Sem dúvida que me tinha ouvido, a menos que estivesse a ouvir música no *walkman*. E mesmo assim. Tinha mandado um candeeiro ao chão e revirado as cadeiras todas. Estava prestes a subir as escadas para lhe bater à porta quando olhei para o relógio. Já eram dez e um quarto. Gosto de pensar que o mundo não estava pronto para mim, mas talvez fosse eu que não estava pronto para o mundo. Toda a vida cheguei atrasado à minha própria vida. Fui a correr para a paragem do autocarro. Ou melhor, a coxear, arrepanhando as pernas das calças, correndo atabalhoadamente, parando a arfar entre pulos e pinotes, calças na mão, pisando-as e arrepanhando-as vezes sem conta. Apanhei o autocarro para a zona nova. Ficámos retidos no trânsito. *Será que isto não anda mais depressa?*, disse eu alto e bom som. A mulher ao meu lado levantou-se e mudou de lugar. Talvez lhe tenha atingido a perna no meio da minha agitação, não sei. Um homem de casaco cor de laranja e calças estampadas de pele de serpente levantou-se e começou a cantar uma canção. Toda a gente se pôs a olhar pela janela até se dar conta de que ele não estava a pedir dinheiro. Estava apenas a cantar.

Quando cheguei à sinagoga a cerimónia já tinha acabado, mas ainda lá estava muita gente. Um homem envergando um casaco branco e um laço amarelo, com o pouco cabelo que lhe restava untado na careca, disse, *Claro que sabíamos, mas quando finalmente aconteceu nenhum de nós estava preparado*, ao que uma mulher que se encontrava a seu lado retorquiu, *Quem é que pode estar preparado?* Deixei-me ficar sozinho junto a uma planta num vaso. Tinha as palmas das mãos suadas, estava a começar a ficar tonto. Talvez tivesse feito mal em ter vindo.

Queria saber onde é que ele tinha sido enterrado; o jornal não dizia. Subitamente, arrependi-me profundamente de ter comprado o meu talhão tão cedo. Se soubesse, podia ter ido para o pé dele. Amanhã. Ou no dia a seguir. Tive medo de ser abandonado aos cães. Tinha ido aos jazigos de Mrs. Freid em Pinelawn, que parecera ser um sítio agradável. Um tal de Mr. Simchik mostrou-me o local e deu-me um panfleto. Eu tinha imaginado algo debaixo de uma árvore, um salgueiro-chorão, por exemplo, com um pequeno banco, quem sabe. Mas. Quando ele me disse o preço, fiquei destroçado. Mostrou-me as minhas alternativas possíveis, meia dúzia de talhões que ou ficavam muito perto da estrada ou já praticamente não tinham relva. *Não há mesmo nada com uma árvore?*, perguntei. Simchick abanou a cabeça. *Um arbusto?* Ele passou o dedo pela língua e remexeu os seus papéis. Murmurejou e pigarreou, mas por fim lá deu o braço a torcer. *Talvez se arranje qualquer coisa*, disse ele, *é mais do que estava a planear gastar, mas pode pagar a prestações*. Era no extremo mais distante, nos subúrbios da parte judaica. Não era exactamente debaixo, mas sim perto de uma árvore, suficientemente perto para que nesse Outono algumas das suas folhas pudessem tombar sobre mim. Ponderei bem. Simchik disse-me para estar à vontade e voltou para o seu gabinete. Fiquei ali à luz do Sol. Depois agachei-me na relva e estendi-me de barriga para o ar. Senti o chão frio e húmido por baixo da minha gabardina. Fiquei a ver as nuvens a passar lá no alto. Talvez tenha adormecido. Até que, quando dei por mim, tinha Simchik de pé por cima de mim. *Atão? Sempre fica com ele?*

Pelo canto do olho vi Bernard, o meio-irmão do meu filho. Um enorme imbecil, a cara chapada do seu pai, que Deus o guarde. Sim, mesmo a ele. O seu nome era Mordecai. Ela chamava-lhe Morty. Morty! Há três anos que está debaixo da terra. Considero o facto de ele ter batido a bota primeiro como uma pequena vitória. Sempre que me lembro, acendo uma vela em sua memória. Se não for eu, quem o fará?

A mãe do meu filho, a rapariga por quem me apaixonei aos dez anos de idade, morreu há cinco anos. Espero juntar-me a ela em breve, pelo menos nisso. Amanhã. Ou no dia a seguir. Disso estou plenamente convencido. Pensava que iria ser estranho viver no mundo sem ela cá estar. E no entanto. Já me tinha habituado a viver com a memória dela há muito tempo. Só mesmo no fim é que voltei a vê-la. Esgueirava-me para o quarto do hospital onde ela estava e sentava-me ao pé dela todos os dias. Havia uma jovem enfermeira a quem contei tudo – não propriamente a verdade. Mas. Uma história que não andava muito longe da verdade. Esta enfermeira deixava-me vir fora de horas, quando não havia qualquer possibilidade de eu dar de caras com ninguém. Estava presa à vida por um fio, tubos pelo nariz acima, já com um pé no outro mundo. Sempre que eu desviava os olhos tinha a sensação de que quando voltasse a olhar, ela já lá não estaria. Era pequena e engelhada e surda que nem uma porta. Havia tanto que eu devia ter dito. E no entanto. Contava-lhe anedotas. Era um verdadeiro Jackie Mason. Às vezes julgava entrever a ponta de um sorriso. Tentava manter as coisas leves. Dizia: *Acreditas nisto, esta coisa aqui onde o nosso braço dobra, chamam a isto um cotovelo.* E continuava: *Dois rabinos separam-se num bosque amarelo.* Ou então: *Um dia Moisés vai ao médico. Sr. doutor, diz ele*, e por aí fora. Havia muitas coisas que eu não dizia. Exemplo. *Esperei tanto tempo.* Outro exemplo. *E foste feliz? Com esse mentecapto, esse desgraçado desse imbecil, esse cabeçudo a quem chamas marido?* A verdade é que há já muito que eu desistira de esperar. O momento já tinha passado, a porta entre as vidas que podíamos ter levado e as vidas que levávamos tinha-se fechado nas nossas caras. Ou melhor, na *minha* cara. Regra elementar da gramática da minha vida: onde quer que aparecer o plural, corrigir para singular. Se alguma vez deixar escapar um «nós», ponham fim ao meu sofrimento com um golpe súbito na cabeça.

Está-se a sentir bem? Parece um bocado pálido.

Era o homem que eu tinha visto antes, o do laço amarelo. Só quando as calças nos caem aos pés é que toda a gente vem falar connosco, e nunca antes, quando estaríamos em boas condições para os receber. Tentei equilibrar-me contra a planta no vaso.

Estou bem, estou bem, disse eu.

E como é que o conheceu?, perguntou ele, olhando-me de cima a baixo.

Éramos – entalei o joelho entre o vaso e a parede, na esperança de conseguir algum equilíbrio. *Aparentados.*

Família! Oh, sinto muito, perdoe-me. Pensava que já conhecia toda a mishpocheh!, disse ele com uma pronúncia deplorável.

Claro que sim, como é que eu não vi logo. Olhou-me novamente de alto a baixo, passando a mão pelo cabelo para se certificar de que estava bem posicionado. *Julguei que fosse um dos admiradores*, disse ele, apontando para as pessoas espalhadas pela sala.

E de que lado, então?

Eu agarrei-me à parte mais grossa da planta. Tentei concentrar-me no laço do homem enquanto a sala balançava à minha volta.

Dos dois, disse eu.

Dos dois?, repetiu ele, incrédulo, enquanto olhava para as raízes em esforço para se manterem agarradas à terra.

Eu sou – comecei eu. Mas, nisto, a planta soltou-se num repelão. Eu caí desamparado para a frente, só que a minha perna continuava entalada no vaso de modo que a perna solta foi obrigada a pular sozinha para a frente, deixando-me o rebordo do vaso preso na virilha, pelo que não consegui impedir-me de projectar os torrões de terra que vinham agarrados às raízes para cima da cara do homem do laço amarelo.

Desculpe, disse eu, com uma dor lancinante a subir-me pela virilha e um electrochoque nos meus *kishkes*. Tentei pôr-me direito. A minha mãe, que Deus a tenha, costumava dizer, *Endireita as costas*. O homem expelia terra pelas narinas. À laia de toque final, puxei do meu lencinho sebento e esfreguei-lhe o nariz. Ele empurrou-me a mão e puxou do seu próprio lenço, lavado de fresco e impecavelmente dobrado num quadradinho perfeito. Sacudiu-o cuidadosamente. Uma bandeira de rendição. Seguiram-se alguns momentos de atrapalhação enquanto ele se limpava e eu afagava a minha zona inferior.

Quando dei por mim, estava cara a cara com o meio-irmão do meu filho, a minha manga abocanhada pelo *pit bull* do laço amarelo. Olha o que eu fui encontrar, rosnou ele. Bernard ergueu o sobrolho. *Diz que é* mishpoky.

Bernard sorriu delicadamente, olhando primeiro para o meu colarinho descosido, e depois para o rasgão na manga do casaco. *Desculpe*, disse ele. *Não me recordo de si. Já nos vimos antes?*

O *pit bull* salivava a olhos vistos. Tinha uma mancha de terra bem visível na prega da camisa. Olhei para o sinal onde se lia SAÍDA. Podia ter tentado uma corrida não fora estar tão severamente lesionado nas partes púdicas. Senti uma onda de náusea apoderar-se de mim. E no entanto. Às vezes é preciso um rasgo de génio e, para nosso próprio espanto, o génio vem bater-nos à porta.

De rets yiddish?, sussurrei asperamente.

Desculpe?

Agarrei a manga de Bernard. O cão tinha a minha e eu tinha a de Bernard. Aproximei o meu rosto do dele. Tinha os olhos injectados de sangue. Podia ser um banana, mas era boa pessoa. Só que eu não tinha alternativa.

Ergui a minha voz. *DE RETS YIDDISH?* Sentia o sabor pútrido do álcool no meu próprio hálito. Agarrei-lhe o colarinho. As veias do pescoço brotaram-lhe para fora enquanto recuava. *FARSHTAIST?*

Perdão. Bernard abanou a cabeça. *Não entendo.*

Ainda bem, continuei eu em *yiddish*, *porque este cabeça de asno aqui ao lado*, disse eu, gesticulando para o homem do laço, *este imbecil aqui não me larga do traseiro e só ainda não saiu a voar por eu não poder obrar de minha livre e espontânea vontade. Faz-me o favor de lhe dizer para tirar as patas de cima de mim antes que eu seja obrigado a enfiar-lhe outra planta no focinho, e olhe que desta vez não me vou dar ao trabalho de a arrancar do vaso.*

O Robert? Bernard fez um esforço para compreender. Parecia ter entendido que eu estava a falar acerca do homem que não me tirava os dentes do cotovelo. *O Robert era o editor do Isaac. Você conhecia o Isaac?*

O *pit bull* fincou-se ainda com mais força. Eu abri a boca. E no entanto.

Desculpe, disse Bernard. *Quem me dera saber falar* yiddish, *mas... Bem, obrigado por vir. Foi tocante ver a quantidade de gente que apareceu.*

O Isaac teria ficado muito feliz. Tomou a minha mão na sua, apertou-ma, e voltou-se para se ir embora.

Slonim, disse eu. Não estava nos meus planos. E no entanto. Bernard voltou-se para trás.

Desculpe?

Eu tornei a dizer.

Eu sou de Slonim, disse eu.

Slonim?, repetiu ele.

Eu assenti com a cabeça.

De um momento para o outro, parecia uma criança cuja mãe se atrasara para o vir buscar, e que só agora que ela chegara é que se permitia desatar a chorar.

Ela costumava falar-nos de Slonim.

Ela, quem?, perguntou o cão.

A minha mãe. Ele é da mesma terra da minha mãe, disse Bernard. *Já ouvi tantas histórias.*

Eu quis dar-lhe uma palmadinha no braço, mas ele desviou-o para esfregar o olho, pelo que acabei por lhe acertar no mamilo. Sem saber o que fazer, apertei-lho.

Havia o rio, não era? Onde ela costumava nadar, disse Bernard.

A água era gelada. Costumávamos despir-nos e mergulhar da ponte gritando adeus, mundo cruel. Os nossos corações paravam. Os nossos corpos transformavam-se em pedra. Por momentos sentíamos que nos estávamos a afogar. Quando esgravatávamos pela ribanceira acima, a arfar, sentíamos as pernas pesadas, com os tornozelos transidos de dor. A tua mãe era magra, com seios pálidos e miúdos. Eu adormecia a secar ao sol, e acordava ao choque da água fria nas minhas costas. E com as gargalhadas dela.

Conhecia a sapataria do pai dela?, perguntou Bernard.

Todas as manhãs ia buscá-la para irmos juntos para a escola. Tirando a vez em que nos zangámos e deixámos de nos falar durante três semanas, raros foram os dias em que não fomos juntos para a escola. Com o frio, os seus cabelos molhados cristalizavam-se em pequenos pingentes de gelo.

E podia continuar por aí fora, com todas as histórias que ela nos contava. O campo onde ela costumava brincar.

Ya, disse eu, dando-lhe um pequeno toque na mão. *Ze field*.

Quinze minutos mais tarde fui ensanduichado entre o *pit bull* e uma jovem na parte de trás de uma limusina – já devem estar a pensar que eu lhe apanhei o hábito. Estávamos a caminho da casa de Bernard para uma pequena reunião de família e amigos. Eu teria preferido ir para casa do meu filho, carpir a dor entre as suas coisas, mas tive de me contentar em ir para casa do seu meio-irmão. Sentados no banco de frente para o meu na limusina vinham outros dois. Quando um me acenou com a cabeça e sorriu na minha direcção, eu acenei e devolvi-lhe o sorriso. *Parente do Isaac?*, perguntou ele. *Ao que parece,* replicou o cão, tacteando um tufo de cabelo solto esvoaçando na corrente de ar que vinha da janela que a mulher acabara de abrir.

Levou quase uma hora a chegar a casa de Bernard. Algures em Long Island. Árvores belíssimas. Nunca tinha visto árvores tão belas. Cá fora, na estrada que dava acesso à moradia, um dos sobrinhos de Bernard tinha cortado as calças até ao joelho e andava a correr e a saltar ao sol, a ver o seu efeito sob a brisa. Já dentro de casa, as pessoas sentaram-se à volta de uma mesa repleta de comida e a falar sobre Isaac. Eu sabia que o meu lugar não era ali. Sentia-me um idiota e um impostor. Fiquei junto à janela, tentando permanecer invisível. Nunca imaginei que fosse tão doloroso. E no entanto. Ouvir as pessoas falar acerca do filho que mal me tinha sido dado imaginar, como se ele lhes fosse tão familiar como um parente chegado, era simplesmente demais para mim. Por isso esgueirei-me da sala para fora. Errei pelos quartos da casa do meio-irmão de Isaac. Pensei: o meu filho caminhou por esta mesma alcatifa. Fui dar a um quarto de hóspedes. Pensei: de vez em quando, dormia nesta cama! A cabeça dele nestas almofadas. Deitei-me. Estava cansado, não consegui evitar. A almofada afundou-se-me sob a face. E enquanto estava aqui estendido, pensei eu, olhava por esta mesma janela, para aquela mesma árvore.

És cá um sonhador, costuma dizer Bruno, e se calhar sou. Talvez estivesse a sonhar isto tudo, talvez a campainha tocasse daí a nada, eu abrisse os olhos, e me aparecesse Bruno a perguntar se eu não tinha um rolo de papel higiénico.

Devo ter adormecido porque quando dei por mim tinha Bernard de pé por cima de mim.

Desculpe! Não me apercebi que estivesse aqui alguém. Está maldisposto?

Eu levantei-me de um pulo. Se a palavra pulo alguma vez pode ser usada para descrever os meus movimentos, é aqui. E foi então que a vi. Estava numa prateleira mesmo por trás do seu ombro. Numa moldura de prata. Poderia dizer que saltava à vista mas nunca entendi muito bem essa expressão.

Bernard voltou-se.

Oh, isso, disse ele tirando a fotografia da prateleira. *Deixe lá ver. Esta é a minha mãe quando era criança. A minha mãe, está a ver? Conheceu-a assim, como ela era nesta fotografia?*

(«Vamos sentar-nos debaixo de uma árvore», disse ela. «Porquê?» «Porque fica mais bonito.» «Talvez devesses sentar-te numa cadeira, e eu sentava-me por cima de ti, como normalmente se faz nas fotografias entre marido e mulher.» «Mas que estupidez.» «Estupidez, porquê?» «Porque nós não somos casados.» «Achas que devíamos dar as mãos?» «Não podemos.» «Mas porquê?» «Porque as pessoas iam saber.» «Saber o quê?» «Saber de nós os dois.» «E se souberem, qual é o problema?» «É melhor ser em segredo.» «Porquê?» «Para que ninguém no-lo possa roubar.»)

Foi o Isaac que a descobriu no meio das coisas dela quando ela morreu, disse Bernard. É uma bela fotografia, não é? Ele, não sei quem é. Ela não tinha muita coisa da terra dela. Meia dúzia de fotografias dos pais e das irmãs, e era tudo. Claro que ela não fazia ideia nenhuma de que não ia voltar a vê-los, por isso trouxe pouca coisa. Mas nunca tinha visto esta até ao dia em que o Isaac a encontrou numa gaveta no apartamento dela. Estava dentro de um envelope juntamente com algumas cartas. Eram todas em yiddish. *O Isaac achava que eram de alguém por quem ela estava apaixonada em Slonim. Mas eu duvido. Ela nunca falou em ninguém. Mas você não entende uma palavra do que eu lhe estou a dizer, pois não?*

(«Se eu tivesse uma máquina», disse eu, «todos os dias te tirava uma fotografia.» Assim havia de lembrar-me como tu és todos os dias da tua vida.» «Sou sempre igual.» «Não és não. Estás sempre a mudar. Todos os dias um bocadinho. Se eu pudesse, guardava um registo de tudo.» «Já que és assim tão esperto, diz-me lá em que é que eu mudei hoje?» «Para já, estás uma fracção de milímetro mais alta. O teu cabelo está uma fracção de milímetro mais comprido. E os teus seios estão uma fracção de...» «Não estão nada!» «Isso é que estão.» «NÃO estão.» «Estão, estão.» «E que mais, seu grandessíssimo ordinário?» «Estás um bocadinho mais feliz e um bocadinho mais triste.» «Quer dizer que se anulam mutuamente, deixando-me exactamente na mesma.» «Nem por sombras. O facto de estares um bocadinho mais feliz hoje não altera o facto de também estares um bocadinho mais triste. Todos os dias te tornas um bocadinho mais triste e feliz, o que significa que agora, neste preciso momento, estás mais triste e mais feliz do que alguma vez estiveste em toda a tua vida.» «Como é que tu sabes?» «Pensa lá bem. Alguma vez te sentiste tão feliz como agora, deitada aqui na relva?» «Acho que não. Não.» «E alguma vez te sentiste mais triste?» «Não.» «Nem toda a gente é assim, sabes. Algumas pessoas, como a tua irmã, tornam--se apenas mais felizes de dia para dia. Outras, como Beyla Asch, ficam só mais tristes. E outras, como tu, ficam ambas as coisas.» «Então e tu? Também estás mais feliz e mais triste do que nunca?» «Claro que sim.» «Porquê?» «Porque nada me faz mais feliz nem mais triste do que tu.»)

As lágrimas caíram-me na moldura da fotografia. Felizmente que tinha o vidro.

Adorava ficar aqui a desenterrar as memórias, disse Bernard, mas tenho mesmo de ir andando. *Está toda a gente à minha espera*, explicou ele com um gesto. *Se precisar de alguma coisa, é só dizer.* Eu assenti com a cabeça. Ele fechou a porta atrás dele, e eu, Deus me ajude, tirei a fotografia e enfiei-a nas calças. E lá fui eu escadas abaixo, e porta fora. Já cá fora, bati à janela de uma das limusinas. O motorista lá acordou a muito custo.

Estou pronto para me ir embora, disse eu.

Para meu espanto, ele saiu do carro, veio abrir-me a porta e ajudou-me a entrar.

Quando cheguei ao meu apartamento, julguei que tinha sido assaltado. A mobília estava de pantanas, e o chão estava coberto de um pó branco. Peguei no taco de basebol que guardo no lugar do guarda-chuva e segui o trilho de pegadas até à cozinha. Não havia um centímetro quadrado que não estivesse coberto de tachos, panelas e tigelas sujas. Aparentemente, quem quer que fosse que me entrara em casa para me assaltar tinha-se dado ao luxo de preparar uma refeição. Eu estaquei com a fotografia enfiada pelas calças abaixo. Ouvi um estrondo atrás de mim, e virei-me, desferindo uma tacada às cegas. Mas era apenas uma panela que resvalara do balcão e rebolara pelo chão. Na mesa da cozinha, junto à minha máquina de escrever, estava um grande bolo, afundado no centro. Mas de pé, não obstante. Tinha uma cobertura amarela de açúcar cristalizado, e no topo, em letras cor-de-rosa, podia ler-se, OLHA QUEM FEZ UM BOLO. No outro lado da minha máquina de escrever estava um bilhete: ESPEREI O DIA TODO.

Não pude conter um sorriso. Pousei o taco de basebol, endireitei a mobília que me lembrava de ter derrubado na noite anterior, saquei a fotografia emoldurada para fora, humedeci o vidro com o hálito, esfreguei-o com a fralda da camisa, e coloquei-o na minha mesa-de-cabeceira. Subi as escadas até ao piso de Bruno. Estava prestes a bater-lhe à porta quando vi um bilhete pendurado. Dizia: *NÃO INCOMODAR. PRENDA DEBAIXO DA TUA ALMOFADA.*

Há já muito tempo que ninguém me oferecia uma prenda. Um sentimento de felicidade cutucou-me o coração. Por poder acordar todos os dias de manhã e aquecer as mãos numa chávena de chá. Por poder ver os pombos a voar. Por, no fim da minha vida, Bruno não se ter esquecido de mim.

E lá voltei a descer as escadas outra vez. Para prolongar o prazer que sabia estar-me reservado, parei para recolher o correio. Voltei a entrar no apartamento. Bruno tinha conseguido deixar uma camada de farinha espalhada pelo chão de toda a casa. Talvez tivesse corrido uma corrente de ar, quem sabe. No quarto vi que ele se tinha agachado e desenhado um anjo no chão. Eu contornei-o, tentando não estragar algo que tinha sido feito com tanto carinho. Levantei a almofada.

Era um grande envelope castanho. Cá fora estava o meu nome, escrito numa letra que eu não reconheci. Abri-o. Lá dentro estava uma resma de folhas dactilografadas. As palavras eram-me familiares. Por momentos não consegui identificá-las. Depois dei-me conta de que eram minhas.

A TENDA DO MEU PAI

1. O MEU PAI NÃO GOSTAVA DE ESCREVER CARTAS

A velha lata de Cadbury's onde estavam todas as cartas da minha mãe não tem nenhuma resposta sua. Já procurei por todo o lado, mas nunca encontrei uma única. Para além disso, também não me deixou nenhuma carta para eu abrir quando fosse mais velha. Sei-o porque perguntei à minha mãe, e ela disse-me que não. Disse que ele não era homem para esse tipo de coisas. Quando lhe perguntei que tipo de homem é que ele era, ela ficou pensativa por um minuto. De sobrolho vincado. Reflectiu mais um pouco. Depois disse que era daqueles homens que gostam de desafiar a autoridade. «Para além disso», disse ela, «não conseguia estar parado.» Não era assim que eu o recordava. Lembro-me de o ver sentado nas suas cadeiras ou deitado na cama. Excepto quando eu era muito pequena e pensava que ser «engenheiro» significava que ele conduzia um comboio. Depois imaginava-o sentado numa locomotiva da cor do carvão, com uma fileira de vagões de passageiros reluzentes seguindo atrás dele. Um dia o meu pai riu-se e corrigiu-me. Subitamente, tudo se esclareceu. Foi um desses momentos inesquecíveis na vida de uma criança, quando descobrimos que o mundo nos veio traindo o tempo todo.

2. O MEU PAI OFERECEU-ME UMA CANETA QUE FUNCIONAVA SEM GRAVIDADE

«Funciona sem gravidade», disse o meu pai, enquanto eu a examinava no estojo de veludo com a insígnia da NASA. Era o meu sétimo aniversário. Ele estava numa cama de hospital com um chapéu na cabeça por não ter cabelo. O papel de embrulho amarrotado brilhava em cima da cama. Ele pegou-me na mão e contou-me que quando tinha seis anos atirou uma pedra à cabeça de um miúdo que estava a maltratar o irmão, e que depois disso, nunca mais ninguém os voltou a incomodar. «Um homem tem de ser teso», disse-me ele. «Mas atirar pedras é mau», disse eu. «Pois é», disse ele. «Tu és mais esperta do que eu. Hás-de encontrar alguma coisa melhor do que pedras.» Quando chegou a enfermeira, fui espreitar pela janela. A ponte da 59th Street brilhava na escuridão. Contei os barcos que iam a passar no rio. Quando me fartei, fui dar uma espreitadela ao velhote cuja cama estava do outro lado da cortina. Passava a maior parte do tempo a dormir, e quando estava acordado tremia das mãos. Mostrei-lhe a caneta. Disse-lhe que escrevia mesmo sem gravidade, mas ele não entendeu. Eu tentei explicar-lhe de novo, mas ele continuava confuso. Por fim disse: «É para usar quando estiver no espaço.» Ele fez um gesto com a cabeça e fechou os olhos.

3. O HOMEM QUE NÃO PODIA ESCAPAR À GRAVIDADE

Depois o meu pai morreu, e eu arrumei a caneta numa gaveta. Passaram-se anos, até eu ter onze anos e arranjar uma amiga russa por correspondência. O contacto foi feito através do cabido da *Hadassah* local. Inicialmente, era suposto escrevermos a judeus russos que tivessem imigrado para Israel, mas como isso não resultou foram-nos atribuídos judeus russos normais. No *Sukkot* enviámos um *etrog* com as nossas primeiras cartas a uma turma de amigos por correspondência. A minha chamava-se Tatiana. Vivia em São Petersburgo, perto do Campo de Marte. Gostava de fingir que ela vivia no espaço. O inglês de Tatiana não era lá muito bom, e eu nem sempre conseguia entender as suas cartas. Mas aguardava-as ansiosamente. *O pai é matemático*, escrevia ela. *O meu pai é capaz de sobreviver no mato*, respondia eu. A todas as suas cartas respondi duas vezes. *Tens algum cão? Quantas pessoas usam a tua casa de banho? Tens alguma coisa que tenha pertencido ao Czar?* Um dia chegou outra carta. Queria saber se eu alguma vez tinha ido à Sears Roebuck. No fim trazia um P.S. que dizia: *Rapaz da minha classe mudou-se para Nova Iorque. Talvez queiras escrever-lho porque ele não conhece alguém*. Foi a última vez que tive notícias dela.

4. EU PROCURAVA OUTRAS FORMAS DE VIDA

«Onde fica a praia de Brighton?», perguntei eu. «Em Inglaterra», disse a minha mãe, procurando qualquer coisa mal arrumada nos armários da cozinha. «Não é essa, uma que fica em Nova Iorque.» «Perto de Coney Island, julgo eu.» «Coney Island fica muito longe?» «A uma meia hora daqui, julgo eu.» «De carro ou a pé?» «Podes apanhar o metro.» «Quantas paragens?» «Não sei. Por que é que estás tão interessada na praia de Brighton?» «Tenho um amigo que mora lá. Chama-se Misha e é russo», disse eu com admiração. «Só russo?», perguntou a minha mãe de dentro do armário debaixo do lavatório da loiça. «Como assim, só russo?» Ela levantou-se e voltou-se para mim. «Nada», disse ela, olhando para mim com aquela expressão com que às vezes fica quando acaba de se lembrar de algo de assombroso ou fascinante. «É que tu, por exemplo, és um quarto russa, um quarto húngara, um quarto polaca, e um quarto alemã.» Eu não disse nada. Ela abriu uma gaveta, e fechou-a logo a seguir. «A verdade», disse ela, «é que podes dizer que és três quartos polaca e um quarto húngara, visto que os pais do Bubbe eram da Polónia antes de se mudarem para Nuremberga, e que a terra da avó Sasha era originalmente na Bielorrússia, ou na Rússia Branca, antes de se tornar parte da Polónia.» Abriu outra secção do armário repleta de sacos de plástico e começou a remexê-los de alto a baixo. Eu voltei-me para me ir embora. «Mas agora que penso nisso», disse ela, «suponho que também podes dizer que és três quartos polaca e um quarto checa, porque a cidade do Zeyde pertenceu à Hungria até 1918, e depois à Checoslováquia, embora os húngaros continuassem a considerar-se húngaros, e até se tivessem tornado húngaros por um breve período durante a Segunda Guerra Mundial. É claro, podes sempre dizer que és metade polaca, um quarto húngara, e um quarto inglesa, visto que o avô Simon deixou a Polónia e mudou-se para Londres quando tinha nove anos.» Pegou num pedaço de papel do bloco junto ao telefone e começou a escrever vigorosamente. Durante um minuto, foi rabiscando qualquer coisa num papel. «Olha!», disse ela, empurrando a folha para eu ver. «Podes fazer *dezasseis* gráficos em forma de tarte, todos exactos!» Eu olhei para o papel. Dizia:

A História do Amor

russa | polaca	polaca | polaca	polaca | polaca	russa | polaca
alemã | húngara	alemã | húngara	polaca | húngara	polaca | húngara

russa | polaca	polaca | polaca	polaca | polaca	russa | polaca
polaca | checa	polaca | checa	alemã | checa	alemã | checa

russa | inglesa	russa | inglesa	russa | inglesa	russa | inglesa
alemã | checa	polaca | checa	polaca | checa	alemã | húngara

polaca | inglesa	polaca | inglesa	polaca | inglesa	polaca | inglesa
alemã | checa	alemã | checa	polaca | húngara	polaca | checa

«Ou então, mais uma vez, podes sempre ficar-te por metade inglesa e metade israelita, porque...» «EU SOU AMERICANA!», gritei eu. A minha mãe pestanejou. «Comporta-te», disse ela, e foi pôr a chaleira a ferver. Do canto da sala onde se encontrava a ver as fotografias de uma revista, Bird murmurou: «Não és nada. És judia.»

5. UMA VEZ USEI A CANETA PARA ESCREVER AO MEU PAI

Estávamos em Jerusalém para o meu *Bat Mitzvah*. A minha mãe queria que fosse no Muro das Lamentações para que Bubbe e Zeyde, os pais do meu pai, pudessem comparecer. Quando Zeyde veio para a Palestina em 1938, disse que jamais sairia de lá, e nunca saiu. Quem quisesse vê-lo tinha de ir ao seu apartamento que ficava num prédio muito alto em Kirat Wolfson, sobranceiro ao Knesset. Era uma casa recheada com os móveis e os retratos antigos e escuros que tinham trazido da Europa. À tarde baixavam as persianas metálicas para defenderem tudo da luz ofuscante, porque nada do que eles tinham era feito para resistir àquele clima.

A minha mãe procurou arranjar bilhetes baratos durante semanas, e por fim lá encontrou três bilhetes a 700 dólares na El Al. Mesmo assim era muito dinheiro para nós, mas ela disse que era uma coisa em que valia a pena gastar, e na véspera do meu *Bat Mitzvah*, levou-nos ao mar Morto. Bubbe também veio, e trazia um chapéu de palha preso com uma fita por baixo do queixo. Quando saía do vestiário, era fascinante vê--la com o fato de banho vestido, a pele engelhada e preguead coberta de varizes. Víamos as faces ruborescerem-lhe nas fontes quentes de enxofre, e as gotículas de suor a formarem-se--lhe sobre o lábio superior. Quando saía, a água escorria-lhe de todo o corpo. Nós seguíamo-la até à beira da água. Bird ficava na lama, de pernas cruzadas. «Se tens de vir, vem para dentro de água», disse Bubbe em voz alta. Um grupo de mulheres russas avantajadas recobertas de argila mineral preta voltaram-se a olhar. Se por acaso Bubbe reparou, não se ralou nada. Ficávamos a boiar de barriga para o ar, enquanto ela nos ia vigiando por baixo da aba do chapéu. Tinha os olhos fechados, mas senti a sombra dela sobre mim. «Ainda não tens peito? O que é que se passa?» Senti as bochechas a arder e fingi não ter ouvido. «Tens namorados?», perguntou ela. Bird arrebitou as orelhas. «Não», balbuciei. «O *quê?*» «Não.» «*Porquê?*» «Porque só tenho doze anos.» «E depois! Quando eu tinha a tua idade, tinha três, três ou quatro. És jovem e bonita, *keynehore.*» Eu dei um pequeno impulso com as pernas para me afastar um pouco do seu peito gigante e impensável. A voz dela veio atrás de mim. «Mas não vais ser assim para sempre!» Tentei levantar-me mas escorreguei no barro. Escrutinei a água lisa à procura da minha mãe até a localizar. Tinha ido a nadar para a represa mais distante, e continuava a afastar-se.

Na manhã seguinte estava eu no Muro das Lamentações, ainda a cheirar a enxofre. As fendas entre as pedras maciças estavam repletas de pequenos papelinhos amarrotados. O rabino disse-me que se eu quisesse podia escrever um bilhete a Deus e acrescentá-lo às fendas. Eu não acreditava em Deus, por isso escrevi antes ao meu pai: *Querido pai, Estou a escrever-te com esta caneta que tu me deste. Ontem o Bird perguntou se tu conseguias fazer o Heimlich e eu disse-lhe que sim. Também lhe disse que sabias pilotar um* hovercraft. *A propósito, encontrei a tua tenda na cave. Suponho que a mãe não deu por ela quando atirou todas as tuas coisas para o lixo. Cheira a mofo, mas não tem um único rasgão. Às vezes monto-a no pátio das traseiras e deito-me lá dentro tal como tu também te costumavas lá deitar. Estou a escrever-te estas coisas, mas sei que tu não as podes ler. Saudades, Alma.* Bubbe também escreveu um. Enquanto tentava introduzir o meu na parede, o dela caiu. Estava ocupada a rezar, por isso apanhei-o do chão e desdobrei-o. Dizia assim: *Baruch Hashem, que eu e o meu marido vivamos para ver o dia de amanhã, e que a minha Alma seja abençoada com muita saúde e alegria e, o que seria fantástico, uns seios bem feitinhos.*

6. SE EU TIVESSE SOTAQUE RUSSO TUDO SERIA DIFERENTE

Quando regressei a Nova Iorque, tinha a primeira carta de Misha à minha espera. *Querida Alma*, começava ele. *Olá! Fiquei muito feliz com as tuas boas-vindas!* Tinha quase treze anos, cinco meses mais velho do que eu. O seu inglês era melhor do que o de Tatiana pois tinha decorado as letras de quase todas as canções dos Beatles. Cantava-as e acompanhava-as com o acordeão que o avô lhe oferecera, avô esse que tinha ido viver para casa dele quando a avó morrera. Segundo Misha, a alma da avó tinha descido sobre os Jardins de Verão em São Petersburgo sob a forma de um bando de gansos. Permaneceu durante duas semanas seguidas, grasnando sob a chuva, e quando se foi embora deixou a relva coberta de excrementos. O avô chegou algumas semanas depois, arrastando atrás de si uma mala amassada a abarrotar com os dezoito volumes d'*A História dos Judeus*. Instalou-se no quarto já de si atravancado que Misha partilhava com a sua irmã mais velha, Svetlana, sacou do acordeão, e começou a executar o trabalho de uma vida. A princípio escrevia apenas canções populares russas enriquecidas com motivos judaicos. Mais tarde, passou a versões mais negras e livres, e para o fim passou a tocar coisas de todo irreconhecíveis, e enquanto sustinha as longas notas as lágrimas corriam-lhe pelas faces, e ninguém precisou de dizer a Misha e Svetya, mesmo cabeçudos como eram, que o avô se tornara enfim o compositor que sempre quisera ser. Tinha um carro amolgado que ficava estacionado na vereda por trás do apartamento. A julgar pelo que Misha diz, conduzia como um cego, dando ao carro uma liberdade quase total para trilhar o seu próprio curso, batendo nas coisas para abrir caminho, dando apenas um ligeiro toque no volante com a ponta dos dedos quando a situação raiava o perigo de morte.

Quando o avô vinha buscá-los à escola, Misha e Svetlana desligavam os ouvidos e tentavam olhar para longe. Mas quando ele acelerava o motor e se tornava impossível de ignorar, corriam os dois para o carro sem levantar os olhos do chão e enfiavam-se no banco de trás. Iam os dois juntinhos lá atrás com o avô ao volante, trauteando uma cassete da banda *punk* do primo Lev, os Rata Cu Filha da Mãe. Mas trocava sempre as letras. Em vez de «*Era um bom paneleiro, parti-lhe a cornadura e deixei-o na estrada*», podia cantar, «*És o meu cavaleiro, vi a tua armadura, o elmo e a espada*», e em vez de «*És uma desgraça, mas és boa como o milho*», cantava, «*Leva-lhe uma graça, que ela é louca pelo filho.*» Quando Misha e a irmã lhe apontavam os seus erros, o avô fazia um ar muito espantado e aumentava o volume para ouvir melhor, mas quando a música repetia, voltava a cantar da mesma maneira. Quando morreu, deixou a Svetya os dezoito volumes d'*A História dos Judeus*, e o acordeão a Misha. Por volta da mesma altura, a irmã de Lev, que usava um risco azul nos olhos, convidou Misha para o seu quarto, pôs-lhe o *Let it Be* a tocar, e ensinou-o a beijar.

7. O RAPAZ DO ACORDEÃO

Misha e eu escrevemos vinte e uma cartas um ao outro. Nesta altura tinha eu doze anos, dois anos antes de Jacob Marcus escrever à minha mãe a pedir-lhe para traduzir *A História do Amor*. As cartas de Misha vinham cheias de pontos de exclamação e de perguntas como esta, *O que é que quer dizer, o teu cu é um matagal?*, ao passo que as minhas eram cheias de perguntas acerca da vida na Rússia. Depois convidou-me para a festa do seu *Bar Mitzvah*.

A minha mãe fez-me tranças, emprestou-me o xaile vermelho, e levou-me ao apartamento dele na praia de Brighton.

Eu toquei à campainha e esperei que Misha descesse. A minha mãe acenou-me do carro. Eu estava a tremer de frio. Um rapaz alto com uma penugem escura sobre o lábio superior, veio à porta. «Alma?» perguntou ele. Eu assenti. «Bem-vinda, minha amiga!» disse ele. Eu acenei à minha mãe e entrei atrás dele. O átrio cheirava a couves estragadas. Lá em cima, o apartamento estava a abarrotar de gente a comer e a gritar em russo. Havia uma banda instalada a um canto da sala de jantar, e as pessoas insistiam em tentar dançar embora não houvesse espaço. Misha estava muito ocupado a falar com toda a gente e a enfiar envelopes no bolso, por isso passei a maior parte da festa sentada na ponta do sofá com um prato de camarão gigante. Nem sequer gosto de camarão, mas foi a única coisa que reconheci. Quando alguém falava comigo, tinha de explicar que não falava russo. Um homem de idade ofereceu-me um pouco de *vodka*, no preciso momento em que Misha saía disparado da cozinha, com o acordeão a tiracolo, o qual estava ligado a um amplificador, e desatou a cantar. «Dizem que estão aqui para celebrar os meus anos!», gritou ele. Os convidados quedaram-se em silêncio. «Pois eu também!», gritou ele, e o acordeão relinchou alegremente. Isto conduziu a *Sargeant Pepper's Lonely Heart's Club Band*, que por sua vez levou a *Here Comes the Sun*, até que, após cinco ou seis canções, os Beatles deram lugar a *Hava Nagila*, e a audiência levando a sala ao rubro, com toda a gente a cantar em coro e a tentar dançar. Quando a música finalmente acabou, Misha veio ter comigo, de rosto afogueado e a transpirar. Pegou-me pela mão, e eu segui-o porta fora. Atravessámos o corredor do prédio, galgámos cinco ou seis lanços de escadas, atravessámos uma porta, até ao terraço. Ao longe via-se o mar, as luzes da ilha de Coney, e mais adiante uma montanha-russa abandonada. Comecei a tiritar, e Misha tirou o casaco e pô-lo sobre os meus ombros. Estava quente e cheirava a suor.

8. БЛЯДЬ

Falei a Misha de tudo. Da morte do meu pai, da solidão da minha mãe, e da fé inabalável de Bird em Deus. Falei-lhe dos três volumes de *Como Sobreviver no Mato*, do editor inglês e da sua regata, de Henry Lavender e das suas conchas filipinas, e de Tucci, o veterinário. Falei-lhe do Dr. Eldridge e de *A Vida como Não a Conhecemos*, e mais tarde – dois anos depois de termos começado a escrever um ao outro, sete anos depois de o meu pai morrer, e 3,9 mil milhões de anos após o surgimento da primeira forma de vida na Terra – quando a primeira carta de Jacob Marcus chegou de Veneza, falei a Misha de *A História do Amor*. Falávamos sobretudo por telefone, mas às vezes conseguíamos encontrar-nos aos fins-de-semana. Gostava mais de ser eu a ir ter com ele à praia de Brighton, porque Mrs. Shklovsky trazia-nos chá com cerejas doces em chávenas de porcelana, e Mr. Shklovsky, cujos sovacos estavam sempre escuros de suor, me ensinava a dizer asneiras em russo. Às vezes alugávamos filmes, especialmente filmes de espionagem ou de suspense. Os nossos preferidos eram *A Janela Indiscreta*, *O Desconhecido do Norte-Expresso* e a *Intriga Internacional*, que vimos para aí umas dez vezes. Quando escrevi a Jacob Marcus fazendo-me passar pela minha mãe, Misha foi a única pessoa a quem contei, lendo-lhe a versão final ao telefone. «O que é que achas?», perguntei eu. «Acho que o teu cu é...» «Esquece», disse eu.

9. O HOMEM QUE PROCURAVA UMA PEDRA

Passou-se uma semana depois de eu enviar a minha carta, ou a carta da minha mãe, ou seja lá o que for que lhe queiram chamar. Passou-se mais uma semana e eu comecei a pensar que talvez Jacob Marcus estivesse fora do país, possivelmente no Cairo, ou talvez em Tóquio. À terceira semana comecei a pensar que talvez ele tivesse descoberto a verdade, de alguma maneira. Passaram-se mais quatro dias e eu comecei a estudar a cara da minha mãe à procura de sinais de raiva. Estávamos já em finais de Julho. Passou-se mais um dia e eu pensei que talvez devesse escrever a Jacob a pedir desculpa. No dia seguinte, chegou a carta dele.

O nome da minha mãe, Charlotte Singer, vinha escrito na frente do envelope a tinta permanente. Enfiei-o nos calções no preciso momento em que o telefone tocou. «Estou?», disse eu impacientemente. «É de casa do *Moshiac*?», disse a voz do outro lado. «Quem?» «O *Moshiac*», tornou o miúdo, e eu ouvi risos abafados em fundo. Soava um pouco como Louis, que vivia no quarteirão do fundo, e que fora amigo de Bird até ter conhecido outros amigos de quem gostava mais, e deixar de falar a Bird. «Deixa-o em paz», disse eu, e desliguei, aborrecida por não me ter lembrado de nada melhor para dizer.

Corri pelo quarteirão até ao parque, agarrada à cintura para que o envelope não caísse. Estava bastante calor na rua e eu já vinha a transpirar. Rasguei a parte de cima do envelope junto a um caixote do lixo em Long Meadow. A primeira página falava dos capítulos que a minha mãe enviara e de como Jacob Marcus muito os tinha apreciado. Fui saltando o texto até descobrir, na segunda página, a seguinte frase: *Ainda não mencionei a sua carta.* Escrevia ele:

Sinto-me lisonjeado pela sua curiosidade. Quem me dera ter respostas mais interessantes para todas as suas perguntas. Devo dizer que nestes últimos dias tenho passado a maior parte do tempo aqui sentado a olhar pela janela. Dantes adorava viajar. Mas a viagem a Veneza foi mais dura do que eu pensava, e duvido que alguma vez volte a fazê-la. Por razões que me escapam, a minha vida foi-se reduzindo às coisas elementares. Por exemplo, aqui na minha secretária tenho uma pedra. Um pedaço de granito cinzento-escuro cortado a meio por um veio branco. Levei uma manhã inteira a encontrá-la. Muitas pedras foram rejeitadas antes desta. Não saí de casa com um tipo de pedra particular em mente. Pensei que iria reconhecê-la quando a encontrasse. À medida que ia procurando, ia desenvolvendo determinadas exigências. Tinha de se moldar confortavelmente à palma da mão, ser macia, de preferência cinzenta, etc. Foi assim a minha manhã. Passei estas últimas horas a retemperar as forças.

Mas nem sempre foi assim. Dantes, um dia em que eu não produzisse uma certa quantidade de trabalho parecia-me ser um dia perdido. Que eu reparasse ou não no coxear do jardineiro, no gelo no lago, nas excursões solenes do filho do meu vizinho, que parece não ter amigos nenhuns – tudo isso me parecia indiferente. Mas agora tudo mudou.

Perguntou-me se sou casado. Fui em tempos, mas isso foi já há muito tempo, e fomos suficientemente espertos ou estúpidos para ter um filho. Conhecemo-nos quando éramos jovens, antes de aprendermos o suficiente acerca do desencanto, e quando aprendemos, achámos que o associávamos demasiado um ao outro. Parece-me que também tenho um astronauta russo na lapela. Hoje vivo sozinho, o que não me incomoda por aí além. Ou talvez um bocadinho. Mas seria preciso uma mulher invulgar para me fazer companhia, agora que mal consigo fazer o caminho até ao portão para ir buscar o correio. Mas ainda o faço. Duas vezes por semana, tenho uma pessoa amiga que me traz as mercearias, e o meu vizinho vem dar uma olhada todos os dias com a desculpa de vir ver os morangos que plantou no meu quintal. Eu nem sequer gosto de morangos.

Estou a pintar um quadro mais negro do que realmente é. Ainda nem a conheço, e já estou a tentar pescar a sua simpatia.

Também me perguntou o que faço. Leio. Esta manhã acabei *The Street of Crocodiles* pela terceira vez. Achei-o quase insuportavelmente belo.

Para além disso, vejo filmes. O meu irmão ofereceu-me um leitor de DVD. Nem imagina a quantidade de filmes que eu vi neste último mês. É isso que eu faço. Ver filmes e ler. Às vezes chego a fingir que escrevo, mas não pretendo enganar ninguém. Ah, e também costumo ir à caixa do correio.

Já chega. Adorei o seu livro. Por favor, envie-me mais.

JM

10. RELI A CARTA UMA CENTENA DE VEZES

E de cada vez que a lia, sentia que sabia um pouco menos acerca de Jacob Marcus. Dizia que tinha passado a manhã à procura de uma pedra, mas não explicava por que é que *A História do Amor* era tão importante para ele. Claro que não me passou despercebido o facto de ele ter escrito: <u>Ainda nem a conheço</u>. Ainda! O que significava que nos queria conhecer melhor, ou pelo menos à minha mãe, visto que não sabia de Bird e de mim. (Ainda!) Mas por que seria que mal podia caminhar até à caixa do correio? E por que seria preciso uma mulher invulgar para lhe fazer companhia? E por que teria um astronauta russo na lapela?

Decidi fazer uma lista de pistas. Fui para casa, fechei a porta do quarto, e tirei o terceiro volume do meu *Como Sobreviver no Mato* da estante. Procurei uma nova página. Decidi escrever tudo em código, para o caso de alguém vir meter o bedelho nas minhas coisas. Lembrei-me de Saint-Exupéry. No cimo da página escrevi, *Como Sobreviver Se o Seu Pára-Quedas não Abrir*. Depois escrevi:

1. *Procurar uma pedra.*
2. *Viver perto de um lago.*
3. *Ter um jardineiro coxo.*
4. *Ler* The Street of Crocodiles.
5. *Precisar de uma mulher invulgar.*
6. *Ter dificuldade em caminhar até à caixa do correio.*

Estas eram as pistas que eu podia retirar da sua carta, por isso esgueirei-me até ao escritório da minha mãe enquanto ela estava lá em baixo e fui buscar as outras cartas dele à gaveta da secretária. Li-as em busca de novas pistas. Foi então que me lembrei que a primeira carta começava com uma citação de um prefácio da minha mãe sobre Nicanor Parra, em que se aludia ao facto de ele andar com um pequeno astronauta russo na lapela e de trazer as cartas de uma mulher que o abandonara por outro. Será que ao escrever que também trazia um pequeno astronauta na lapela, queria dizer que a mulher o trocara por outra pessoa? Como não tinha a certeza, não apontei tal facto como pista. Em vez disso escrevi:

7. *Fazer uma viagem a Veneza.*
8. *Ter alguém a ler-lhe* A História do Amor *enquanto adormecia.*
9. *Nunca a ter esquecido.*

Examinei os meus apontamentos. Não eram grande ajuda.

11. COMO EU SOU

Decidi que se realmente queria descobrir quem era Jacob Marcus, e por que razão era tão importante para ele ter o livro traduzido, o único sítio onde podia procurar era n'*A História do Amor*.
 Subi sorrateiramente escadas acima para o escritório da minha mãe, a ver se conseguia imprimir os capítulos que ela tinha traduzido do computador. O único problema era ela estar sentada mesmo à sua frente. «Olá», disse ela. «Olá», disse eu, tentando parecer casual. «Como estás tu?», perguntou ela. «Bem-obrigado-e-tu-como-estás?», respondi eu, porque era isso que ela me tinha ensinado a dizer, tal como também me ensinara a segurar nos talheres como deve ser, como pegar numa chávena de chá com dois dedos, e a melhor maneira de palitar os dentes sem chamar a atenção, na eventualidade algo remota de a rainha me convidar para tomar chá no Palácio de Buckingham. Quando observei que nenhuma das pessoas que eu conhecia segurava nos talheres como deve ser, ela ficou com um ar triste e disse que estava a tentar ser uma boa mãe, e que se não fosse ela a ensinar-me, quem o faria? Mesmo assim, preferia que ela não o tivesse feito, porque às vezes ser bem educado é pior do que não ser, como da vez em que Greg Feldman passou por mim no corredor da escola e me disse, «Hei, Alma, tudo bem?», e eu respondi, «Bem-obrigado-e-tu-como-estás?», ao que ele parou e olhou para mim como se eu tivesse acabado de aterrar do

planeta Marte, e disse, «Por que é que não dizes apenas: *Nem por isso?*»

12. NEM POR ISSO

Entretanto anoiteceu, e a minha mãe disse que não havia nada para comer em casa, e que tínhamos de encomendar comida tailandesa, ou indiana, ou talvez cambojana. «Por que é que não podemos cozinhar nós?», perguntei eu. «Macarrão com queijo?» perguntou a minha mãe. «Mrs. Shklovsky faz um frango com laranja que é uma especialidade», disse eu. A minha mãe fez um ar desconfiado. «Chili?», disse eu. Enquanto ela foi ao supermercado, subi ao seu escritório e imprimi os capítulos I a XV d'*A História do Amor*, que era até onde ela traduzira. Trouxe as folhas cá para baixo e escondi-as na minha mochila de sobrevivência por baixo da cama. Daí a poucos minutos, a minha mãe chegou com meio quilo de carne de peru, um molho de brócolos, três maçãs, um frasco de *pickles*, e uma caixa de maçapão importada de Espanha.

13. A ETERNA DESILUSÃO DA VIDA COMO ELA É

Depois de um jantar de panadinhos de «frango», fui para a cama cedo e li o que a minha mãe tinha traduzido d'*A História do Amor* à luz da lanterna debaixo dos lençóis. Havia um capítulo sobre o tempo em que as pessoas costumavam falar com as mãos, o capítulo do homem que pensava ser feito de vidro, e um capítulo que eu não tinha lido chamado «A origem dos sentimentos». Começava assim: *Os sentimentos não são tão antigos como o tempo.*

Tal como houve um primeiro momento em que alguém esfregou dois paus para fazer uma faísca, houve uma primeira vez em que se sentiu a alegria, e uma primeira vez para a tristeza. Durante algum tempo, estavam constantemente a ser inventados novos sentimentos. O desejo nasceu cedo, bem como o arrependimento. Quando a teimosia foi sentida pela primeira vez, despoletou uma reacção em cadeia, criando o sentimento de ressentimento, por um lado, e a alienação e a solidão, por outro. Poderá ter sido um certo movimento de ancas a marcar o nascimento do êxtase; um raio de trovão a causar o primeiro sentimento de assombro. Ou talvez fosse o corpo de uma rapariga chamada Alma. Contrariamente à lógica, o sentimento de surpresa não nasceu imediatamente. Só chegou depois de as pessoas terem tido tempo suficiente para se habituarem às coisas como elas eram. E quando esse tempo passou, e alguém experimentou o primeiro sentimento de surpresa, houve mais alguém, algures noutro sítio, a sentir o primeiro assomo de nostalgia.

Também é verdade que por vezes as pessoas sentiam coisas para as quais não havia palavras, e que por isso passavam em claro. Talvez a emoção mais antiga no mundo seja a comoção; mas descrevê-la – só nomeá-la – deve ter sido como tentar apanhar qualquer coisa invisível.

(Donde, mais uma vez, o sentimento mais antigo do mundo poderá ter sido simplesmente a confusão.)

Tendo começado a sentir coisas, o desejo das pessoas de sentir foi crescendo. Queriam sentir mais, sentir mais profundamente, por muito que às vezes doesse. As pessoas tornaram-se viciadas em sentimentos. Esforçavam-se por descobrir novas emoções. É possível que tenha sido assim que nasceu a arte. Forjaram-se novas formas de alegria, bem como novas formas de tristeza: a eterna desilusão da vida como ela é; o alívio de um adiamento inesperado; o medo de morrer.

Mesmo hoje, ainda não existem todos os sentimentos possíveis. Há ainda aqueles que estão para além da nossa capacidade e imaginação. De tempos a tempos, quando uma peça de música que jamais foi escrita, ou um quadro que jamais foi pintado, ou qualquer outra coisa impossível de prever, imaginar, ou sequer descrever, tem lugar, surge um novo sentimento no mundo. E depois, pela milionésima vez na história dos sentimentos, o coração dispara e absorve o impacto.

Todos os capítulos eram mais ou menos neste estilo, e nenhum deles me dizia o que quer que fosse sobre o porquê de o livro ser tão importante para Jacob Marcus. Em vez disso, dei por mim a pensar no meu pai. Em como *A História do Amor* devia ter sido importante para ele visto que tinha oferecido à minha mãe apenas duas semanas depois de conhecê-la, mesmo sabendo que ela ainda não sabia ler em espanhol. Porquê? Porque estava a apaixonar-se por ela, claro está.

Depois lembrei-me de outra coisa. E se o meu pai tivesse escrito alguma coisa no interior do exemplar d'*A História do Amor* que tinha dado à minha mãe? Nunca me tinha ocorrido procurar.

Levantei-me da cama e fui lá cima. O escritório da minha mãe estava livre e o livro estava junto ao computador. Levantei-o e abri-o na página do título. Numa letra que eu não reconheci, lia-se: *Para a Charlotte, a minha Alma. Este é o livro que eu gostaria de ter escrito para ti se soubesse escrever. Amor, David.*

Voltei para a cama e pus-me a pensar no meu pai, e naquelas vinte palavras, durante um bom bocado.

Depois comecei a pensar nela. Alma. Quem seria? A minha mãe diria que era toda e qualquer uma, todas as raparigas e mulheres que alguma vez foram amadas. Mas quanto mais pensava nisto, mais me convencia de que também devia ser alguém em particular. Pois como poderia Litvinoff ter escrito tanto sobre o amor sem estar ele próprio apaixonado? Por alguém em particular. E esse alguém deveria chamar-se...

Sob as nove pistas que já tinha apontado, acrescentei uma outra:

10. *Alma.*

14. A ORIGEM DO SENTIMENTO

Desci a correr para a cozinha, mas a minha mãe não estava lá. Olhei para a janela e lá estava ela, no meio do emaranhado de ervas daninhas do nosso quintal. Empurrei a porta de correr. «Alma», disse eu, recobrando o fôlego. «Hum?», disse a minha mãe. Estava a segurar numa espátula. Não tive tempo para parar e pensar por que é que estava a segurar numa pá de jardineiro visto que era o meu pai, e não ela, quem jardinava lá em casa, e por serem já quase nove e meia da noite. «Qual é o apelido dela?», perguntei. «Do que é que tu estás para aí a falar?», disse a minha mãe. «Da Alma», disse eu impacientemente. «A rapariga do livro. Qual é o apelido dela?» A minha mãe passou a mão pela testa, deixando uma mancha de terra. «De facto, agora que falas nisso – há um capítulo em que é referido um apelido. Mas é estranho, porque enquanto os outros nomes do livro são espanhóis, o apelido dela é...» E franziu o sobrolho. «O quê?», disse eu, excitada. «O dela é o quê?» «Mereminski», disse a minha mãe. «Mereminski», repeti eu. Ela assentiu. «M-E-R-E-M-I-N-S-K-I. Mereminski. Polaco. É uma das poucas pistas que Litvinoff deixou acerca da sua origem.»

Voltei a correr lá para cima, trepei para a cama, liguei a minha lanterna, e abri o terceiro volume de *Como Sobreviver no Mato*. Junto a *Alma*, escrevi *Mereminski*.

No dia seguinte, comecei a procurá-la.

O PROBLEMA DE PENSAR

SE É VERDADE que Litvinoff tossia cada vez mais à medida que os anos iam passando – uma tosse seca que o fazia estremecer da cabeça aos pés, obrigando-o a pôr-se de joelhos, a desculpar-se por ter de se levantar a meio de um jantar, a recusar-se a atender o telefone, e a rejeitar um ou outro convite para falar em público – não era tanto por estar doente, mas sobretudo por haver algo que ele gostaria de dizer. Quanto mais tempo passava, mais ele ansiava por dizê-lo, e mais impossível isso se tornava. Às vezes acordava em pânico dos seus sonhos. *Rosa!*, gritava ele. Mas ainda não acabara de pronunciar o seu nome e já sentia as mãos dela no peito, e o som da sua voz – *O que é que foi? O que é que se passa, meu amor?* – ele perdia logo a coragem, tomado pelo temor das consequências. E assim, em vez de dizer o que queria dizer, dizia: *Não é nada. Foi só um sonho*, e esperava que ela adormecesse para levantar os cobertores e esgueirar-se até à varanda.

Quando era novo, Litvinoff tinha um amigo. Não era o seu melhor amigo, mas era um bom amigo. A última vez que o vira tinha sido no dia em que deixara a Polónia. O amigo estava parado numa esquina. Já se tinham despedido, mas ambos se voltaram para trás para ver o outro partir. E assim ficaram durante bastante tempo. O amigo tinha o chapéu dobrado na mão junto ao peito. Ergueu a mão, saudou Litvinoff, e sorriu. Depois enterrou o chapéu sobre os olhos, voltou-se, e desapareceu de mãos vazias na multidão. Não se passou um único dia em que Litvinoff não tivesse pensado nesse momento, ou nesse amigo.

Às vezes, nas noites em que não conseguia dormir, Litvinoff ia para o escritório e tirava da estante o seu exemplar d'*A História do Amor*. Relia o décimo quarto capítulo, «A idade do fio», tantas vezes que agora o livro se abria automaticamente na mesma página:

> Há tantas palavras que se perdem. Mal saem da boca perdem a coragem, errando sem objectivo até serem engolidas pela valeta como folhas secas. Em dias de chuva ouvem-se coros discorrendo: *EueraumameninalindaPorfavornãováseutambémacreditoqueomeucorpoéfeitodevidronuncaameininguémacho-meesquisitaPerdoa-me*...
>
> Houve um tempo em que não era invulgar usar-se um bocado de fio para orientar as palavras que de outro modo poderiam perder-se pelo caminho e não chegar aos seus destinos. As pessoas tímidas traziam pequenos novelos de fio nos bolsos, mas considerava-se que os palradores também necessitavam deles, pois quem estava habituado a fazer-se ouvir inadvertidamente por toda a gente sentia por vezes dificuldade em ser escutado. A distância física entre as pessoas que usavam os fios podia ser muito pequena; por vezes, quanto menor era a distância, mais o fio era necessário.
>
> A prática de atar copos à ponta dos fios veio muito mais tarde. Há quem diga que esta está relacionada com a necessidade irreprimível de levarmos conchas aos ouvidos, de ouvirmos o eco que ainda subsiste da expressão primordial

do mundo. Outros dizem que foi iniciada por um homem que guardou a ponta de um novelo que se foi desenrolando através do oceano por uma rapariga que partiu para a América.

Quando o mundo se tornou maior, e já não havia fio suficiente para impedir que desaparecessem na imensidão do mundo as coisas que as pessoas queriam dizer, foi inventado o telefone.

Às vezes não há fio nenhum que seja suficientemente comprido para dizer aquilo que é preciso dizer. Em tais casos a única coisa que o fio pode fazer, qualquer que seja a sua forma, é conduzir o silêncio de uma pessoa.

Litvinoff tossiu. O livro impresso nas suas mãos era uma cópia de uma cópia de uma cópia do original, que já não existia, excepto na sua cabeça. O «original», mas não como um escritor imagina o livro ideal antes de se sentar a escrever. O original que existia na cabeça de Litvinoff era a memória do manuscrito escrito na língua da sua mãe, o manuscrito que ele tivera nas mãos no dia em que se despedira do seu amigo pela última vez. Na altura, não sabiam que ia ser a última vez, mas os seus corações já o pressentiam.

Nesse tempo, Litvinoff era jornalista. Trabalhava num jornal diário, redigindo obituários. De vez em quando, à noite depois do trabalho, ia a um café frequentado por artistas e filósofos. Como não conhecia lá muita gente, Litvinoff limitava-se a pedir uma bebida e a fingir ler o jornal que já tinha lido, escutando as conversas à sua volta.

A noção de tempo fora da nossa experiência é intolerável!
Que se lixe o Marx.
O romance está morto!

Antes de declararmos o nosso consentimento devemos examinar cuidadosamente...
A libertação é apenas o meio de alcançar a liberdade; não é sinónimo de liberdade!
Malevich? Os macacos do meu nariz são mais interessantes do que esse atrasado mental.
E isso, meu amigo, é o problema de pensar!

Às vezes Litvinoff dava por si em total desacordo com um argumento qualquer, e formulava uma réplica genial na sua cabeça.

Uma noite ouviu uma voz atrás de si: «Deve ser um bom artigo, esse, estás a lê-lo há mais de meia hora.» Litvinoff deu um pulo, e quando olhou para cima, reconheceu o rosto familiar do seu amigo de infância a sorrir para ele. Abraçaram-se, e assimilaram as pequenas mudanças que o tempo gravara nos seus semblantes. Litvinoff sempre sentira uma certa afinidade com este amigo, e estava ansioso por saber o que ele andara a fazer nos últimos anos. «A trabalhar, como toda a gente», disse o amigo, puxando de uma cadeira. «E a tua escrita?», perguntou Litvinoff. O amigo encolheu os ombros. «As minhas noites são tranquilas. Ninguém me incomoda. O gato do senhorio vem ter comigo e senta-se ao meu colo. Normalmente adormeço na minha secretária e acordo quando o gato se vai embora aos primeiros sinais de luz da manhã.» Acabou de dizer isto, e riram-se ambos sem saber porquê.

A partir daí, passaram a encontrar-se todos os dias no café. Foram discutindo, com horror crescente, as movimentações das tropas de Hitler e os rumores sobre as acções perpetradas contra os judeus até ficarem demasiado deprimidos para falar. «Mas para não falar de coisas tristes», dizia por fim o amigo, e era de bom grado que Litvinoff mudava de assunto, ansioso que estava por testar uma das suas teorias filosóficas no seu velho amigo, ou por deslumbrá-lo com um novo plano de dinheiro fácil e instantâneo envolvendo a venda de roupa interior feminina no mercado negro, ou por descrever a belíssima rapariga que vivia do outro lado da rua. O amigo, por sua vez, ia mostrando pequenas passagens daquilo que andava a escrever. Coisas pequenas, um parágrafo aqui, outro acolá. Mas Litvinoff ficava sempre comovido. À primeira página que leu, reconheceu imediatamente que nos anos que mediaram desde os seus tempos de escola ao reencontro entre os dois, o amigo se tornara um verdadeiro escritor.

Alguns meses mais tarde, quando foi finalmente conhecido que Isaac Babel tinha sido assassinado pela polícia secreta de Moscovo, coube a Litvinoff redigir o obituário. Era um trabalho importante e ele esforçou-se por fazer o seu melhor, tentando apanhar o tom certo para a morte trágica de um grande escritor. Já passava da meia-noite quando saiu do trabalho, mas ao caminhar para casa na noite fria, sorriu para com os seus botões, convencido de que o obituário era um dos melhores que já escrevera. Muitas vezes, o material que tinha para escrever era escasso e insignificante, e ele lá tinha de inventar qualquer coisa com meia dúzia de superlativos, clichés e falsas glorificações a fim de exaltar a vida, e reforçar o sentimento de perda pela morte. Mas desta vez não. Desta vez precisara de se elevar à altura da matéria em questão, debater-se para encontrar as palavras certas para um homem que fora um mestre das palavras, que dedicara toda a sua existência a resistir aos clichés na esperança de apresentar ao mundo uma nova forma de pensar e escrever; uma nova forma de sentir, até. E cujo labor teve como recompensa o seu assassinato por um pelotão de execução.

No dia seguinte o texto foi publicado no jornal. O editor chamou-o ao seu gabinete para o felicitar pelo seu trabalho. Alguns dos seus colegas também lhe deram os parabéns. Quando encontrou o seu amigo no café nessa noite, também ele elogiou o seu artigo. Litvinoff mandou vir uma rodada de *vodka*, sentindo-se orgulhoso e feliz.

Algumas semanas mais tarde, o seu amigo não apareceu no café como de costume. Litvinoff esperou durante uma hora, até que desistiu e foi para casa. Na noite seguinte voltou a esperar, e mais uma vez o amigo não apareceu. Preocupado, Litvinoff dirigiu-se à casa onde o amigo estava hospedado. Nunca lá tinha ido, mas sabia a morada. Quando lá chegou, ficou impressionado com o estado de desarrumação e penumbra em que a casa se encontrava, pelas paredes oleosas no *hall* de entrada e pelo cheiro de coisas estragadas. Bateu à primeira porta que encontrou. Veio uma mulher abrir. Litvinoff perguntou pelo seu amigo. «Sim, claro», disse ela, «o grande escritor.» Esticou o dedo para cima. «Último andar à direita.»

Litvinoff bateu durante cinco minutos até finalmente ouvir os passos pesados do seu amigo do outro lado da porta. Quando a porta se abriu, o amigo apareceu em pijama com um ar pálido e consumido. «O que é que se passa?», perguntou Litvinoff. O amigo encolheu os ombros e tossiu, «Põe-te a pau senão também a apanhas», disse ele, arrastando-se de volta para a cama. Litvinoff permaneceu desajeitadamente no pequeno quarto do amigo, desejando ajudá-lo, mas sem saber como. Por fim ouviu-se uma voz vinda das almofadas: «Uma chávena de chá até me sabia bem.» Litvinoff precipitou-se para o canto onde estava montada uma cozinha de campanha, e procurou a chaleira às apalpadelas, num clangorejar de tachos e panelas («No forno», chamou o amigo numa voz sumida). Enquanto a água fervia, abriu a janela para deixar entrar um pouco de ar fresco, e lavou a loiça suja. Quando trouxe a chávena de chá a escaldar ao amigo, viu que ele estava a tremer com febre, por isso fechou a janela e foi lá baixo pedir à senhoria mais um cobertor. O amigo acabou por adormecer. Sem saber mais o que fazer, Litvinoff sentou-se na única cadeira do quarto e ficou à espera. Passado um quarto de hora, ouviu uma gata a miar à porta. Litvinoff deixou-a entrar, mas quando ela viu que o seu companheiro da meia-noite estava indisposto, esgueirou-se porta fora.

Em frente à cadeira estava uma secretária de madeira cheia de folhas espalhadas no tampo. Uma delas chamou a atenção de Litvinoff que, com um relance de olhos para se certificar que o amigo estava mesmo a dormir, pegou nela. No cabeçalho lia-se: *A MORTE DE ISAAC BABEL.*

Só depois de ter sido acusado do crime de silêncio é que Babel descobriu quantos tipos de silêncio existiam. Quando ouvia música já não eram as notas que ele ouvia, mas os silêncios entre elas. Quando lia um livro entregava-se integralmente às vírgulas e aos pontos e vírgulas, ao espaço em branco depois de uma frase e antes da letra maiúscula da frase seguinte. Descobria os espaços onde o silêncio se concentrava numa sala; as dobras dos cortinados, os fundos recônditos das pratas de família. Quando falavam com ele, ouvia cada vez menos aquilo que lhe diziam, e cada vez mais aquilo que não diziam. Aprendeu a decifrar o significado de certos silêncios, que é como deslindar um caso sem quaisquer pistas, apenas com a intuição. E ninguém o podia acusar de não ser prolífico neste seu ofício. Todos os dias desenvolvia verdadeiras epopeias de silêncio. Ao princípio foi difícil. Imagine-se a dificuldade de permanecermos em silêncio quando o nosso filho nos pergunta se Deus existe, ou quando a mulher que amamos nos pergunta se a amamos. A princípio, Babel ansiava pelo uso de duas palavras apenas: Sim e Não. Mas sabia que bastaria pronunciar uma única palavra para destruir o delicado fluxo do silêncio.

Mesmo depois de ter sido preso e de lhe terem queimado todos os seus manuscritos, que eram todos páginas em branco, recusou falar. Nem mesmo um gemido quando lhe desferiram um golpe na cabeça, ou um pontapé de biqueira na nuca. Só no derradeiro momento, ao enfrentar o pelotão de execução, é que o escritor Babel entreviu subitamente a possibilidade de estar errado. Enquanto as espingardas eram apontadas ao seu peito, Babel interrogou-se se aquilo que ele tomara pela riqueza do silêncio não seria antes a pobreza de nunca ser ouvido. Imaginara que as possibilidades do silêncio humano eram infinitas. Mas quando as balas irromperam das espingardas, o seu corpo foi trespassado com a verdade. E uma pequena parte de si riu amargamente, de qualquer maneira, como poderia ele ter esquecido aquilo que sempre soubera: que não há nada que possa equivaler ao silêncio de Deus.

Litvinoff deixou cair a folha. Estava furioso. Como podia o seu amigo, que tinha plena liberdade de escolha sobre o que escrever, roubar o único assunto acerca do qual ele, Litvinoff, pudera escrever algo de que se orgulhava? Sentiu-se apoucado e humilhado. Tinha vontade de arrastar o amigo para fora da cama e perguntar-lhe o que queria aquilo dizer. Mas passado um momento acalmou-se e leu-o outra vez, e ao fazê-lo reconheceu a verdade. O seu amigo não lhe roubara nada que lhe pertencesse. Como poderia tê-lo feito? A morte de uma pessoa pertence à pessoa que morreu e a mais ninguém.

Foi tomado por um sentimento de tristeza. Ao longo dos últimos anos, Litvinoff imaginara-se em tudo idêntico ao seu amigo. Orgulhava-se do que considerava serem as semelhanças entre os dois. Mas a verdade é que era tão parecido com o homem que estava ali estendido a três metros de distância como o era com a gata que acabara de se escapulir: eram espécies diferentes. Era óbvio, pensou Litvinoff. Bastava ver a forma como cada um deles abordara o mesmo assunto. Onde ele vira uma página de palavras, o seu amigo vira um terreno de hesitações, de buracos negros, e de possibilidades entre as palavras. Onde o seu amigo via uma luz matizada, a alegria de voar, a tristeza da gravidade, ele via a forma sólida de um simples pardal. A vida de Litvinoff definia-se por um gosto no peso do real; ao passo que a do seu amigo se definia por uma rejeição da realidade, com o seu exército de factos consumados. Observando o seu reflexo no vidro escuro da janela, Litvinoff acreditou que algo se desvelara e que a verdade lhe tinha sido revelada: era um homem comum. Um homem disposto a aceitar as coisas como elas eram, e, por isso mesmo, destituído do potencial para qualquer forma de originalidade. E embora estivesse redondamente enganado a este respeito, depois dessa noite, já nada o poderia dissuadir.

Debaixo de A MORTE DE ISAAC BABEL estava outra folha. Com lágrimas de autocomiseração a arder-lhe nas narinas, Litvinoff continuou a ler.

FRANZ KAFKA ESTÁ MORTO

Escondeu-se numa árvore de onde não conseguia descer. «Desce cá para baixo!», gritavam-lhe. «Cá para baixo! Cá para baixo!» O silêncio impregnava a noite e a noite impregnava o silêncio, enquanto esperavam que Kafka falasse. «Não posso», disse ele por fim, com uma nota de tristeza na voz. «Porquê?», gritaram eles. As estrelas espalhavam-se na escuridão do céu. «Porque senão deixam de perguntar por mim.» As pessoas sussurraram e acenaram entre si. Puseram os braços à volta umas das outras e afagaram as cabeças das crianças. Tiraram os chapéus e ergueram-nos ao homem débil e doente com orelhas de um qualquer estranho animal, sentado no seu fato de veludo preto numa árvore escura. Depois viraram costas e dirigiram-se para casa sob o dossel de folhas. As crianças iam às cavalitas dos pais, sonolentas por terem sido levadas a ver o homem que escrevia os seus livros em cascas de árvore que arrancava da árvore de onde recusava descer. Na sua caligrafia delicada, bela e ilegível. E as pessoas admiravam esses livros, admiravam a sua determinação e força. Afinal: quem não deseja fazer da solidão um espectáculo? Uma a uma, as famílias separaram-se com um boa-noite e um aperto de mão, subitamente gratas pela companhia dos vizinhos. As portas fecharam-se nas casas aquecidas. Acenderam-se velas nas janelas. Lá longe, empoleirado nas árvores, Kafka ouvia tudo: o roçagar da roupa a cair no chão, de lábios percorrendo ombros nus, de camas rangendo sob o peso da ternura. Tudo era captado nas conchas pontiagudas dos seus ouvidos e tudo rolava como bolas de flíperes através do grande corredor da sua mente.

Nessa noite, soprou um vento gélido. Quando as crianças acordaram, foram às janelas e descobriram o mundo envolto numa capa de gelo. Uma criança, a mais pequena de todas, soltou um guincho de alegria, e o seu grito rasgou o silêncio e fez explodir a capa de gelo de um carvalho gigante. O mundo brilhava.

Encontraram-no enregelado no chão como um pássaro. Diz-se que quando encostaram as orelhas às conchas dos seus ouvidos, conseguiam ouvir-se a si mesmos.

Debaixo desta folha estava outra folha, intitulada *A MORTE DE TOLSTOI*, e por baixo dessa estava uma dedicada a Osip Mandelstam, que morreu no terrível final de 1938 num campo de manobras perto de Vladivostok, e por baixo dessa, mais umas seis ou sete. Só a última folha era diferente. Dizia: *A MORTE DE LEOPOLD GURSKY*. Litvinoff sentiu uma golfada de sangue frio no coração. Olhou para o seu amigo, que respirava pesadamente. Começou a ler. Quando chegou ao fim abanou a cabeça e leu outra vez. E mais uma vez depois disso. Releu o texto vezes sem conta, recitando as palavras como se fossem não um anúncio de morte, mas uma oração pela vida. Como se o simples facto de as pronunciar pudesse manter o seu amigo a salvo do anjo da morte, e a simples força do seu fôlego mantivesse as suas asas momentaneamente paralisadas, por mais alguns instantes – até ele desistir e deixar o seu amigo viver. Durante toda a noite, Litvinoff velou pelo seu amigo, sem nunca parar de recitar as suas palavras. E pela primeira vez, desde que se lembrava, não se sentiu inútil.

Ao raiar da manhã, Litvinoff viu com alívio que a cor regressara ao rosto do amigo. Dormia o sono repousado da convalescença. Quando o sol se elevou ao ângulo das oito da manhã, levantou-se. Tinha as pernas trôpegas. Sentia as entranhas a arder. Mas estava muito feliz. Dobrou *A MORTE DE LEOPOLD GURSKY* ao meio. E aqui está outra coisa que ninguém sabe acerca de Litvinoff: durante o resto da vida guardou no bolso da lapela a página que ele impedira de se tornar real nessa noite, para poder resgatar mais algum tempo – para o seu amigo, para a vida.

ATÉ DOER A MÃO DE ESCREVER

AS PÁGINAS que eu escrevera havia já tanto tempo escorregaram-me da mão e espalharam-se pelo chão. Pensei: quem? E como? Pensei: ao fim de todos estes... O quê? Anos.

Mergulhei nas minhas memórias. A noite passou numa nuvem. De manhã ainda estava em estado de choque. Só ao meio-dia fui capaz de prosseguir. Ajoelhei-me na farinha. Apanhei as folhas uma a uma. A página dez fez-me um corte no dedo. A página vinte deu-me uma pontada nos rins. A página quatro bloqueou-me o coração.

Veio-me à cabeça uma piada cáustica. *Faltaram-me as palavras.* E no entanto. Apertei as folhas na mão, com medo que a minha cabeça me estivesse a pregar uma partida, de olhar para baixo e dar com elas em branco.

Dirigi-me para a cozinha. O bolo afundara-se em cima da mesa. Senhoras e senhores. Hoje, estamos aqui reunidos para celebrar os mistérios da vida. O quê? Não, não é permitido atirar pedras. Só flores. Ou dinheiro.

Limpei as cascas de ovo, varri o açúcar da minha cadeira e sentei-me à mesa. Lá fora, o meu fiel pombo piou e agitou as asas contra o vidro. Talvez devesse dar-lhe um nome. Por que não, já passei o cabo dos trabalhos a tentar nomear tantas coisas menos reais do que ele. Tentei pensar num nome que me desse prazer chamar. Olhei em volta. Os meus olhos detiveram-se no cardápio do restaurante chinês de encomenda. Há anos que não o mudam. MR. TONG, A CÉLEBRE COZINHA CANTONESA, SICHUAN E HUMANA. Bati à janela. O pombo levantou voo. *Adeus, Mr. Tong.*

Levei a maior parte da tarde a ler. As memórias acudiam-me em catadupa. Os olhos turvavam-se-me, tinha dificuldade em focá-los. Pensei: estou a ver coisas. Puxei a cadeira para trás e levantei-me. Pensei: *Mazel tov*, Gursky, finalmente perdeste-o por completo. Reguei a planta. *Para perder tens de ter tido.* Ah? Quer dizer que *agora* és um maníaco dos pequenos pormenores? Tiveste, não tiveste! Olha bem para ti! Fizeste da perda uma profissão. Foste o campeão dos perdedores. E no entanto. Onde é que está a prova de que alguma vez a tiveste? Onde está a prova de que ela era tua para a teres?

Enchi o lava-loiça de água e lavei os tachos e as panelas. Por cada tacho e colher que arrumava, arrumava também um pensamento que não conseguia tolerar, até a minha cozinha e a minha cabeça regressarem a um estado de organização mútua. E no entanto.

Shlomo Wasserman tinha-se tornado Ignacio da Silva. A personagem a quem eu chamava Duddelsach era agora Rodriguez. Feingold era De Biedma. Slonim tornou-se Buenos Aires, uma cidade de que eu nunca ouvira falar tomava o lugar de Minsk. Quase chegava a ter graça. Mas eu não me ri.

Estudei a caligrafia do envelope. Não havia bilhete nenhum. Acreditem: procurei umas cinco ou seis vezes. Nenhuma morada de retorno. Teria interrogado Bruno se achasse que ele tinha alguma coisa a dizer. Quando chegam embrulhos, o porteiro do prédio deixa-os em cima da mesa da entrada. Sem dúvida que Bruno o tinha visto e o apanhara. É sempre um grande acontecimento quando nos chega alguma coisa que não cabe na caixa do correio. Se não me engano, a última vez que tal aconteceu foi há dois anos, quando Bruno encomendou uma coleira de cão com tachas. Talvez valha a pena dizer que ele tinha arranjado uma cadela recentemente. Era pequena, meiga e amorosa. Chamou-lhe Bibi. *Anda, Bibi, anda cá!* Ouvia-o eu a chamar. Mas. A Bibi nunca vinha. Até que um dia a levou ao parque dos cães. *Vamos, Chico!*, gritou alguém ao seu cão, ao que Bibi disparou em direcção a um porto-riquenho. Bruno bem gritava, mas sem efeito. Tentou mudar de táctica. *Vamos, Bibi!*, gritou ele a plenos pulmões. E, vejam só, eis que Bibi vinha logo a correr. Ladrava a noite inteira e sujava-lhe o chão da casa, mas ele adorava-a.

Um dia, Bruno levou-a ao parque dos cães. Ela saltitava, farejava e evacuava enquanto Bruno assistia orgulhoso. O portão abriu-se para um *setter* irlandês. Bibi arrebitou as orelhas. Antes de Bruno ter tempo para entender o que estava a acontecer, Bibi saiu disparada pelo portão aberto e desapareceu pela rua fora. Ele tentou ir atrás dela. *Corre!*, dizia ele a si mesmo. A memória da velocidade invadiu-lhe o sistema, mas o corpo revoltou-se. Às primeiras passadas, as suas pernas enrolaram-se e fraquejaram. *Vamos, Bibi!*, gritou ele. E no entanto. Nada. Na sua hora de aflição – enroscado no passeio enquanto Bibi o traía por ser aquilo que era: um animal – estava eu a tamborilar na minha máquina de escrever. Chegou a casa desfeito. Nessa noite voltou ao parque dos cães para esperar por ela. *Ela há-de voltar*, disse eu. Mas. Nunca mais apareceu. Isto foi há dois anos e ele continua a lá ir esperar por ela.

Tentei apanhar o sentido das coisas. Agora que penso nisso, sempre tentei. Podia ser esse o meu epitáfio. LEO GURSKY: ALGUÉM QUE PROCURAVA O SENTIDO DAS COISAS.

A noite caiu e eu continuava perdido. Não tinha comido nada o dia todo. Liguei para o Mr. Tong. O restaurante, não o pássaro.

Passados vinte minutos, estava a sós com os meus crepes primavera. Liguei o rádio. Estavam a pedir subscrições. Em troca, recebia-se um desentupidor a dizer WNYC.

Há coisas que tenho dificuldade em descrever. E no entanto insisto em fazê-lo com a teimosia de uma mula. Uma vez, Bruno desceu as escadas e viu-me sentado na mesa da cozinha em frente à minha máquina de escrever. *Outra vez essa coisa?* Os auscultadores haviam-lhe deslizado e descaído como um meio halo sobre a nuca. Massajei os nós dos dedos sobre o vapor da minha chávena de chá. *Um verdadeiro Vladimir Horowitz*, observou ele ao passar a caminho do frigorífico. Agachou-se, vasculhando à procura do que quer que fosse que queria dali. Eu enrolei mais uma folha na máquina. Ele voltou-se, deixando a porta do frigorífico aberta, com um bigode de leite no lábio superior. *Música, maestro*, disse ele, enfiando os auscultadores nos ouvidos, empurrando a porta e acendendo a luz por cima da mesa, ao passar. Eu fiquei a ver o fio do candeeiro a balançar enquanto ouvia a voz de Molly Bloom a rebentar-lhe nos ouvidos, «THERE'S NOTHING LIKE A KISS LONG AND HOT DOWN TO YOUR SOUL. ALMOST PARALYSES YOU». Era a única cantora que Bruno agora ouvia, até gastar a fita da cassete.

Li e reli vezes sem conta as páginas do livro que havia escrito na minha juventude. Um jovem de vinte anos apaixonado. Um coração inchado e uma cabeça a condizer. Pensava que podia fazer tudo e mais alguma coisa! Por estranho que possa parecer, agora que já fiz tudo o que alguma vez farei.

Pensei: como é que resistiu? Tanto quanto sabia, o único exemplar que havia tinha-se perdido numa cheia. Quer dizer, sem contar com os excertos que enviei nas cartas que escrevi à rapariga que amava depois de ela partir para a América. Não resisti a enviar-lhe as minhas melhores páginas. Mas. Aqui nas minhas mãos estava o livro praticamente inteiro! Em inglês!

Com nomes espanhóis! Era uma coisa assombrosa. Observei o *shiva* por Isaac, e ao mesmo tempo, esforçava-me por entender. Sozinho no meu apartamento, com as folhas sobre o colo. A noite fazia-se dia fazia-se noite fazia-se dia. Oscilava entre o sono e a vigília. Mas. Continuava longe de resolver o mistério. A história da minha vida: era serralheiro. Era capaz de abrir todas as fechaduras da cidade. E no entanto não conseguia destrancar as coisas que queria destrancar.

Decidi fazer uma lista de todas as pessoas minhas conhecidas que sabia estarem vivas, para o caso de me esquecer de alguém. Afadiguei-me à procura de um papel e de uma caneta. Depois sentei-me, alisei a folha, e levei o aparo ao seu encontro. Mas. Tive uma branca.

Em vez disso escrevi: *Perguntas ao Remetente*. Sublinhei isto duas vezes. E continuei:

> *1. Quem é você?*
> *2. Onde descobriu isto?*
> *3. Como é que o manuscrito resistiu?*
> *4. Por que está em inglês?*
> *5. Quem mais o leu?*
> ~~*6. Alguém gostou?*~~
> *7. O número de leitores é maior ou menor do que...*

Fiz uma pausa e ponderei. Haveria algum número que não me desapontasse?

Olhei pela janela. Do outro lado da rua, uma árvore balançava ao vento. Estávamos a meio da tarde, as crianças gritavam lá fora. Gosto de ficar a ouvir as suas cantorias. *Isto é um jogo! De concentração!* As raparigas cantam e batem palmas. *Sem repetições! Nem hesitações! Vai começar com*: eu fico em pulgas à espera. *Animais!*, gritam elas. Animais! penso eu. *Cavalo!*, diz uma. *Macaco!*, diz outra.

E assim por diante. *Vaca!*, grita a primeira. *Tigre!*, grita a segunda, porque um momento de hesitação estraga o ritmo e acaba com o jogo. *Pónei! Canguru! Rato! Leão! Girafa!* Uma rapariga atrapalha-se. *IAQUE!*, grito eu.

Olhei para a minha folha de perguntas. Que seria preciso, pensei eu, para que um livro que eu escrevi há sessenta anos aparecesse na minha caixa do correio, numa língua diferente?

Subitamente, assaltou-me um pensamento. Ocorreu-me em *yiddish*, farei o meu melhor para o parafrasear, era qualquer coisa como isto: PODEREI EU SER FAMOSO SEM SABER? Comecei a ficar tonto. Bebi um copo de água fria e tomei uma aspirina. Não sejas palerma, dizia para com os meus botões. E no entanto.

Peguei no casaco. Ouvi as primeiras gotas de chuva tamborilarem na janela, por isso calcei as minhas galochas. Bruno chama-lhes botins. Mas isso é lá com ele. Lá fora, um vento ululante. Arrastei-me pelas ruas, absorto numa batalha com o meu guarda-chuva. Virou-se bruscamente ao contrário por três vezes. Eu aguentei-me firme. Numa vez chapou-me contra a parede de um prédio. Nas outras duas aterrei de pára-quedas.

Cheguei à biblioteca, o rosto açoitado pela chuva. A água gotejava-me do nariz. O meu feroz guarda-chuva estava todo esfarrapado, por isso larguei-o à entrada do recinto. Encaminhei-me para a secretária do bibliotecário. Corridinha, pausa de bofes pela boca, arrepanhar as pernas das calças, avançar, arrojar, avançar, arrojar, etc. A cadeira do bibliotecário estava vazia. «Corri» a sala de leitura de fio a pavio. Por fim, lá encontrei alguém. Estava a repor os livros nas estantes. Tive dificuldade em conter-me.

Gostaria de ver tudo o que tem do escritor Leo Gursky!, vociferei.

Ela voltou-se e olhou para mim, bem como todos os circunstantes.

Desculpe?

Tudo o que tiver do escritor Leo Gursky, tornei eu.
Bem vê que estou ocupada. Vai ter de aguardar um minuto.
Eu aguardei um minuto.
Leo Gursky, disse eu. *G-U-R-*
Ela chegou o carrinho mais à frente. *Eu sei como se escreve.*
Segui-a até ao computador. Ela introduziu o meu nome. O meu coração disparou. Pode já ser velho. Mas. O meu coração ainda se consegue levantar de vez em quando.
Existe um livro sobre touradas de um Leonard Gursky, disse ela.
Não é esse, disse eu. *Então e Leopold?*
Leopold, Leopold, disse ela. Aqui está.
Eu agarrei-me ao objecto estável mais próximo. Rufar de tambor, por favor:
O Incrível, As Fantásticas Aventuras de Frankie, Devaneios de Uma Menina Desdentada, disse ela, e arreganhou um sorriso irónico. Eu tive de combater o impulso de lhe dar uma bordoada com a galocha na cabeça. E lá foi ela buscar o livro à secção infantil. Eu não a detive. Em vez disso sofri uma pequena morte. Ela sentou-me de livro na mão. *Divirta-se*, disse ela.
Uma vez Bruno disse que se eu comprasse um pombo, a meio da rua tornar-se-ia uma pomba, no autocarro para casa um papagaio, e no meu apartamento, momentos antes de o tirar da gaiola, uma fénix. *Assim és tu*, disse ele, varrendo algumas migalhas inexistentes sobre a mesa. Passaram-se alguns minutos. *Não sou não*, disse eu. Ele encolheu os ombros e olhou pela janela. *Alguém sabe o que é uma fénix?*, disse eu. *Um pavão, talvez. Mas uma fénix não me parece*. Ele tinha a cara voltada para o lado, mas pareceu-me ver a sua boca revirar-se num sorriso.
Mas agora não posso fazer nada para transformar em alguma coisa o nada que a bibliotecária descobriu.
Nos dias que se seguiram ao meu ataque de coração e antes de ter recomeçado a escrever, a única coisa em que conseguia

pensar era em morrer. Tinha sido poupado mais uma vez, e só depois de o perigo passar é que permiti que os meus pensamentos se desenrolassem até ao seu fim inevitável. Imaginei todas as maneiras possíveis de partir. Embolia cerebral. Enfarte. Trombose. Pneumonia. Obstrução da veia cava. Imaginava-me a mim próprio espumando pela boca, contorcendo-me no chão. Acordava a meio da noite, agarrado ao pescoço. E no entanto. Por mais que imaginasse as possíveis falhas dos meus órgãos, a consequência afigurava-se-me inconcebível. Que pudesse acontecer-me a mim. Obrigava-me a imaginar os derradeiros momentos. O penúltimo fôlego. O suspiro final. E no entanto. Vinha sempre outro a seguir. O meu tio, o irmão do meu pai, que Deus abençoe a sua memória, morreu a dormir. Sem qualquer explicação. Um homenzarrão forte e robusto que comia que nem um cavalo e saía à rua em noites gélidas para quebrar blocos de gelo só com as mãos. Adeus, *kaput*. Costumava chamar-me Leopo, ou *Lai-o-po*, como ele dizia. Quando a minha tia não estava a ver, surripiava cubos de gelo para mim e para os meus primos. E fazia uma imitação de Estaline que era de partir o coco.

A minha tia encontrou-o de manhã, com o corpo já rijo. Foram precisos três homens para o carregar para a *khevra kadisha*. O meu irmão e eu escondemo-nos sorrateiramente para espreitar o grande colosso. O corpo parecia-nos tão extraordinário na morte como o fora em vida – a floresta de pêlo nas costas das mãos, as unhas achatadas e amarelecidas, as gretas profundas nas plantas dos pés. Parecia tão humano. E no entanto. Terrivelmente inumano. A dada altura entrei a levar um copo de chá ao meu pai. Ele estava sentado diante do cadáver, que não podia ser abandonado por um só instante. *Tenho de ir à casa de banho*, disse-me ele. *Espera aqui por mim até eu voltar*. E antes de eu ter tempo de protestar que ainda nem sequer tinha feito o *Bar Mitzvah*, ele saiu a correr para se aliviar. Os minutos que se seguiram pareceram horas. O meu tio estava estendido numa laje de pedra cor de pele com estrias brancas. A certa altura pareceu-me ver o seu peito elevar-se um tudo-nada, e por pouco não desatei aos gritos. Não era só por ele que eu tinha medo. Tinha medo também por mim. Naquela sala fria, pressentia a minha própria morte. A um canto estava uma pia com telhas partidas. Por aquele escoadouro tinham corrido todas as unhas, pêlos e bolas de surro lavadas aos mortos. A torneira estava a pingar e a cada gota sentia a minha vida a esvaziar-se. Um dia esvaziar-se-ia por completo. A alegria de estar vivo tornou-se tão intensa em mim que tive vontade de gritar. Nunca fui uma criança religiosa. Mas. Subitamente senti a necessidade de implorar a Deus que me poupasse por tanto tempo quanto possível. Quando o meu pai voltou, encontrou o filho ajoelhado no chão, com os olhos cerrados e os nós dos dedos brancos.

A partir daí, passei a viver aterrorizado com a ideia de que eu ou os meus pais morrêssemos. A minha mãe era quem mais me preocupava. Ela era a força em torno da qual gravitava o nosso mundo. Ao contrário do que acontecia com o nosso pai, que passava a vida nas nuvens, era a força bruta da razão que movia a minha mãe através do universo. Era o árbitro de todas as nossas discussões. Uma palavra de reprovação da sua parte era o suficiente para nos levar a escondermo-nos num canto, onde chorávamos e fantasiávamos o nosso próprio martírio. E no entanto. Um beijo tinha o poder de restaurar a nossa aura de príncipes. Sem ela, as nossas vidas dissolver-se-iam no caos.

O medo da morte atormentou-me durante um ano. Chorava sempre que alguém deixava cair um copo ou um prato. Mas mesmo quando isso me passou, persistiu em mim uma tristeza que não havia maneira de apagar. Não era que tivesse acontecido algo de novo. Era pior: tomara consciência daquilo que sempre estivera em mim sem que eu me desse conta. Arrastei esta nova consciência comigo como uma pedra amarrada ao tornozelo. Onde quer que fosse, lá estava ela. Costumava inventar pequenas canções tristes na minha cabeça. Cantava as folhas que caíam das árvores. Imaginava a minha morte de mil maneiras diferentes, mas o funeral era sempre o mesmo: algures na minha imaginação, surgia sempre uma passadeira vermelha. Pois cada morte secreta que eu morria, revelava sempre a minha grandeza.

E as coisas podiam ter continuado assim.

Uma manhã, depois de ter demorado uma eternidade a tomar o pequeno-almoço e de ter parado para examinar a roupa interior gigante de Mrs. Stanislawski a secar no arame, cheguei atrasado à escola. A campainha já tinha tocado, mas havia uma rapariga da minha classe ajoelhada no pátio poeirento da escola. Tinha o cabelo entrançado sobre as costas. Estava a fazer uma concha com as mãos para segurar qualquer coisa. Perguntei-lhe o que era. *Apanhei uma traça*, disse ela, sem olhar para mim. *Para que é que tu queres uma traça?*, perguntei eu. *Que raio de pergunta é essa?* disse ela. Eu repensei a minha pergunta. *Bem, se fosse uma borboleta era uma coisa, disse eu. Não era não*, disse ela. *Era completamente diferente. Devias largá-la*, disse eu. *É uma traça muito rara*, disse ela. *Como é que sabes?*, perguntei. *Tenho um palpite*, disse ela. Eu observei que já tinha tocado a campainha. *Então vai para a aula*, disse ela. *Ninguém te está a impedir. Só se a largares. Então bem podes esperar.*

Abriu um espaço entre os polegares e espreitou. *Deixa-me ver*, disse eu. Ela não disse nada. *Posso ver, por favor?* Ela olhou para mim. Os seus olhos eram verdes e aguçados. Está bem. Mas com cuidado. Ergueu as mãos enlaçadas até ao meu rosto e apartou os polegares um centímetro. Senti o cheiro do sabonete na sua pele. A única coisa que vi foi um bocadinho de uma asa castanha, por isso puxei-lhe o polegar para conseguir ver melhor. E no entanto. Ela deve ter pensado que eu estava a tentar libertar a traça, pois comprimiu subitamente as mãos. Olhámos um para o outro horrorizados. Quando voltou a descerrar as mãos, a traça saltou-lhe debilmente na palma da mão. Tinha perdido uma asa. Ela deu um pequeno soluço. *Não fui eu*, disse eu. Quando olhei para os olhos dela, vi que estavam lavados em lágrimas. Um sentimento que eu ainda não sabia cobiçar comprimiu-me o estômago. *Desculpa*, sussurrei. Senti um impulso de abraçá-la, de afastar a traça e a asa partida com um beijo. Ela não disse nada. Os nossos olhos fixaram-se em silêncio.

Foi como se partilhássemos a culpa de um segredo. Eu via-a na escola todos os dias, e nunca tinha sentido nada de especial por ela antes. Quando muito, achava-a mandona. Podia ser encantadora. Mas. Tinha mau perder. Por mais do que uma vez tinha recusado falar comigo nas raras ocasiões em que eu conseguia responder às perguntas mais triviais da professora mais rápido do que ela. *O rei de Inglaterra chama-se George!*, gritava eu, e durante o resto do dia tinha de me defender do seu silêncio glacial.

Mas agora parecia-me diferente. Tomei consciência dos seus poderes especiais. De como ela parecia concentrar sobre si a luz e a gravidade, onde quer que estivesse. Dei-me conta, como nunca antes, da forma como os seus dedos dos pés eram ligeiramente enviesados para dentro. Das manchas de terra nos joelhos nus. Da forma como o casaco lhe assentava impecavelmente nos ombros estreitos. Via-a ainda mais de perto, como se os meus olhos tivessem sido dotados de poderes de ampliação. O sinal negro, como um salpico de tinta por cima do lábio. A concha rósea e translúcida da orelha. As madeixas louras sobre as faces. Centímetro a centímetro, o seu corpo ia-se-me revelando. Eu quase esperava vir a observar as células da sua pele como ao microscópio, e a dada altura fui assaltado por um pensamento relacionado com a conhecida preocupação de ter herdado demasiado do meu pai. Mas não durou muito, porque ao mesmo tempo que tomava consciência do corpo dela, fui-me inteirando também do meu. Uma sensação que quase me deixou sem fôlego. Senti um formigueiro incendiar-me os nervos e espalhar-se. Tudo deve ter acontecido em menos de trinta segundos. E no entanto. Quando terminou, tinha-me iniciado no mistério que se encontra no início do fim da infância. Passaram-se anos antes de eu dissipar toda a alegria e dor que nascera comigo nesse menos de meio minuto.

Sem mais uma palavra, deixou cair a traça quebrada e correu para dentro. O pesado portão de ferro fechou-se atrás dela com um estrondo.

Alma.

Há já muito tempo que não pronuncio esse nome.

Resolvi fazer com que ela me amasse, por muito que custasse. Mas. Já era suficientemente sabido para saber que não devia atacar de imediato. Observei todos os seus movimentos durante as semanas seguintes. A paciência sempre foi uma das minhas virtudes. Uma vez escondi-me durante quatro horas seguidas debaixo do telheiro da latrina por trás da casa do rabino para ver se o famoso *tzaddik* que nos tinha vindo visitar de Baranowicze realmente defecava como nós. A resposta era afirmativa. No meu entusiasmo pelos milagres mais rudes da natureza, saí disparado do telheiro a gritar que sim. Por isto apanhei cinco reguadas nos nós dos dedos e tive de andar de joelhos sobre espigas de milho até sangrar. Mas. Valeu a pena.

Considerava-me um espião infiltrando-se num mundo estranho: o reino feminino. A pretexto de recolher material, roubei as enormes calcinhas de Mrs. Stanislawski do estendal da roupa. Sozinho no telheiro, abandonei-me ao seu odor. Enterrei a cara no fundilho. Enfiei-as na cabeça. Ergui-as e deixei-as inflar na corrente de ar como a bandeira de uma nova nação. Quando a minha mãe abriu a porta, estava a experimentá-las para ver o tamanho. Cabiam lá três iguais a mim.

Com um olhar letal – e o humilhante castigo de ter de ir bater à porta de Mrs. Stanislawski para lhe devolver as cuecas – a minha mãe pôs termo à dimensão geral da minha investigação. E no entanto. Prossegui na dimensão específica. Aí, a minha investigação foi exaustiva. Descobri que Alma era a mais nova de quatro irmãos e a preferida do pai. Sabia que o seu aniversário era a vinte e um de Fevereiro (o que a tornava mais velha do que eu cinco meses e vinte e oito dias), que adorava as ginjas em calda que vinham da Rússia por contrabando, e que uma vez tinha ingerido meio frasco delas às escondidas, e que quando a mãe descobriu obrigou-a a comer a outra metade, pensando que ela iria ficar maldisposta e enjoar das ginjas para sempre. Mas ela não enjoou. Não só comeu tudo como ainda assegurou a uma colega da escola que ainda podia ter comido mais. Sabia que o pai dela queria que ela aprendesse a tocar piano, mas que ela preferia o violino, e que esta disputa continuava por resolver, com ambas as partes a não abrir mão da sua posição, até Alma se apoderar de um estojo de violino vazio (alegou tê-lo encontrado à beira da estrada) e começar a andar com ele por todo o lado na presença do pai, chegando mesmo a fingir tocar no seu violino fantasma. E isto foi a última gota, pois o pai dela deu o braço a torcer e tratou de mandar vir um violino de Vilnius através de um dos irmãos dela que estava a estudar no *Gymnasium*, até que o violino novo lá chegou num estojo de pele negro e lustroso, forrado em veludo roxo, e todas as canções que Alma aprendeu a tocar nele, por mais tristes que fossem, tinham o tom inconfundível da vitória. Sabia-o porque a ouvia tocar quando estava à janela, esperando que o segredo do seu coração me fosse revelado com o mesmo ardor com que esperara pelos dejectos do grande *tzaddik*.

Mas. Nunca chegou a acontecer. Um belo dia, deu várias voltas a pé à minha casa e confrontou-me. *Já há uma semana que te vejo aí, e toda a gente sabe que passas a vida a olhar para mim na escola. Se tens alguma coisa que me queiras dizer por que é que não o dizes agora mesmo na minha cara em vez de andares a espreitar às escondidas como um ladrão?* Eu considerei as minhas opções. Ou fugia e nunca mais voltava a pôr os pés na escola (talvez pudesse abandonar clandestinamente o país num navio com destino à Austrália). Ou podia arriscar tudo e declarar-me. A resposta era evidente: ir para a Austrália. Abri a boca para dizer adeus para sempre. E no entanto. O que eu disse foi: *Quero saber se te queres casar comigo.*

Ela ficou sem expressão. Mas. Os seus olhos tinham o mesmo brilho que tinham quando tirava o violino do estojo. Passou-se um longo momento. Ficámos presos numa troca brutal de olhares. *Vou pensar*, disse ela por fim, após o que virou costas e dobrou a esquina da casa no mesmo passo resoluto. Ouvi a porta bater. Momentos depois, as notas de abertura de *Songs My Mother Taught Me*, de Dvorák. E embora ela não tenha dito que sim, a partir daí fiquei a saber que tinha uma hipótese.

Assim foi, em poucas palavras, o fim da minha preocupação constante com a morte. Não é que tenha deixado de a temer. Simplesmente, deixei de pensar nela. Se me sobrasse algum tempo em que não estivesse a pensar em Alma, talvez o tivesse passado a preocupar-me com a morte. Mas a verdade é que aprendi a erguer um muro contra esses pensamentos. Cada coisa nova que aprendia sobre o mundo era mais uma pedra nesse muro, até que um dia compreendi que me tinha exilado de um lugar onde jamais poderia regressar. E no entanto. O muro protegia-me igualmente da claridade dolorosa da infância. Mesmo durante os anos em que me escondi na floresta, nas árvores, em covas e celeiros, com a morte a bafejar-me o pescoço, jamais voltei a encarar a verdade: que um dia ia morrer. Só depois do meu ataque cardíaco, quando as pedras do muro que me separava da minha infância começaram enfim a desmoronar-se, só então o medo da morte me voltou a atormentar. E era tão assustador como sempre tinha sido.

FIQUEI DEBRUÇADO sobre *O Incrível*, *As Fantásticas Aventuras de Frankie* e *Devaneios de Uma Menina Desdentada* por um tal Leopold Gursky que não era eu. Nem sequer os abri. Fiquei a ouvir a água da chuva a correr pelas caleiras do telhado.

Fui-me embora da biblioteca. Ao atravessar a rua, fui inapelavelmente acometido por uma solidão brutal. Sentia-me negro e vazio. Abandonado, desapercebido, esquecido, fiquei especado no passeio, um «coisa-nenhuma», um agitador de poeira. As pessoas passavam por mim a correr. E toda a gente com quem falava era mais feliz do que eu. Senti a velha inveja. Teria dado tudo para ser como eles.

Uma vez, conheci uma mulher. Tinha ficado trancada à porta de casa e eu fui ajudá-la. Tinha um dos meus cartões, que eu costumava espalhar por onde passava como migalhas de pão. Telefonou-me, e eu fui ter com ela o mais depressa que pude. Era Dia de Acção de Graças, e era mais do que evidente que nenhum de nós tinha sítio para onde ir. A fechadura saltou sob as minhas mãos. Talvez ela tenha visto nisso um sinal de um outro tipo de talento. Lá dentro, um cheiro persistente a cebolas fritas, um póster de Matisse, ou talvez Monet. Não! Modigliani. Ainda me lembro, porque era uma mulher nua e para a lisonjear perguntei-lhe, *É você?* Há já muito tempo que não estava com uma mulher. Sentia o cheiro a óleo nas minhas mãos e o odor dos meus sovacos. Ela convidou-me para me sentar e preparou uma refeição.

Eu pedi licença para ir à casa de banho para me pentear e tentar lavar-me. Quando saí estava ela em roupa interior com as luzes desligadas. Havia um néon do outro lado da rua, projectando uma sombra azulada nas suas pernas. Estive para lhe dizer que não tinha de olhar para a minha cara, se não quisesses.

Alguns meses mais tarde, telefonou-me outra vez. A pedir-me para fazer uma cópia da chave. Fiquei feliz por ela. Por já não estar sozinha. Não é que eu sentisse pena de mim próprio. Estive para lhe dizer, *Era mais fácil pedires-lhe a ele, a pessoa a quem vais dar a chave, para fazer uma cópia na loja de ferragens*. E no entanto. Fiz duas cópias. Uma dei-lhe a ela, e fiquei com outra para mim. Durante muito tempo andei com ela no bolso, só para fingir.

Um dia ocorreu-me que podia entrar em todo o lado. Nunca tinha pensado nisso antes. Era um imigrante, levei muito tempo a ultrapassar o medo de que me repatriassem. Vivia aterrorizado com a possibilidade de dar um passo em falso. Uma vez perdi seis comboios por não ser capaz de descobrir como pedir um bilhete. Outra pessoa qualquer teria simplesmente entrado no comboio. Mas. Para um judeu da Polónia com medo de ser deportado nem que fosse por se esquecer de puxar o autoclismo, não podia ser. Tentava bater a bolinha baixa. Trancava e destrancava fechaduras, e era tudo o que fazia. Na minha terra era um ladrão por abrir uma fechadura, aqui na América era um profissional.

Com o tempo fui ficando mais à vontade. Aqui e ali punha um pouco de brio no meu trabalho. Uma meia volta no fim sem qualquer utilidade, mas que acrescentava um pouco de sofisticação. Deixei de andar nervoso e passei a ser matreiro. Inscrevia as minhas iniciais em cada fechadura que montava. Uma assinatura minúscula sobre a cava da cunha. Não importava que alguém jamais desse por ela. Bastava que eu soubesse. Fui registando todas as fechaduras assinadas num mapa da cidade tantas vezes dobrado e desdobrado que algumas ruas já se tinham apagado nos vincos.

Uma bela noite resolvi ir ao cinema. Antes do filme propriamente dito passaram um documentário sobre Houdini. Um homem que era capaz de se desembaraçar de uma camisa de forças enterrado debaixo da terra. Acorrentavam-no num colete preso com cadeados, largavam-no dentro de água, e ele reemergia sozinho. Mostravam como ele fazia exercícios e se autocronometrava. Treinava vezes sem conta até conseguir fazê-los em questão de segundos. A partir daí, comecei a orgulhar-me ainda mais do meu trabalho. Trazia as fechaduras mais complicadas para casa e cronometrava-me. Depois dividia o tempo ao meio e treinava até conseguir lá chegar. E continuava nisto até deixar de sentir os dedos.

Estava eu deitado na cama a sonhar com problemas cada vez mais complicados quando me assaltou a ideia: se eu podia abrir a fechadura do apartamento de um estranho, por que não podia abrir a fechadura da pastelaria Kossar's Bialys? Ou da biblioteca pública? Ou da Woolsworth's? Hipoteticamente falando, o que é que me impedia de entrar no... Carnegie Hall?

Tinha um turbilhão de pensamentos na minha cabeça, e sentia um formigueiro de excitação em todo o corpo. A única coisa que tinha de fazer era permitir-me entrar e permitir-me sair. Talvez deixar uma pequena assinatura.

Planeei isto durante semanas. Passei o edifício a pente fino. Não houve nada que me escapasse. Escusado será dizer que o fiz. Através da porta da 56th Street nas primeiras horas da manhã. Levou-me 103 segundos. Em casa a mesma fechadura levou-me apenas 48. Mas estava frio e eu tinha os dedos pesados.

O grande Arthur Rubinstein estava programado para tocar nessa noite. O piano estava montado no palco, um piano de cauda Steinway, negro e lustroso. Eu assomei de trás das cortinas.

Mal conseguia distinguir as intermináveis filas de cadeiras sob o clarão dos sinais de saída. Sentei-me ao piano, e empurrei um pedal com a biqueira do sapato. Não me atrevi a tocar nas teclas.

Quando olhei para cima, lá estava ela. Clara como o dia, uma rapariga de quinze anos, com uma trança no cabelo, a metro e meio de mim. Ergueu o violino, aquele que o irmão lhe tinha trazido de Vilnius, e pousou o queixo sobre ele. Tentei dizer o nome dela. Mas. Ficou-me atravessado na garganta. Para além disso, sabia que ela não me podia ouvir. Empunhou o arco. Ouvi as notas de abertura do Dvorák. Tinha os olhos fechados. A música brotava dos seus dedos. Tocou-o irrepreensivelmente, como nunca o tocara antes.

Quando a última nota se esbateu, a rapariga desapareceu. As minhas palmas ecoaram pelo auditório vazio. Quando parei fez-se um silêncio ensurdecedor. Lancei um último olhar ao teatro vazio. Depois apressei-me a sair por onde tinha entrado.

Nunca mais voltei a fazê-lo. Tinha provado a mim mesmo que era capaz, e isso já me bastava. De vez em quando dava por mim a passar diante de clubes privados, não vou citar nomes, e pensava cá para mim, *Shalom*, seus imbecis, aqui está um judeu que não podem impedir de entrar. Mas depois dessa noite, nunca mais arrisquei a minha sorte outra vez. Se me mandassem para a cadeia, acabariam por descobrir a verdade, isto é, que não sou Houdini nenhum. E no entanto. Na minha solidão consola-me pensar que as portas do mundo, por muito bem fechadas que estejam, nunca me estão totalmente vedadas.

Tal era o consolo a que eu procurava agarrar-me ali especado debaixo de uma chuva copiosa à entrada da biblioteca com as pessoas a passarem por mim a correr. Afinal, não fora esta a verdadeira razão por que o meu primo me ensinara o ofício? Sabia que eu não podia permanecer invisível para sempre. *Mostra-me um judeu que sobreviva*, disse-me ele uma vez enquanto eu observava uma fechadura a ceder sob as suas mãos, *e eu mostro-te um mágico.*

Permaneci na rua com a chuva a escorrer-me pelo pescoço. Esfreguei os olhos. Porta após porta após porta após porta após porta após porta foi-se abrindo à minha frente.

DEPOIS DA BIBLIOTECA, depois do nada d'*O Incrível*, d'*As Fantásticas Aventuras de Frankie* e d'*As Maravilhas de Uma Menina Desdentada*, fui para casa. Tirei o meu casaco e pu-lo a secar. Pus água a ferver. Nisto, oiço alguém pigarrear nas minhas costas. Quase saltei fora da minha própria pele. Mas era apenas Bruno, sentado na penumbra. *O que é que tu queres fazer, dar-me um chilique?*, gani eu, acendendo a luz. As páginas do livro que eu escrevi quando era garoto estavam espalhadas pelo chão. *Oh, não*, disse eu. *Não é o que tu estás a...*

Ele cortou-me logo as vazas.

Não está mal, disse ele. *Não era assim que eu a descreveria. Mas, o que é que eu posso dizer, isso é lá contigo.*

Escuta, disse eu.

Não precisas de explicar, disse ele. *É um bom livro. Gosto da escrita. Tirando os bocadinhos que roubaste – muito inventivo. Se estivéssemos a falar em termos puramente literários...*

Demorei um bocado até me dar conta. Até que me apercebi da diferença. Estava a falar comigo em *yiddish*.

...em termos puramente literários, que significa não gostar? Seja como for, sempre me interroguei no que é que tu andarias a trabalhar. Agora, ao fim destes anos todos, já sei.

Mas eu também me interrogava no que é que tu estarias a trabalhar, disse eu, lembrando-me dos tempos remotos em que tínhamos os dois vinte anos e queríamos ser escritores.

Ele encolheu os ombros, como só Bruno sabe fazer. *No mesmo que tu.*

O mesmo?

Claro que sim.

Um livro sobre ela?

Um livro sobre ela, disse Bruno. Desviou o olhar para a janela. Depois vi que estava a segurar uma fotografia no colo, a fotografia de mim e dela diante daquela árvore em que ela nunca chegou a saber que eu tinha gravado as nossas iniciais. A + L. Mal se conseguem ver. Mas. O que é certo é que estão lá.

Ela era boa a guardar segredos, disse ele.

Foi então que me lembrei. Aquele dia, há sessenta anos atrás, em que eu deixara a casa dela em lágrimas e o tinha visto encostado a uma árvore com um caderno na mão, esperando que eu me fosse embora para ir ter com ela. Alguns meses antes, éramos amigos do peito. Ficávamos acordados até às quinhentas com mais alguns rapazes a fumar e a discutir sobre livros. E no entanto. Quando o vi nessa tarde, já não éramos amigos. Já nem sequer falávamos um ao outro. Passei por ele como se ele nem sequer ali estivesse.

Só uma pergunta, dizia agora Bruno, sessenta anos mais tarde. *Uma coisa que eu sempre quis saber.*

O quê?

Ele tossiu. Depois olhou para mim. *Ela alguma vez te disse que eras melhor escritor do que eu?*

Não, menti eu. E depois contei-lhe a verdade. *Ninguém tinha de me dizer.*

Seguiu-se um longo silêncio.

É estranho. Sempre pensei... Deteve-se.

O quê?, disse eu.

Sempre achei que estávamos a lutar por algo mais do que o amor dela, disse ele.

Agora era a minha vez de olhar pela janela.

O que é que é mais do que o amor dela?, perguntei eu.

Ficámos em silêncio.

Estava a mentir, disse Bruno. *Tenho outra pergunta.*

O que é?

Por que é que continuas aqui feito parvo?

Como assim?

O teu livro, disse ele.

O que é que tem?

Vai buscá-lo.

Eu ajoelhei-me no chão e comecei a recolher as folhas.

Não é este!

Qual?

Oy vey!, disse Bruno, dando uma palmada na testa. *É preciso explicar-te tudo?*

Um sorriso alastrou lentamente nos meus lábios.

Trezentos e um, disse Bruno. Encolheu os ombros e desviou o olhar, mas eu pensei vê-lo sorrir. *Não é uma coisa qualquer.*

INUNDAÇÃO

1. COMO FAZER UMA FOGUEIRA SEM FÓSFOROS

Fiz uma pesquisa na Internet por Alma Mereminski. Pensei que alguém pudesse ter escrito sobre ela, ou que pudesse encontrar informação acerca da sua vida. Introduzi o nome dela e premi pesquisar. Mas a única coisa que apareceu foi uma lista de imigrantes que tinham chegado a Nova Iorque em 1891 (Mendel Mereminski), e uma lista de vítimas do holocausto registadas em Yad Vashem (Adam Mereminski, Fanny Mereminski, Nacham, Zellig, Hershel, Bluma, Ida, mas, para meu alívio, pois não queria perdê-la antes mesmo de começar a procurá-la, não havia nenhuma Alma).

2. O MEU IRMÃO A SALVAR-ME A VIDA O TEMPO TODO

O tio Julian veio ficar connosco em nossa casa. Ia ficar em Nova Iorque o tempo que fosse necessário para fazer a investigação final para um livro que andava a escrever há cinco anos sobre o escultor e pintor Alberto Giacometti. A tia Frances ficou em Londres para tomar conta do cão. O tio Julian dormia na cama de Bird, Bird dormia na minha, e eu dormia no chão no meu saco-cama para temperaturas negativas, embora uma verdadeira especialista não precisasse, já que em condições de emergência poderia simplesmente caçar alguns pássaros e forrar a roupa com as suas penas para se aquecer.

Às vezes à noite ouvia o meu irmão a falar durante o sono. Meias frases, nada que conseguisse decifrar. Tirando uma vez, em que falou tão alto que pensei que estivesse acordado. «Não pises isso», disse ele. «O quê?», disse eu, sentando-me na cama. «É demasiado fundo», balbuciou ele, e voltou a cara contra a parede.

3. MAS PORQUÊ

Um belo sábado, Bird e eu fomos com o tio Julian ao Museu de Arte Moderna. Bird insistiu em pagar o seu próprio bilhete com os rendimentos da venda de limonada. Andámos às voltas enquanto o tio Julian foi falar com um administrador no piso de cima. Bird perguntou a um dos seguranças quantos repuxos de água havia no edifício. (Cinco.) Pôs-se a fazer ruídos esquisitos de videojogos até eu o mandar calar. Depois contou o número de pessoas com tatuagens expostas. (Oito.) Parámos diante de um quadro com uma série de pessoas desmaiadas no chão. «Por que é que eles estão ali estendidos daquela maneira?», perguntou ele. «Porque alguém os matou», disse eu, embora na verdade não soubesse por que motivo elas estavam ali estendidas, nem mesmo se eram pessoas. Fui ver outro quadro pendurado do outro lado da sala. Bird veio atrás de mim. «Mas por que é que as mataram?», perguntou ele. «Porque estavam a precisar de dinheiro e assaltaram uma casa», disse eu, entrando no elevador que ia para baixo.

No metro para casa, Bird deu-me um toque no ombro. «Mas por que é que eles precisavam do dinheiro?»

4. PERDIDOS NO MAR

«O que é que te leva a pensar que esta Alma d'*A História do Amor* é uma personagem real?», perguntou Misha. Estávamos sentados na praia por trás do apartamento dele com os nossos pés enterrados na areia, a comer o rosbife e as sanduíches de rábano silvestre de Mrs. Shklovsky. "A"», disse eu. «Há o quê?» «Uma pessoa real.» «OK», disse Misha. «Responde à pergunta.» «Claro que é real.» «Mas como é que tu sabes?» «Porque só há uma explicação possível para o facto de Litvinoff, que escreveu o livro, não lhe ter dado um nome espanhol, como a todos outros.» «Qual é?» «Não podia.» «Por que não?» «Não vês?», disse eu. «Ele podia mudar todos os pormenores, mas não podia mudá-la a ela.» «Mas *porquê*?» A insensibilidade dele era exasperante. «Porque estava apaixonado por ela!», disse eu. «Porque, para ele, ela era a única coisa que era real.» Misha mastigou um pouco de rosbife. «Acho que andas a ver muitos filmes», disse ele. Mas eu sabia que tinha razão. Não era preciso ser-se nenhum génio para ler *A História do Amor* e entender isso.

5. AS COISAS QUE EU QUERO DIZER FICAM-ME ATRAVESSADAS NA GARGANTA

Caminhámos pelo caminho de tábuas até Coney Island. Estava um calor de morte e as gotas de suor escorriam pelas têmporas de Misha. Passámos por um grupo de velhotes a jogar às cartas e Misha saudou-os. «Eles pensam que tu és a minha namorada», anunciou ele. Nesse preciso instante, entalei o dedo grande do pé e tropecei. Senti as faces a arder e pensei, sou a pessoa mais desastrada à face da terra. «Mas não sou», disse eu, embora não fosse isso que eu queria dizer.

Olhei para longe, fingindo-me interessada num rapaz a arrastar um tubarão insuflável para a beira-mar. «*Eu* sei», disse Misha. «Mas ele não.» Tinha acabado de fazer quinze anos, crescido quase dez centímetros, e começado a barbear os pêlos escuros por cima do lábio. Quando entrámos na água, observei o seu corpo enquanto ele mergulhava nas ondas, e deu-me uma sensação no estômago que não era bem uma dor, mas algo diferente.

«Aposto cem dólares em como ela vem na lista», disse eu. Não tinha razão nenhuma para acreditar nisto, mas foi a única coisa que me ocorreu para mudar de assunto.

6. PROCURANDO ALGUÉM QUE MUITO PROVAVELMENTE NÃO EXISTE

«Procuro o número de Alma Mereminski», disse eu. «M-E-R-E-M-I-N-S-K-I.» «Qual é a freguesia?», perguntou a mulher. «Não sei», disse eu. Seguiu-se uma pausa. Ouvi um tilintar de chaves. Misha olhava para uma rapariga num biquini turquesa a passar de *skate*. A mulher estava a dizer qualquer coisa ao telefone. «Desculpe?», disse eu. «Estava a dizer que tenho uma A. Mereminski na 147, no Bronx», disse ela. «Aguarde o número, por favor.»

Escrevinhei o número na palma da mão. Misha aproximou-se. «Então?» «Tens uma moeda?», perguntei. Era uma tolice, mas já tinha ido tão longe. Ele ergueu o sobrolho e remexeu os bolsos dos calções. Marquei o número que tinha apontado na mão. Atendeu-me um homem. «A Alma está?», perguntei eu. «Quem?» «Estou à procura de Alma Mereminski.» «Não há aqui Alma nenhuma», disse ele, e desligou.

Voltámos a pé para o apartamento de Misha. Fui à casa de banho, que tresandava ao perfume da irmã e estava repleta da roupa interior acinzentada do pai a secar num cordel. Quando saí, Misha estava em tronco nu no seu quarto, a ler um livro em russo. Eu esperei na cama dele enquanto ele tomava um duche, folheando as páginas em cirílico. Ouvia a água a correr, e a canção que ele estava a cantar, mas não a letra. Quando me deitei sobre a almofada, senti o cheiro dele.

7. SE AS COISAS CONTINUAREM ASSIM

Quando Misha era novo a sua família ia todos os anos para a sua casa de campo, onde ele e o pai iam à cave buscar as redes para tentar apanhar as borboletas migratórias que abundavam pelo ar. A velha casa estava repleta de loiça chinesa e das borboletas emolduradas que três gerações de Shklovskys haviam apanhado em miúdos. Ao longo dos anos iam perdendo as escamas, e se corrêssemos descalços pela casa, a loiça retinia e ficávamos com os pés cheios de poeira das asas.

Alguns meses antes, na noite anterior ao seu décimo quinto aniversário, decidira fazer a Misha um cartão com uma borboleta. Fui à Internet procurar uma imagem de uma borboleta russa, mas em vez disso apanhei um artigo denunciando que a maior parte das espécies de borboleta haviam conhecido um decréscimo vertiginoso nas suas populações ao longo das últimas duas décadas, e que a sua taxa de extinção era cerca de dez mil vezes mais alta do que devia. Também dizia que uma média de setenta e quatro espécies de insectos, plantas e animais se extinguem todos os dias. Baseando-se nestas e noutras estatísticas assustadoras, continuava o artigo, os cientistas acreditam estarmos a meio da sexta extinção em massa na história da vida na terra. Quase um quarto dos mamíferos da terra enfrentarão a ameaça de extinção nos próximos trinta anos. Uma em cada oito espécies de aves extinguir-se-á dentro em breve. Noventa por cento dos peixes de maior porte terão desaparecido daqui por meio século.

Fiz uma pesquisa sobre extinções em massa.

A última extinção aconteceu há cerca de 65 milhões de anos, quando provavelmente um asteróide colidiu com o nosso planeta, aniquilando todos os dinossauros e cerca de metade dos animais marinhos. Antes disso houve a extinção triásica (também provocada por um asteróide, ou por vulcões), que dizimou noventa e cinco por cento das espécies, e antes dessa houve a extinção do Devoniano Tardio. A extinção em massa actual será a mais rápida dos 4,5 mil milhões de anos da história da Terra e, ao contrário das outras extinções, não é causada por fenómenos naturais, mas pela negligência dos seres humanos. Se as coisas continuarem como estão, metade de todas as espécies da terra terão desaparecido dentro de cem anos.

Por esta razão, não pus borboleta nenhuma no cartão de Misha.

8. INTERGLACIAR

No mesmo mês de Fevereiro em que a minha mãe recebeu a carta a pedir para traduzir *A História do Amor* caíram quase três palmos de neve, e Misha e eu construímos uma caverna de neve no parque. Trabalhámos durante horas, ficámos com os dedos dormentes, mas continuámos a cavar. Quando acabámos, gatinhámos lá para dentro. Uma luz azulada infiltrava-se através da entrada. Sentámo-nos ombro a ombro. «Talvez um dia eu te leve à Rússia», disse Misha. «Podíamos acampar nos Urais», disse eu. «Ou nas estepes cazaques.» Os nossos hálitos formavam pequenas nuvens quando falávamos. «Levo-te ao quarto onde vivia com o meu avô», disse Misha, «e ensino-te a fazer *skate* no Neva.» «Eu podia aprender russo.» Misha concordou. «Eu ensino-te. Primeira palavra. *Dai*.» «Segunda palavra. *Ruku*.» «O que é que quer dizer?» «Primeiro diz.» «*Ruku*.» «*Dai ruku*.» «*Dai ruku*. O que é que quer dizer?» Misha pegou-me na mão e segurou-ma.

9. SE ELA FOR REAL

«O que é que te leva a achar que a Alma veio para Nova Iorque?», perguntou Misha. Tínhamos acabado de jogar a décima mão de *gin rummy* e agora estávamos estendidos no chão do quarto dele a olhar para o tecto. Tinha areia no fato de banho e entre os dentes. O cabelo de Misha continuava molhado e eu sentia o cheiro do seu desodorizante.

«No capítulo catorze, Litvinoff escreve acerca de um fio esticado através do oceano por uma jovem que tinha partido para a América. Ele era polaco, certo, e a minha mãe disse que tinha conseguido escapar antes da invasão alemã. Os nazis mataram quase toda a gente na aldeia dele. Por isso, se ele não tivesse conseguido escapar, não haveria *História do Amor*. E se a Alma era da mesma aldeia, o que até aposto contigo que era...»

«Já me estás a dever cem dólares.»

«A questão é que, nas partes que eu li, há histórias sobre a Alma em que ela ainda é muito nova, para aí dez anos, se tanto. Por isso, se ela é real, o que eu acho que é, Litvinoff deve tê-la conhecido em criança. O que significa que eles deviam ser da mesma aldeia. E no Yad Vashem não consta nenhuma Alma Mereminski da Polónia que tenha morrido no Holocausto.»

«Quem é o Yad Vashem?»

«É o museu do Holocausto em Israel.»

«OK, talvez ela nem sequer seja judia. E mesmo que seja – mesmo que ela seja real, e polaca, e judia, *e* tenha vindo para a América – como é que tu sabes se ela não foi para outra cidade qualquer? Como Ann Arbor.» «Ann Arbor?» «Tenho um primo lá», disse Misha. «De qualquer maneira, pensei que andavas à procura do Jacob Marcus, e não desta tal Alma.»

«E ando», disse eu. Senti as costas da mão dele roçarem-me na coxa. Não sabia como dizer que embora tivesse começado a procurar alguém que pudesse fazer a minha mãe feliz outra vez, agora havia outra coisa que eu também procurava. Acerca da mulher que me dera o nome. E de mim.

«Talvez a razão pela qual o Jacob Marcus quer o livro traduzido tenha alguma coisa que ver com a Alma», disse eu, não porque acreditasse nisso, mas porque já não sabia mais o que dizer. «Talvez ele a tenha conhecido. Ou talvez esteja a tentar encontrá-la.»

Fiquei contente por Misha não me perguntar por que razão, se Litvinoff estava assim tão apaixonado por Alma, ele não tinha ido atrás dela para a América; por que tinha ido para o Chile e casado com uma mulher chamada Rosa. A única razão que me vinha à cabeça era ele não ter tido outro remédio.

Do outro lado da parede, a mãe de Misha gritou qualquer coisa ao marido. Misha apoiou-se bruscamente nos cotovelos e olhou para mim. Eu pensei naquela noite, no Verão anterior, em que tínhamos treze anos e estávamos no terraço do seu prédio, com as nossas línguas na boca um do outro enquanto ele me dava uma lição da escola de beijos russos da família Shklovsky. Agora já nos conhecíamos há dois anos, eu tinha a barriga da perna encostada às canelas dele, e ele tinha a barriga encostada às minhas costelas. «Não me parece que ser minha namorada seja assim tão mau.» Eu abri a boca, mas não me saiu nada. Foram precisas sete línguas para me fazer. Era bom que eu conseguisse falar uma só que fosse. Mas não consegui, por isso ele curvou-se e beijou-me.

10. DEPOIS

A língua dele estava na minha boca. Não sabia se devia tocar com a minha língua na dele, ou deixá-la de lado para que a sua pudesse mexer na minha livremente. Antes que pudesse decidir-me, ele tirou a língua para fora, fechou a boca, e eu fiquei acidentalmente de boca aberta, o que parecia ser um erro. Pensei que talvez ficássemos por ali, mas quando ele abriu a boca outra vez sem que eu me desse conta, acabou a lamber-me os lábios. Depois abri os lábios e deitei a língua de fora, mas era tarde de mais porque ele já tinha voltado a recolher a língua. Depois lá acertámos, pouco mais ou menos, abrindo as nossas bocas ao mesmo tempo como se estivéssemos os dois a tentar dizer qualquer coisa, e eu pus-lhe a mão sobre a nuca como Eva Marie Saint faz a Cary Grant na cena do comboio da *Intriga Internacional*. Enrolámo-nos um bocadinho, e a sua zona genital como que esbarrou na minha, mas apenas por um segundo, porque logo a seguir o meu ombro foi acidentalmente esmagado contra o acordeão. Tinha a boca coberta de saliva e era difícil de respirar. Lá fora, passou um avião a caminho do aeroporto JFK. O pai desatou também ele a gritar com a mãe. «Por que é que eles estão discutir?», perguntei eu. Misha recolheu a cabeça para trás. Um pensamento numa língua que eu não entendia perpassou-lhe o semblante. Interroguei-me se as coisas iriam mudar entre nós. «*Merde*», disse ele. «O que é que isso quer dizer?», perguntei eu, e ele disse, «É francês.» Ele prendeu-me uma madeixa de cabelo por trás da orelha, e começou a beijar-me outra vez. «Misha?», sussurrei eu. «Chh», disse ele, e enfiou-me a mão por baixo da camisa junto à cintura. «Não», disse eu, e levantei-me. E depois disse: «Gosto de outra pessoa.» Arrependi-me mal o disse. Quando ficou claro que não havia mais nada a dizer, enfiei as minhas sapatilhas, que estavam cheias de areia. «A minha mãe deve estar a pensar onde é que eu estou», disse eu, o que não era obviamente verdade. Quando me levantei, ouvi o som da areia a esvair-se.

11. MISHA E EU ESTIVEMOS UMA SEMANA SEM FALAR

Voltei a pegar no meu *Plantas e Flores Comestíveis da América do Norte* pelos bons velhos tempos. Subi ao telhado de nossa casa para ver se conseguia identificar algumas constelações, mas havia demasiadas luzes, por isso voltei ao pátio das traseiras e treinei-me a montar a tenda do meu pai, o que fiz em três minutos e cinquenta e quatro segundos, batendo o meu recorde em quase um minuto. Quando acabei, estendi-me lá dentro e tentei recordar o maior número possível de coisas acerca do meu pai.

12. RECORDAÇÕES QUE RECEBI DO MEU PAI

echad   O sabor da cana de açúcar crua.
shtayim   As ruas de terra batida em Telavive quando Israel ainda era um país novo, e mais para lá os campos de cíclames.
shalosh   A pedra que ele atirou ao rapaz que enganou o seu irmão mais novo, granjeando assim o respeito dos outros miúdos.
arba   Comprar frangos com o pai no *moshav*, e ver as suas pernas a mexer depois de lhes cortarem o pescoço.

hamesh	O som das cartas a serem baralhadas pela sua mãe e os seus amigos quando jogavam canasta aos sábados à noite depois do *Sabat*.
shesh	As cataratas de Iguaçú, para onde viajava sozinho, com grande esforço e despesa pessoal.
sheva	A primeira vez que viu a mulher que se tornaria sua mulher, a minha mãe, a ler um livro na relva de Kibbutz Yavne, com uns calções amarelos.
shmone	O som das cigarras à noite, e também o silêncio.
tesha	O perfume do jasmim, do hibisco e da flor de laranjeira.
eser	A palidez da pele da minha mãe.

13. DUAS SEMANAS DEPOIS, MISHA E EU CONTINUÁVAMOS SEM FALAR, O TIO JULIAN AINDA NÃO SE TINHA IDO EMBORA, E ESTÁVAMOS QUASE NO FIM DE AGOSTO

A História do Amor tem trinta e nove capítulos, e a minha mãe tinha concluído mais onze desde que enviara a Jacob Marcus os primeiros dez, perfazendo um total de vinte e um. Isto significava que ia já a mais de metade da tradução e que não tardaria a enviar-lhe mais uma remessa.

Tranquei-me na casa de banho, o único sítio onde tinha alguma privacidade, e tentei escrever uma segunda carta a Jacob Marcus, mas tudo o que eu tentava escrever parecia errado, ou aborrecido, ou como se fosse mentira. O que era verdade.

Estava sentada na casa de banho com um bloco de notas nos joelhos. Junto ao tornozelo estava o caixote do lixo, e no caixote do lixo estava um pedaço de papel amarrotado. Apanhei-o. *Cão, Frances?*, dizia. *Cão? As tuas palavras são pungentes. Mas suponho que era essa a tua intenção. Não estou «apaixonado» pela Flo, como tu dizes. Fomos colegas durante anos, e acontece que ela é uma pessoa que gosta das mesmas coisas que eu. ARTE, Fran, lembras-te da arte, para a qual, sejamos francos, já te estavas completamente marimbando? Empenhaste-te de tal maneira em me criticar que nem sequer reparaste como mudaste, como mal te pareces já com a jovem que eu tempos...* A carta estava rasgada por aqui. Eu voltei a amarrotá-la cuidadosamente, e repu-la no caixote do lixo. Cerrei os olhos com força. Pensei que se calhar o tio Julian não ia acabar a sua investigação sobre Alberto Giacometti tão cedo.

14. ATÉ QUE TIVE UMA IDEIA

Tem de haver um registo de todas as mortes nalgum sítio. Os nascimentos e as mortes – tem de haver um sítio, um gabinete ou uma instituição algures na cidade onde todos fiquem registados. Tem de haver arquivos. Arquivos sobre pessoas que tinham nascido e morrido em Nova Iorque. Às vezes, ao viajar pela via BQE[1] ao entardecer, tem-se uma vista sobre todos esses milhares de campas enquanto a linha do horizonte se vai iluminando sob o céu resplandecente e alaranjado, e uma pessoa fica com a estranha sensação de que a energia eléctrica da cidade é gerada a partir de toda a gente que ali jaz sepultada.

E assim pensei, *Talvez tenham um registo dela.*

15. O DIA SEGUINTE ERA DOMINGO

Estava a chover lá fora, por isso sentei-me a ler *The Street of Crocodiles*, que tinha requisitado na biblioteca, e a pensar se Misha iria ligar. Percebi que estava na pista de alguma coisa quando li na introdução que o autor era natural de uma aldeia

---

[1] Brooklyn-Queens Expressway (auto-estrada). (*N. do E.*)

na Polónia. Pensei: ou Jacob Marcus gosta mesmo de autores polacos, ou então está a lançar-me uma pista. Ou melhor, à minha mãe.

O livro não era comprido, e acabei-o nessa tarde. Às cinco, Bird chegou a casa encharcado. «Está a começar», disse ele, tocando a *mezuzah* na porta da cozinha e beijando a mão. «O que é que está a começar?», perguntei eu. «A chuva.» «É suposto parar amanhã», disse eu. Ele serviu-se de um copo de sumo de laranja, bebeu-o, e voltou a sair pela porta, beijando um total de quatro *mezuzahs* antes de entrar no quarto.

O tio Julian chegou do seu dia passado no museu. «Viste a cabana do Bird?», disse ele, tirando uma banana da bancada, descascando-a e atirando a casca para o lixo. «É impressionante, não achas?»

Mas segunda-feira a chuva não parou e Misha não ligou, por isso vesti o casaco, encontrei um guarda-chuva, e apontei para os Arquivos Municipais da Cidade de Nova Iorque, que, de acordo com a Internet, é onde são guardados os registos dos nascimentos e das mortes.

16. 31, CHAMBERS STREET, SALA 103

«Mereminski», disse eu ao homem de óculos escuros atrás da secretária. «M-E-R-E-M-I-N-S-K-I.» «M-E-R», repetiu o homem, tomando nota. «E-M-I-N-S-K-I», disse eu. «I-S-K-Y», disse o homem. «Não. M-E-R...» «M-E-R», tornou o homem. «E-M-I-N», disse eu, e ele disse, «E-Y-N». «Não!», disse eu. «E-M-I-N.» O homem olhou para mim com ar confuso. Até que eu disse, «Talvez seja melhor eu escrever?»

Ele olhou para o nome. Depois perguntou-me se Alma M-E-R-E-M-I-N-S-K-I era minha avó ou minha bisavó. «Sim», disse eu, julgando poder assim acelerar o processo. «Avó ou bisavó?», perguntou ele. «Bisavó», disse eu. Ele olhou para mim, mordeu uma cutícula, e levantou-se para ir à divisão de trás, de onde voltou com uma caixa com um microfilme. Mal acabei de introduzir o primeiro rolo, encravou. Tentei chamar a atenção do homem acenando e apontando para o emaranhado de filme. Ele aproximou-se, suspirou, e começou a desenrolá-lo. Ao terceiro rolo lá consegui apanhar o jeito. Passei os quinze a pente fino. Não havia Alma Mereminski nenhuma naquela caixa, então ele foi buscar outra, e depois mais outra. Eu tive de ir à casa de banho e de caminho tirei uma embalagem de Twinkies e uma Coca-cola na máquina do corredor. O homem saiu e veio buscar uma barra de Snickers. Para meter conversa, disse: «Sabe alguma coisa acerca da sobrevivência na floresta?» Ele engelhou a cara e empurrou os óculos para cima. «Como assim?» «Por exemplo, sabia que quase toda a vegetação do Árctico é comestível? Excepto alguns dos cogumelos, claro.» Ele ergueu as sobrancelhas, por isso eu continuei, «E sabia que uma pessoa pode morrer à fome por comer só carne de coelho?» É um facto comprovado que há pessoas que morrem por tentarem sobreviver a comer só carne de coelho. Se se comer demasiada carne magra, como a carne de coelho, fica-se com, sabe... De qualquer maneira, pode-se morrer.» O homem atirou fora o resto do seu Snickers.

Já lá dentro, trouxe-me uma quarta caixa. Duas horas mais tarde tinha os olhos a doer e ainda lá estava. «Será possível que ela tenha morrido depois de 1948?», perguntou o homem, visivelmente desconcertado. Eu disse-lhe que era possível. «Então por que é que não disse logo?! Nesse caso, a certidão dela não podia estar aqui.» «E onde é que estaria?» «No Departamento de Saúde de Nova Iorque, na secção de Registos Vitais», disse ele, «125, Worth Street, sala 133. É lá que estão todos os óbitos posteriores a 1948.» E eu pensei: que sorte.

17. O PIOR ERRO QUE A MINHA MÃE JÁ COMETEU

Quando cheguei a casa, a minha mãe estava enroscada no sofá a ler um livro. «O que é que estás a ler?» perguntei eu. «Cervantes», disse ela. «Cervantes?» disse eu. «O mais célebre dos escritores espanhóis», disse a minha mãe, virando a página. Eu revirei-lhe os olhos. Às vezes pergunto-me por que será que ela não se casou com um escritor famoso em vez de um engenheiro amante da natureza. Se o tivesse feito, nada disto teria acontecido. Agora, neste preciso momento, estaria provavelmente sentada na sala de jantar com o seu marido escritor-famoso, a debater os pontos fortes e fracos de outros escritores famosos para tomar a difícil decisão de eleger o mais merecedor de um Nobel póstumo.

Nessa noite, marquei o número de Misha, mas desliguei ao primeiro toque.

18. TERÇA-FEIRA

Continuava a chover. A caminho do metro passei pelo baldio onde Bird tinha estendido uma tela por cima de um monte de entulho que já atingira quase dois metros de altura, com sacos do lixo e cordas velhas esfarrapadas dos lados. Um poste erguia-se do amontoado, provavelmente à espera de uma bandeira.

A banca da limonada também ainda lá estava, bem como o sinal que dizia SUMO DE LI-MÃO 50 CÊNTIMOS POR FAVOR SIRVA-SE VOCÊ MESMO (PULSO ABERTO), com uma informação adicional: TODOS OS LUCROS REVERTEM PARA FINS DE CARIDADE. Mas a mesa estava vazia, e não havia sinais de Bird em lado nenhum.

No metro, algures entre Carroll e Bergen, decidi-me a telefonar a Misha e fingir que nada tinha acontecido. Quando saí do comboio, encontrei uma cabine que funcionava e marquei o número dele. O meu coração precipitou-se quando o telefone começou a tocar. A mãe dele atendeu: «Olá, Mrs. Shklovski», disse eu, tentando parecer casual. «O Misha está?» Ouvi-a a chamá-lo. Após o que me pareceu ser uma eternidade, lá atendeu. «Olá», disse eu. «Olá.» «Como é que estás?» «Bem.» «O que é que estás a fazer?» «A ler.» «O quê?» «Banda desenhada.» «Pergunta-me onde é que eu estou.» «Onde?» «À porta do Departamento de Saúde de Nova Iorque.» «Porquê?» «Ando à procura do registo de Alma Mereminski.» «Ainda à procura», disse Misha. «Pois é», disse eu. Seguiu-se um silêncio esquisito. Até que eu disse, «Bem, estava a tentar telefonar-te para ver se quererias alugar o *Topázio* hoje à noite.» «Não posso.» «Porquê?» «Tenho planos.» «Que planos?» «Vou ver um filme.» «Com quem?» «Uma rapariga que eu conheço.» O meu estômago deu duas voltas completas. «Qual rapariga?» E pensei: por favor, espero que não seja a... «Luba», disse ele. «Talvez te lembres, conheceste-a uma vez.» Claro que me lembrava. Como esquecer uma rapariga loira, com um metro e oitenta de altura que se reclama da descendência de Catarina, *a Grande*?

O dia parecia não estar a correr lá muito bem.

«M-E-R-E-M-I-N-S-K-I», disse eu à mulher por trás da secretária da sala 133. E pensei, como podia ele gostar de uma rapariga que nem sequer era capaz de passar no Teste Universal das Plantas Comestíveis mesmo que a sua sobrevivência dependesse disso? «M-E-R-E», disse a mulher, ao que eu respondi, «M-I-N-S...», pensando: se calhar nunca ouviu falar n'*A Janela Indiscreta*. «M-Y-M-S», disse a mulher. «Não», disse eu. «M-I-N-S.» «M-I-N-S», disse a mulher. «K-I», disse eu. E ela disse, «K-I.»

Passou-se uma hora e nós não encontrámos nenhuma certidão de óbito em nome de Alma Mereminski. Passou-se mais meia hora e continuávamos sem encontrar nada. A solidão transformou-se em depressão. Ao fim de duas horas, a mulher disse que tinha a certeza absoluta de que nenhuma Alma Mereminski morrera em Nova Iorque após 1948.

Nessa noite aluguei o *Intriga Internacional* e vi-o pela décima primeira vez. Depois fui-me deitar.

19. AS PESSOAS SÓS ESTÃO SEMPRE ACORDADAS A MEIO DA NOITE

Quando abri os olhos, tinha o tio Julian em pé por cima de mim. «Quantos anos tens?», perguntou ele. «Catorze. Vou fazer quinze no mês que vem.» «Quinze no mês que vem», disse ele, como se estivesse a tentar resolver um problema matemático. «O que é que queres ser quando fores grande?» Ainda trazia o sobretudo vestido, que estava completamente encharcado. Senti uma gota de água cair-me num olho. «Não sei.» «Anda lá, tem de haver alguma coisa.» Sentei-me no meu saco-cama, esfreguei os olhos, e olhei para o meu relógio digital. Tem um botão para tornar os números luminescentes. Bem como uma bússola incorporada. «São três e vinte e quatro da manhã», disse eu. Bird estava a dormir na minha cama. «Eu sei. Estava só a pensar. Diz-me e eu prometo que te deixo dormir. O que é que queres ser?» E eu pensei: alguém que é capaz de sobreviver a temperaturas negativas e recolher alimentos e construir uma caverna no gelo e atear um fogo a partir do nada. «Não sei. Talvez pintora», disse eu, para ele ficar contente e me deixar voltar a dormir. «É engraçado», disse ele. «Era isso que eu esperava que dissesses.»

20. ACORDADA NA ESCURIDÃO

Pensei em Misha e em Luba, no meu pai e na minha mãe, e por que seria que Zvi Litvinoff tinha ido para o Chile e casado com Rosa, em vez de Alma, o único amor da sua vida.

Ouvi o tio Julian tossir enquanto dormia do outro lado do corredor.

Depois pensei: espera lá.

21. ELA DEVE TER CASADO!

Era isso! Era por isso que eu não encontrava a certidão de óbito de Alma Mereminski. Como é que eu não me tinha lembrado disto antes?

22. SER NORMAL

Agachei-me debaixo da cama e saquei a lanterna da minha mochila de sobrevivência, bem como o terceiro volume de *Como Sobreviver no Mato*. Quando liguei a lanterna, algo me chamou a atenção. Estava entalado entre a armação da cama e a parede, perto do chão. Enfiei-me debaixo da cama e apontei a lanterna para ver melhor. Era um caderno de composição preto e branco. Na capa dizia יהוה. Ao lado dizia CONFIDENCIAL. Uma vez Misha dissera-me que não havia nenhum termo para confidencialidade em russo. Abri-o.

> *9 de Abril*
> יהוה
> *Portei-me como uma pessoa normal durante três dias seguidos. O que isto quer dizer é que não trepei ao telhado de edifício nenhum nem escrevi o nome de D–s em nada que não me pertencesse nem respondi a nenhuma pergunta perfeitamente normal com um ensinamento da Tora. Também quer dizer que não fiz nada em que a resposta à pergunta: SERÁ QUE UMA PESSOA NORMAL FARIA ISTO? fosse negativa. Por enquanto não está a ser tão difícil como isso.*

10 de Abril
יהוה

Este é o quarto dia consecutivo em que me comportei normalmente. Na aula do ginásio, Josh K. pregou-me contra a parede e perguntou--me se eu achava que era chico-esperto, e eu disse-lhe que não achava que fosse um chico-esperto. Como não queria estragar o resto de um dia inteiro normal, não lhe disse que o que eu talvez fosse era o Moshiach. O meu pulso também está a ficar melhor. Se querem saber como eu o abri, abri-o ao trepar a um telhado pois um belo dia em que cheguei mais cedo à Escola Hebraica, a porta estava fechada e havia uma escada montada na parede lateral do edifício. A escada estava bastante ferrugenta, mas tirando isso, não foi especialmente difícil. No meio do terraço havia uma grande poça de água por isso decidi ir ver o que é que acontecia se atirasse a minha bola de borracha ao chão e tentasse apanhá-la. Foi divertido! Repeti a brincadeira mais umas quinze vezes até perder a bola quando esta ressaltou borda fora. Depois deitei-me de barriga para o ar e fiquei a olhar para o céu. Contei três aviões. Quando me fartei decidi descer. Foi mais difícil do que subir porque tinha de ir de costas. A meio da descida passei pelas janelas de uma das salas de aula. Consegui ver Mrs. Zucker na parte da frente por isso soube que eram os Daleds. (Se querem saber, este ano sou um Hay.) Não consegui ouvir o que Mrs. Zucker estava a dizer por isso tentei ler--lhe os lábios. Tive de me debruçar bastante da escada para conseguir uma boa perspectiva. Encostei a cara contra o vidro da janela e subitamente toda a gente se voltou a olhar para mim por isso acenei e foi aí que perdi o equilíbrio. Caí, e o Rabino Wizner disse que foi um milagre eu não ter partido nada, mas no fundo, no fundo, sempre soube que não corria perigo de maior e que D–s não permitiria que nada de mal me acontecesse visto que já sou praticamente um lamed vovnik.

11 de Abril
יהוה
Hoje foi o meu quinto dia de ser normal. A Alma diz que ser normal tornaria a minha vida mais fácil, isto para já não falar nas vidas dos outros. Já tirei a ligadura do pulso, e agora só dói um bocado. Deve-me ter doído muito mais quando parti o pulso aos seis anos de idade, mas já não me lembro.

Saltei à frente até chegar aqui:

27 de Junho
יהוה
Até agora fiz 295,50 dólares através da venda de limonada. São quase 591 copos! O meu melhor cliente é Mr. Goldstein que compra dez de cada vez, por estar sempre com imensa sede. Uma vez, o tio Julian também me deu uma gorjeta de 20 dólares. Já só faltam 384,50 dólares.

28 de Junho
יהוה
Hoje estive quase a fazer uma coisa não normal. Ia a passar por um prédio na 4th Street onde havia uma tábua de madeira encostada aos andaimes, não se via ninguém por perto e eu queria mesmo levá-la. Não seria um roubo normal visto que a coisa especial que eu ando a construir ajudará as pessoas, e D–s quer que eu a construa. Mas também sei que se a roubasse e alguém descobrisse estaria em maus lençóis e que a Alma teria de me vir buscar e ficaria muito zangada. Mas até aposto que nunca mais se vai zangar quando começar a chover e eu lhe contar finalmente qual é a coisa especial que eu ando a construir. Já arranjei um montão de coisas para lá, a maior parte das quais coisas que as pessoas atiraram para o lixo. Uma coisa que eu preciso bastante e que é difícil de encontrar

é esferovite, porque flutua. Neste momento ainda não tenho muita. Às vezes fico com medo de que comece a chover antes de eu acabar o edifício.

Se a Alma soubesse o que se vai passar, acho que também não teria ficado tão aborrecida por eu ter escrito יהוה *no caderno dela. Já li os três volumes de* Como Sobreviver no Mato *e são muito bons e cheios de factos interessantes e úteis. Uma parte é toda acerca do que fazer em caso de bomba nuclear. Embora não me pareça que vá haver uma explosão nuclear nos próximos tempos, li-o com todo o cuidado, só por precaução. Depois decidi que se houver uma explosão nuclear antes de eu chegar a Israel e as cinzas caírem por todo o lado como neve, vou fazer anjos. Vou entrar em casa de quem eu quiser porque toda a gente terá desaparecido. Não poderei ir à escola, mas também não faz mal porque de qualquer maneira nunca chegamos a aprender nada de importante, como saber o que acontece depois de morrermos. De qualquer maneira estou só a brincar pois não vai haver bomba nenhuma. O que vai haver, isso sim, é um dilúvio.*

23. LÁ FORA, CONTINUAVA A CAIR

AQUI ESTAMOS JUNTOS

NA SUA ÚLTIMA manhã na Polónia, depois de o seu amigo ter enterrado o chapéu sobre os olhos e desaparecido ao dobrar da esquina, Litvinoff voltou para o seu quarto. Estava já vazio, a mobília tinha sido vendida ou despachada. As suas malas estavam junto à porta. Retirou o embrulho de papel pardo que tinha dentro do casaco. Estava lacrado, e na parte da frente, na caligrafia familiar do seu amigo, lia-se: *A guardar para Leopold Gursky até o voltares a ver*. Litvinoff enfiou-o no bolso da mala. Dirigiu-se até à janela e olhou para a pequena nesga de céu pela última vez. Os sinos das igrejas retiniam à distância como haviam feito centenas de vezes enquanto ele trabalhava ou dormia, tantas vezes que pareciam já os mecanismos da sua própria mente. Passou os dedos pela parede, crivada das marcas dos pregos onde estavam pendurados os quadros e os artigos de jornal. Fez uma pausa para se ver ao espelho para que mais tarde pudesse recordar exactamente o seu aspecto nesse dia. Sentiu um inchaço no pescoço. Pela enésima vez, verificou se tinha o passaporte e os bilhetes no bolso. Depois olhou de relance para o relógio, suspirou, pegou nas malas, e saiu porta fora.

Se ao princípio Litvinoff não tinha grande opinião do seu amigo, era porque tinha muitas outras coisas na cabeça. Através das maquinações do seu pai, a quem era devido um favor a um conhecido de um conhecido, conseguira obter um visto para Espanha. De Espanha seguiria para Lisboa, e de Lisboa tencionava apanhar um barco para o Chile, onde vivia o primo do pai. Uma vez a bordo, outras preocupações concorreram pela sua atenção: ataques de enjoo, o medo da água escura, meditações sobre o horizonte, especulações sobre a vida no fundo do oceano, ataques de nostalgia, o avistar de uma baleia, o avistar de uma bela morena francesa.

Quando o navio finalmente chegou ao porto de Valparaíso e Litvinoff desembarcou tremebundo («pernas de mar» dizia ele a si mesmo, anos mais tarde, quando os seus tremores regressavam sem explicação), havia outras coisas para o ocupar. Os seus primeiros meses no Chile foram passados a trabalhar nos empregos que conseguiu arranjar; primeiro, na fábrica de salsichas, da qual foi despedido ao terceiro dia, quando se enganou no eléctrico e chegou um quarto de hora atrasado, e depois disso, numa mercearia. Uma vez, a caminho de ir falar com um contramestre que estaria a contratar pessoal, Litvinoff perdeu-se e deu por si à porta das instalações do jornal da cidade. As janelas estavam abertas, e ele ouvia o retinir das máquinas de escrever lá dentro. Sentiu um assomo de nostalgia. Pensou nos seus colegas do diário, o que o fez lembrar-se da sua secretária com as excrescências na madeira que ele costumava raspar com o dedo para o ajudar a pensar, o que o fez lembrar-se da sua máquina de escrever com o seu *S* pegajoso que o levava a escrever frases como *a sssua morte deixa um vazio nasss vidasss de todosss aquelesss a quem ajudou*, o que o fez lembrar-se do cheiro dos charutos baratos do seu patrão, e de Isaac Babel, que foi o mais longe que se permitiu ir até pôr um ponto final nas saudades e precipitar-se pela rua abaixo.

Por fim, arranjou trabalho numa farmácia – o seu pai era farmacêutico, pelo que ao longo do tempo Litvinoff tinha apanhado o suficiente do ofício para assistir o velho judeu alemão que dirigia uma loja impecável numa zona tranquila da cidade. Só então, quando lhe foi possível alugar um quarto só para ele, pôde Litvinoff finalmente desembrulhar as malas. No bolso de uma delas encontrou o embrulho de papel pardo com a letra do amigo na frente. Uma onda de tristeza inundou-lhe o espírito. Sem razão nenhuma, recordou-se subitamente da camisa branca que tinha deixado a secar no estendal da roupa no pátio da sua casa em Minsk.

Tentou lembrar-se da sua imagem ao espelho nesse último dia. Mas não conseguia. Cerrando os olhos, esforçou-se por trazê-la novamente à memória. Mas a única coisa que lhe veio ao espírito foi a expressão do amigo especado na esquina da rua. Suspirando, Litvinoff repôs o envelope na mala vazia, puxou o fecho, e arrumou-a na gaveta do roupeiro.

Todo o dinheiro que sobrava do aluguer do seu quarto, Litvinoff guardava-o para trazer Miriam, a sua irmã mais nova. Sendo os irmãos mais próximos em idade e aparência, eram frequentemente confundidos como gémeos quando eram pequenos, ainda que Miriam fosse mais loura e usasse uns óculos com aros de tartaruga. Tinha frequentado a faculdade de Direito em Varsóvia até ser proibida de ir às aulas.

A única despesa que Litvinoff se permitiu fazer foi comprar um rádio de onda curta. Todas as noites girava o disco da sintonia entre os dedos, percorrendo todo o continente sul-americano até encontrar uma nova estação, A Voz da América. Falava apenas um pouco de inglês, mas era quanto bastava. Foi com horror que ouviu noticiar o avanço dos nazis. Hitler quebrou o pacto com a Rússia e invadiu a Polónia. As coisas iam de mal a terrível.

As poucas cartas de amigos e familiares que lhe chegavam eram cada vez mais raras, e era difícil saber o que se estava realmente a passar. Dobrada dentro da penúltima carta que recebeu da irmã – em que ela lhe contava que se apaixonara por um colega de Direito com quem se tinha casado – vinha uma fotografia tirada quando ela e Zvi eram crianças. Nas costas escrevera: *Aqui estamos nós juntos.*

Todas as manhãs, Litvinoff fazia o café a ouvir os cães vadios a lutar na viela. Seguia então para a paragem do eléctrico, já a torrar ao sol da manhã. Almoçava no armazém da farmácia, rodeado de caixotes de comprimidos, frascos, xaropes de cereja e fitas para o cabelo, e à noite, depois de acabar de limpar o chão e polir os frascos até conseguir ver a cara da irmã nos vidros reluzentes, voltava para casa. Não fazia muitos amigos. Quando não estava a trabalhar, estava a ouvir rádio. Ouvia as notícias até ficar completamente exausto e cair a dormir na sua cadeira, e mesmo a dormir continuava a ouvir rádio, com os seus sonhos a ganharem forma em torno da voz do locutor. Havia outros refugiados à sua volta que experimentavam os mesmos medos e abandono, mas Litvinoff não conseguia retirar daí nenhum consolo, pois há dois tipos de pessoas no mundo: aqueles que preferem estar tristes com os outros e aqueles que preferem estar tristes sozinhos. Litvinoff preferia estar sozinho. Quando as pessoas o convidavam para jantar, ele esquivava-se inventando uma desculpa qualquer. Uma vez, quando a senhoria o convidou para tomar chá num domingo à tarde, ele disse-lhe que tinha de acabar uma coisa que estava a escrever. «Você escreve?» perguntou ela, surpreendida. «O que é que você escreve?» Tanto quanto podia imaginar, mais mentira, menos mentira, ia dar ao mesmo, por isso, sem sequer pensar muito no assunto, disse: «Poemas.»

Começaram a correr rumores de que ele era poeta. E Litvinoff, secretamente lisonjeado, não fez nada para os desmentir. Chegou mesmo a comprar um chapéu ao estilo do que usava Alberto Santos-Dumont, que os brasileiros alegam ter feito o primeiro voo bem sucedido, e cujo chapéu do Panamá, ouvira Litvinoff dizer, deformado pela hélice do avião, continuava a ser popular entre os literatos.

O tempo foi passando. O velho judeu alemão morreu durante o sono, a farmácia fechou, e, em parte por força dos rumores das suas proezas literárias, Litvinoff foi contratado como professor numa escola judaica. A guerra acabou. Mas a pouco e pouco, Litvinoff soube aquilo que acontecera à sua irmã Miriam, aos seus pais, bem como a mais quatro dos seus irmãos (aquilo que acontecera a Andre, o seu irmão mais velho, só podia tentar adivinhar por cálculo de probabilidades). Aprendeu a viver com a verdade. Não a aceitá-la, mas a viver com ela. Era como viver com um elefante. O quarto dele era minúsculo, e todas as manhãs tinha de se esgueirar em redor da verdade para chegar à casa de banho. Para alcançar a gaveta do armário e tirar um par de cuecas, tinha de se agachar por baixo da verdade, rezando para que ela não escolhesse esse momento para se abater sobre ele. À noite, quando fechava os olhos, sentia-a a pairar sobre si.

Começou a perder peso. Tudo nele parecia mirrar, excepto as suas orelhas e nariz, que descaíam e se tornavam mais compridas, emprestando-lhe um ar melancólico. No ano em que fez trinta e dois anos, o cabelo caiu-lhe às mãos-cheias. Largou o velho e disforme chapéu do Panamá e passou a andar sempre com um casaco pesado, em cujo bolso interior tinha um pedaço de papel gasto e amarrotado que trazia com ele há anos, e que começara a rasgar-se nos vincos. Na escola, as crianças fingiam catar piolhos da cabeça quando ele passava por elas de costas.

Foi neste estado que Rosa começou por reparar em Litvinoff nos cafés ao longo da praia. Chegava a meio da tarde com a desculpa de ler um romance ou uma revista de poesia (primeiro em dever para com a sua reputação, depois, por um interesse crescente). Mas na verdade queria apenas queimar um pouco mais de tempo antes de voltar para casa onde tinha a verdade à sua espera. No café, Litvinoff permitia-se esquecer um pouco. Meditava sobre as ondas e observava os estudantes, por vezes escutando as suas discussões, que eram as mesmas discussões que ele tivera quando fora estudante há cem anos atrás (isto é, há doze anos). Até sabia alguns dos seus nomes. Incluindo o de Rosa. Como poderia não saber? As pessoas estavam sempre a chamá-la.

Na tarde em que ela se abeirou da sua mesa e, em vez de passar por ele para saudar um qualquer jovem, se deteve com uma graciosidade abrupta e lhe perguntou se podia fazer-lhe companhia, Litvinoff julgou que fosse uma brincadeira. Tinha os cabelos negros e brilhantes aparados mesmo rente ao queixo, acentuando o seu nariz pronunciado. Trazia um vestido verde (mais tarde Rosa viria a teimar que era vermelho, vermelho com pintas pretas, mas Litvinoff recusava-se a abrir mão da recordação de um chifom verde-esmeralda sem mangas). Só passado meia hora de ela estar sentada com ele e de os seus amigos terem perdido o interesse e retomado as suas conversas é que ele se apercebeu de que o gesto dela fora sincero. Seguiu-se uma pausa desajeitada na conversa. Rosa sorriu.

«Nem sequer me apresentei», disse ela.

«Tu és a Rosa», disse Litvinoff.

Na tarde seguinte, Rosa apareceu para um segundo encontro, tal como prometera. Quando olhou para o relógio e viu como já era tarde planearam um terceiro encontro, e depois disso escusado será dizer que se seguiu um quarto. Da quinta vez que se encontraram, sob o encantamento da jovem espontaneidade de Rosa – a meio de uma discussão acalorada sobre quem era o maior poeta, se Neruda, se Darío – Litvinoff surpreendeu-se a si mesmo propondo que fossem assistir a um concerto juntos. Quando Rosa pulou na cadeira para dizer que sim, Litvinoff deu-se subitamente conta de que aquela jovem maravilhosa poderia realmente estar a desenvolver verdadeiros *sentimentos* por ele. Era como se alguém lhe tivesse martelado um gongo no peito. Todo o seu corpo reverberava com as novidades.

Alguns dias depois da data do concerto, encontraram-se no parque e fizeram um piquenique. A isto seguiu-se um passeio de bibicleta no domingo seguinte. Ao sétimo encontro foram ao cinema. Depois do filme, Litvinoff acompanhou Rosa a casa. Estavam os dois lado a lado, debatendo os méritos de Grace Kelly como actriz em contraste com a sua beleza extraordinária, quando de repente Rosa deu um passo em frente e beijou-o. Ou melhor, tentou beijá-lo, mas Litvinoff, apanhado de surpresa, recuou, deixando Rosa inclinada para diante em bicos dos pés, num ângulo estranho, o pescoço esticado para a frente. Passara toda a noite a monitorizar a variação das distâncias entre as várias partes dos seus corpos com um prazer crescente. Mas as medições variavam de modo tão ínfimo que esta súbita arremetida do nariz de Rosa quase o reduziu a lágrimas. Apercebendo-se do seu erro, esticou cegamente o pescoço em direcção ao golfo. Mas por esta altura, já Rosa tinha minimizado os danos e recuado para território seguro. Litvinoff mantinha-se em suspenso. Tempo suficiente para que uma lufada do perfume de Rosa lhe causasse uma titilação no nariz, levando-o a bater rapidamente em retirada. Ou melhor, a fazer menção de bater em retirada. Mas Rosa, que não queria correr mais riscos, arremeteu os seus lábios para o espaço contestado, negligenciando por momentos o seu nariz, esse apêndice de que se lembraria logo a seguir quando este colidiu com o congénere de Litvinoff no preciso momento em que os seus lábios chocaram mutuamente, fazendo do seu primeiro beijo um pacto de sangue.

Litvinoff sentia-se tonto a caminho de casa. Lançava sorrisos a quem quer que olhasse para ele. Caminhava pela sua rua a assobiar. Mas enquanto introduzia a chave na fechadura, sentiu-se estranhamente pacificado. Deixou-se ficar às escuras sem acender a luz do quarto. *Por amor de Deus*, pensou ele. *Onde é que tu tens a cabeça? Que podes tu oferecer a uma rapariga destas? Não sejas parvo, deixaste-te desfazer aos bocados, agora os bocados perderam-se, e não te resta mais nada para dar, não podes encobrir isso para sempre, mais tarde ou mais cedo ela vai acabar por descobrir a verdade: és uma capa de um homem, bastar-lhe-á bater-te ao de leve para se aperceber que és oco.*

Permaneceu bastante tempo com a cabeça contra a janela, a pensar em tudo o que acontecera. Depois despiu-se. Sentindo-se no escuro, lavou a roupa interior e pô-la a secar no radiador. Ligou o rádio, o qual se iluminou de vida, mas passado um minuto voltou a apagá-lo com um tango a extinguir-se em silêncio. Sentou-se nu na sua cadeira. Uma mosca veio pousar-lhe no pénis murcho. Murmurou algumas palavras. E como lhe soube bem murmurá-las, murmurou mais algumas. Eram palavras que sabia de cor porque as trazia num pedaço de papel dobrado no bolso da lapela desde essa noite, há já tantos anos, em que ficara a tomar conta do seu amigo, rezando para que ele não morresse. Dissera-as tantas vezes que já se esquecera de que as palavras não eram suas.

Nessa noite, Litvinoff foi ao guarda-fatos e tirou a sua mala cá para baixo. Rebuscando o bolso lateral, procurou um envelope de papel grosso. Sacou-o para fora, recostou-se na sua cadeira, e colocou-o sobre o colo. Embora nunca o tivesse aberto, era óbvio que sabia o que lá estava dentro. Cerrando os olhos para os proteger da claridade, esticou o braço e ligou o candeeiro.

A guardar para Leopold Gursky até o voltares a ver.

Mais tarde, por mais que tentasse enterrar a frase no lixo sob as cascas de laranja e os filtros de café, esta parecia reemergir sempre à superfície. Por isso, uma manhã, Litvinoff repescou o envelope vazio cujo conteúdo repousava agora seguro na sua secretária. Depois, retendo as lágrimas, acendeu um fósforo e ficou a ver a letra do amigo desaparecer.

MORRER A RIR

O QUE É QUE DIZ?

Estávamos na estação Grand Central, debaixo das estrelas, pelo menos, segundo me pareceu, pois seria mais fácil pendurar os tornozelos nas orelhas do que reclinar a cabeça para trás e ter uma vista desobstruída daquilo que estava por cima de nós.

O que é que diz?, tornou Bruno, batendo-me com o cotovelo nas costelas enquanto eu erguia um pouco mais o queixo em direcção ao painel das partidas. O meu lábio superior apartou-se do inferior, libertando-se do peso do maxilar. Despacha-te, disse Bruno. *Aguenta os cavalos*, disse-lhe eu, muito embora, com a boca aberta, me tenha saído antes, *Aguenta, ó chavalo*. Mal conseguia distinguir os números. *9h45*, disse eu, ou antes, *Novigorenticim*. *Que horas são agora?* perguntou Bruno. Eu ajustei o meu olhar de volta ao meu relógio. *9h43*, disse eu.

Começámos a correr. Não a correr, mas a movimentarmo-nos da maneira que duas pessoas que já gastaram tudo quanto são articulações fazem quando têm de correr para apanhar um comboio. Eu tinha a dianteira, mas Bruno vinha logo nos meus calcanhares. Até que Bruno, que apanhara uma maneira de dar aos braços para ganhar velocidade que desafia qualquer descrição, me ultrapassou, e por momentos abrandei um pouco enquanto ele, por assim dizer, cortava o vento. Estava eu concentrado na nuca dele quando, sem que nada o fizesse prever, desapareceu da minha vista. Eu olhei para trás. Estava num amontoado no meio do chão, um sapato calçado, outro não. *Vai!*, gritou-me ele. Eu continuei aos tropeções, sem saber o que fazer. *VAI!*, gritou ele outra vez, por isso eu fui, e quando dei por mim já ele me tinha ultrapassado outra vez ao dobrar de uma esquina, sapato na mão, esbracejando energicamente.

Todos a bordo na linha 22.

Bruno embicou escadas abaixo até à plataforma de embarque. Eu vinha logo atrás. Tínhamos todas as razões para crer que tínhamos conseguido. E no entanto. Numa mudança de planos inesperada, fez uma derrapagem até se deter diante do comboio. Incapaz de travar a minha velocidade, esbarrei nele e entrei na carruagem. As portas fecharam-se atrás de mim. Ele sorriu-me através do vidro. Martelei a janela com o punho. *Raios te partam, Bruno.* Ele acenou. Sabia que eu não teria ido sozinho. E no entanto. Sabia que eu precisava de ir. Sozinho. O comboio começou a andar. Os lábios dele mexeram-se. Tentei lê-los. *Boa*, diziam eles. Os lábios dele imobilizaram-se. *Boa o quê?*, quis eu gritar. *Diz-me, boa o quê?* E eles responderam: *sorte*. O comboio deixou a estação aos solavancos e mergulhou na escuridão.

Cinco dias depois de o envelope castanho ter chegado com as páginas do livro que eu tinha escrito há meio século, estava a caminho de recuperar o livro que tinha escrito meio século depois. Ou então, dito de outra maneira: uma semana depois de o meu filho ter morrido, estava a caminho de sua casa. Fosse lá como fosse, estava sozinho.

Encontrei um lugar junto à janela e tentei recuperar o fôlego. Precipitámo-nos através do túnel. Encostei a cabeça ao vidro. Alguém tinha rabiscado «belo par» na superfície. Impossível não perguntar: aonde? O comboio mergulhou na luz baça da chuva. Era a primeira vez na minha vida que entrava num comboio sem bilhete.

Um homem entrou em Yonkers e sentou-se ao meu lado. Sacou de um livro de bolso. O meu estômago rumorejou. Ainda não tinha metido nada lá dentro, exceptuando o café que bebi com Bruno nessa manhã no Dunkin' Donuts. Era cedo. Tínhamos sido os primeiros clientes a chegar. *Traga-me um* donut *e uma gelatina*, disse Bruno. *Traga-lhe um* donut *e uma gelatina*, disse eu. *Eu vou querer um café pequeno*. O homem do boné de papel deteve-se. *Sai-lhe mais barato se pedir um médio*. Deus abençoe a América. *Muito bem*, disse eu. *Venha um médio*. O homem foi-se embora e regressou com o café. *Traga-me uma* bavaroise *e um donut*, disse Bruno. Eu dardejei-o com o olhar. *O quê?* disse ele, encolhendo os ombros. *Traga-lhe uma* bavaroise – disse eu. *E um gelado de baunilha*, disse Bruno. Eu voltei-me para ele, arregalando os olhos. *Mea culpa*, disse ele. *Baunilha. Vai-te sentar*, disse eu. Ele deixou-se ficar. *SENTA-TE*, disse eu. *Dê-me antes uma fartura*, disse ele. A *bavaroise* desapareceu em quatro dentadas. Lambeu os dedos, depois pôs-se a examinar a fartura à luz. *Isso é uma fartura, não é um diamante*, disse eu. *Está seca*, disse Bruno. *Come-a de qualquer maneira*, disse-lhe eu. *Traga-me antes um doce de maçã*, disse ele.

O comboio deixou a cidade para trás. Campos verdes estendiam-se para ambos os lados. Há dias que chovia, e continuava a chover.

Muitas vezes tentei imaginar o sítio onde Isaac vivia. Tinha-o encontrado no mapa. Uma vez até liguei para as informações: *Se eu quiser ir de Manhattan visitar o meu filho*, perguntei, *como é que eu vou?* Tinha imaginado tudo, até ao último pormenor. Dias felizes! Eu chegava com uma prenda. Um frasco de compota, talvez. Não ficávamos a fazer cerimónia. Tarde demais para esse tipo de coisas. Talvez ficássemos a lançar umas bolas no relvado. Não sou grande apanhador. Nem lançador, para ser franco. E no entanto. Falávamos de basebol. Sigo o jogo desde que Isaac era criança. Quando ele torcia pelos Dodgers, eu também torcia. Queria ver o que ele via e ouvir o que ele ouvia. Mantinha-me a par da música popular. Os Beatles, os Rolling Stones, Bob Dylan – *Lay, Lady, Lay*, não é preciso ter uma cama de ferro para o entender. Todas as noites chegava a casa do trabalho e encomendava o jantar do Mr. Tong. Depois sacava um disco da capa, levantava a agulha, e ouvia.

Sempre que Isaac mudou de casa, mapeei o trajecto de minha casa à dele. Da primeira vez, tinha ele onze anos. Eu costumava ir até ao portão da escola dele em Brooklyn, onde ficava à espera de o ver aparecer do outro lado da rua, só para apanhar um vislumbre; talvez ouvir a sua voz, se tivesse sorte. Um dia esperei, como de costume, mas ele não apareceu. Pensei que talvez se tivesse metido em sarilhos e tivesse de ficar até mais tarde. A noite caiu, desligaram as luzes, e ele continuava sem aparecer. Nessa noite imaginei o pior. Não consegui dormir, imaginando todas as coisas horríveis que podiam ter acontecido ao meu rapaz. Apesar de ter prometido a mim mesmo não o fazer, no dia seguinte levantei-me cedo e fui até à casa dele. Até à casa dele, não. Fiquei do outro lado da rua. Esperei por ele, ou por Alma, ou mesmo por esse *shlemiel* que era o marido dela. E no entanto. Ninguém apareceu. Até que por fim, mandei parar um miúdo que vinha a sair do prédio. *Conheces a família Moritz?* Ele ficou a olhar para mim. *Sim. E então?* disse ele. *Eles ainda vivem aqui?* perguntei. *Qual é o seu problema?* disse ele, e começou a descer a rua a bater uma bola de borracha. Agarrei-o pelo colarinho e vi-lhe uma expressão de medo no olhar. *Mudaram-se para Long Island*, desembuchou ele, e largou disparado a correr.

Uma semana mais tarde chegou uma carta de Alma. Tinha a minha morada, porque todos os anos lhe enviava um cartão pelo seu aniversário. *Parabéns*, escrevia eu, *Do Leo*. Rasguei o envelope e retirei a carta. *Eu sei que tu vais vê-lo*, escrevia ela. *Não me perguntes como, mas sei que sim. Estou sempre à espera do dia em que ele pergunte a verdade. Às vezes quando olho para ele nos olhos, vejo-te a ti. E acho que és a única pessoa que poderia responder às suas perguntas. Oiço a tua voz como se estivesses perto de mim.*

Li a carta não sei quantas vezes. Mas isso é outra história. O importante agora era ela ter escrito a morada nova no canto superior esquerdo do envelope: *121, Atlantic Avenue, Long Beach, NY.*

Fui buscar o meu mapa e decorei os pormenores da viagem. Costumava fantasiar catástrofes, cheias, tremores de terra, o mundo mergulhado no caos para eu ter uma razão para ir resgatá-lo debaixo do meu casaco. Perdida a esperança de vir a beneficiar de circunstâncias extremas comecei a sonhar com a hipótese de o destino nos lançar no caminho um do outro. Calculei todas as maneiras de as nossas vidas poderem vir a intersectar-se casualmente – dar por mim sentado ao seu lado num comboio, ou na sala de espera de um consultório. Mas, no fundo, sabia que tinha de partir de mim. Quando Alma desapareceu, e, dois anos depois, Mordecai, já não havia nada que me impedisse. E no entanto.

Duas horas depois, o comboio entrava na estação. Perguntei ao homem da bilheteira como podia chamar um táxi. Há já muito tempo que não saía da cidade. Fiquei fascinado com o mar de verde à minha volta.

Viajámos de carro durante algum tempo. Saímos da estrada principal para uma mais pequena, depois para outra mais pequena ainda. Por fim, uma estradinha de madeira aos altos e baixos no meio de nenhures. Era difícil imaginar um filho meu a viver num sítio daqueles. Suponhamos que ele tinha uma predilecção especial por pizza. Onde é que ele a ia buscar? Imaginemos que queria ir sozinho ao cinema, ou ver os miúdos aos beijos no Union Square?

Surgiu uma casa branca no horizonte. As nuvens desfilavam sob uma pontinha de vento. Por entre as árvores, vi um lago. Já tinha imaginado centenas de vezes o sítio onde ele vivia. Mas nunca com um lago. Ressenti-me do meu lapso.

Pode deixar-me aqui, disse eu, antes de chegarmos à clareira. Estava meio à espera que estivesse alguém em casa. Tanto quanto sabia, Isaac vivera sozinho. Mas nunca se sabe. O táxi parou. Paguei, saí, e ele recuou pela serventia. Inventei uma história a dizer que tinha tido uma avaria no carro e que precisava de utilizar um telefone, respirei fundo, e puxei o colarinho para cima contra a chuva.

Bati à porta. Havia uma campainha, por isso toquei. Sabia que ele estava morto, mas uma parte de mim ainda tinha esperança. Imaginei a sua cara ao abrir-me a porta. Que lhe teria eu dito, ao meu único filho? Perdoa-me. A tua mãe não me amava da maneira que eu queria ser amado; talvez eu também não a amasse da maneira que ela precisava? E no entanto. Ninguém respondia. Esperei mais um pouco, só para ter a certeza. Uma vez que ninguém aparecia, resolvi ir à volta até às traseiras. Havia uma árvore no relvado que me fazia lembrar a árvore em que eu um dia gravara as nossas iniciais, A + L, o que ela nunca soube, tal como durante cinco anos, também eu nunca soube que a nossa soma acabara por resultar numa criança.

A relva estava escorregadia de lama. Ao longe, consegui ver um barco a remos amarrado no embarcadouro. Olhei o espelho de água lá em baixo. Deve ter sido um excelente nadador, saiu ao pai, pensei eu orgulhoso. O meu pai, que tinha um grande respeito pela natureza, tinha-nos mergulhado a todos dentro do rio pouco depois de nascermos – antes que os nossos laços com os anfíbios se apagassem totalmente, defendia ele. A minha irmã Hanna atribuía a sua balbuciação à memória desta experiência traumática. Gosto de pensar que teria feito as coisas de outra maneira. Teria agarrado o meu filho nos braços. Ter-lhe-ia dito: *Há muito, muito tempo, foste um peixe. Um peixe?*, teria ele perguntado. *É o que eu te estou a dizer, um peixe. Como é que tu sabes? Porque eu também fui peixe. Tu também? Claro. Há muito tempo. Há quanto tempo? Muito. De qualquer maneira, como eras um peixe, nessa altura sabias nadar. Sabia? Claro. Eras um grande nadador. Eras um campeão de natação. Adoravas a água. Porquê? Porquê, o quê? Por que é que eu adorava a água? Porque era a tua vida!* E à medida que conversássemos, ia-o largando um dedo de cada vez, até que, sem que ele se apercebesse, já estaria a boiar sem mim.

E depois pensei: talvez seja esse o significado de ser pai – ensinarmos os nossos filhos a viver sem nós. A ser assim, ninguém terá sido melhor pai do que eu.

Havia uma porta nas traseiras com uma só fechadura, uma simples tranqueta, constrastando com a fechadura dupla da porta da frente. Bati uma última vez, e, como ninguém respondia, meti mãos à obra. Trabalhei nela durante um minuto até conseguir abri-la facilmente. Rodei a maçaneta e empurrei. Fiquei imóvel sob a ombreira da porta. *Olá?*, chamei eu. Silêncio. Senti um arrepio percorrer-me a espinha. Dei um passo em frente e fechei a porta atrás de mim. Cheirava a fumo de lenha.

Esta é a casa de Isaac, disse eu a mim próprio. Despi o sobretudo e pendurei-o num cabide junto a um outro. Era um *tweed* castanho, com um forro em seda castanha. Levantei a manga e passei-a pela cara. Pensei: este é o casaco dele. Levei-o ao nariz e inalei. Cheirava vagamente a água-de-colónia. Peguei nele e experimentei-o. As mangas eram demasiado compridas. Mas. Não importava. Empurrei-as para cima. Descalcei os sapatos, que estavam crestados de lama. Descobri um par de sapatilhas arrebitadas na biqueira. Enfiei-as nos pés como um verdadeiro Mr. Rogers. As sapatilhas eram pelo menos tamanho 44, senão mesmo 45. O meu pai tinha os pés pequenos. Quando a minha irmã se casou com um rapaz de uma aldeia vizinha, passou o casamento inteiro a olhar pesarosamente para o tamanho dos pés do genro. Só posso imaginar o choque que teria tido ao ver os do neto.

Assim entrei na casa do meu filho: envergando o seu casaco, os seus sapatos calçados. Estava mais próximo dele do que nunca. E mais distante.

Fui a sapatear pelo corredor estreito que levava à cozinha. Estaquei no meio da sala, aguardando o som das sirenes da polícia que não apareceu.

Estava um prato por lavar no lava-loiça. Um copo de pernas para o ar a secar, um saco de chá já duro num pires. Um pouco de sal derramado na mesa da cozinha. Na janela, estava um postal colado com fita-cola. Peguei nele e virei-o. *Caro Isaac*, dizia. *Estou a escrever-te de Espanha, onde estou a viver há um mês. Escrevo para te dizer que ainda não li o teu livro nem tenciono fazê-lo.*

Ouvi um estrondo atrás de mim. Agarrei-me ao peito. Pensei que me ia virar e dar de caras com o fantasma de Isaac, mas era apenas a porta que se tinha fechado com a corrente de ar. Com as mãos a tremer, voltei a pôr o postal no sítio onde estava e deixei-me ficar no meio do silêncio, o coração a ribombar-me nos ouvidos.

O sobrado rangia-me debaixo dos pés. Havia livros por todo o lado. Havia canetas, e um frasco de vidro azul, um cinzeiro do Dolder Grand em Zurique, uma seta ferrugenta de um catavento, uma pequena ampulheta em prata, frascos de dólares de areia no parapeito da janela, um par de binóculos, uma garrafa de vinho vazia que servia de castiçal, com a cera derretida escorrendo pelo gargalo. Toquei aqui e acolá. No fim, aquilo que resta de nós são os nossos pertences. Talvez seja por isso que nunca fui capaz de atirar nada fora. Talvez por isso eu tenha tentado armazenar o mundo: na esperança de que, quando morresse, a soma das minhas coisas sugerisse uma vida maior do que realmente vivi. Senti-me tonto e agarrei-me à cornija da lareira para me equilibrar. Voltei à cozinha de Isaac. Não tinha apetite, mas abri o frigorífico na mesma pois o meu médico disse-me que não devia estar muito tempo sem comer, por causa da pressão arterial, acho eu. Um odor forte penetrou-me as narinas. Era um resto de frango estragado. Atirei-o para o lixo, juntamente com meia dúzia de pêssegos podres e um queijo bolorento. Depois lavei a loiça suja. Não sei descrever aquilo que senti ao executar estas tarefas rotineiras na casa do meu filho. Fi-las com amor. Voltei a pôr o copo no armário. Atirei o saquinho de chá fora e esfreguei o pires. Provavelmente, havia quem quisesse deixar as coisas exactamente como Isaac as deixara – o homem do laço amarelo, ou um futuro biógrafo, por exemplo. Talvez um dia chegassem mesmo a fazer um museu da vida dele, essas mesmas pessoas que guardaram o último copo de onde Kafka bebeu o seu derradeiro golo, o prato de onde Mandelstam comeu as derradeiras migalhas. Isaac era um grande escritor, o escritor que eu nunca poderia ter sido. E no entanto. Também era meu filho.

Subi as escadas. A cada porta, portinhola ou gaveta que abria, aprendia algo mais acerca de Isaac, e a cada nova coisa que aprendia, a sua ausência parecia mais real, e quanto mais real, mais impossível de acreditar. Abri o armário dos remédios. Lá dentro estavam duas garrafas de pó de talco. Eu nem sequer sei bem o que é pó de talco, ou para que é que serve, mas este simples facto da sua vida comoveu-me mais do que qualquer pormenor que eu alguma vez imaginara. Abri o armário e mergulhei o rosto nas suas camisas. Gostava da cor azul. Apanhei um par de sapatos de cerimónia castanhos. Os tacões tinham praticamente desaparecido com o uso. Pus o nariz lá dentro e cheirei-os. Encontrei o relógio dele na mesa de cabeceira e pu-lo. A correia de cabedal estava gasta em redor da casa onde ele costumava afivelá-la. O pulso dele era maior do que o meu. Quando é que ele se teria tornado maior do que eu? Que estaria eu a fazer, e ele, no dia em que o meu filho me excedeu em tamanho?

A cama estava impecavelmente feita. Teria ele morrido nela? Ou teria sentido a morte a chegar, decidindo levantar-se para voltar a saudar a sua infância, para logo cair redondo no chão? Qual teria sido a última coisa para onde olhou? Teria sido este relógio no meu pulso, parado às 12h38? O lago lá fora? A cara de alguém? Teria tido dores?

Só uma vez é que alguém me morreu nos braços. Estava a trabalhar como contínuo num hospital, estávamos no Verão de 1941. Foi sol de pouca dura. Acabei por perder o emprego passado pouco tempo. Mas uma noite, na minha última semana, estava eu a limpar o chão quando ouvi alguém a soluçar. O som vinha de uma sala onde estava uma mulher com uma doença no sangue. Corri para ela. O corpo dela contorcia-se em convulsões. Tomei-a nos braços. Julgo poder dizer que não havia dúvida alguma nos nossos espíritos quanto ao que estava prestes a acontecer. Ela tinha um filho. Sabia-o porque o tinha visto vir visitá-la uma vez com o pai. Um rapazinho de botas engraxadas e um casaco com botões dourados. Ficava o tempo todo a brincar com um carrinho, completamente indiferente à sua mãe a menos que ela falasse com ele. Talvez estivesse zangado com a mãe por o deixar sozinho com o pai por tanto tempo. Enquanto olhava para a cara dela, era nele que pensava, o rapazinho que iria crescer sem saber como perdoar-se a si mesmo. Sentia um certo alívio e orgulho, senão mesmo superioridade, por estar a desempenhar o papel que ele não podia desempenhar.

Mais tarde, menos de um ano depois, esse filho cuja mãe morreu sem ele era eu.

Ouvi um barulho atrás de mim. Um rangido. Desta vez não me voltei. Cerrei os olhos. *Isaac*, sussurrei. O som da minha voz assustou-me, mas não parei. *Quero dizer-te* – e depois detive-me. O que é que eu te quero dizer? A verdade? O que é a verdade? Que eu confundi a tua mãe com a minha vida? Não. *Isaac*, disse eu. *A verdade é aquilo que eu inventei para poder viver.*

Agora voltava-me e via-me a mim mesmo no espelho da parede de Isaac. Um palerma vestido como um palerma. Tinha vindo para recuperar o meu livro, mas agora já não me importava se o iria descobrir ou não. Pensei: que se perca como tudo o resto. Já não importava, já não.

E no entanto.

No canto do espelho, reflectida a partir do corredor, vi a sua máquina de escrever. Não era preciso ninguém dizer-me que era igual à minha. Tinha lido numa entrevista num jornal que há quase vinte e cinco anos que ele escrevia na mesma Olympia manual. Alguns meses mais tarde vi esse preciso modelo à venda numa loja de artigos em segunda mão. O homem disse-me que estava a funcionar, por isso comprei-a. A princípio contentava-me em olhar para ela e em saber que o meu filho também estava a olhar para ela. Dia sim dia não lá estava ela a sorrir-me, como se as teclas fossem dentes. Depois tive o meu ataque de coração, mas ela continuou a sorrir, por isso um dia enrolei uma folha de papel e escrevi uma frase.

Atravessei o corredor. Pensei: e se eu aqui encontrasse o meu livro, na sua secretária? Fui acometido pela estranheza de tudo aquilo. Eu no casaco dele, o meu livro na sua secretária. Ele com os meus olhos, eu nos seus sapatos.

A única coisa que eu queria era uma prova de que ele os lera.

Sentei-me na sua cadeira em frente à máquina de escrever. A casa estava fria. Agasalhei-me no seu casaco. Julguei ouvir risos, mas disse a mim mesmo que era apenas um pequeno barco a ranger na tempestade. Julguei ouvir passos no telhado, mas disse a mim mesmo que era apenas um animal em busca de alimento. Balancei um pouco, como o meu pai costumava fazer quando rezava. Uma vez disse-me: *quando um judeu reza, está a fazer a Deus uma pergunta sem fim.*

Caiu a noite. Caía a chuva.

E eu nunca perguntei: que pergunta?

E agora é tarde demais. Porque te perdi, *tateh*. Um dia, na Primavera de 1938, num dia de chuva em que as nuvens se apartaram, perdi-te. Tinhas ido recolher espécimes para uma teoria que andavas a tramar acerca da água da chuva, do instinto e das borboletas. E assim desapareceste. Encontrámos-te debaixo de uma árvore, a cara cheia de lama. Sabíamos que eras finalmente livre, livre do peso dos resultados decepcionantes. E enterrámos-te no cemitério onde estava enterrado o teu pai, assim como o pai dele, à sombra de um castanheiro. Três anos depois, perdi a minha *mameh*. A última vez que a vi trazia um avental amarelo. Estava a arrumar coisas numa mala, a casa estava um caos. Mandou-me fugir para a floresta. Tinha-me preparado mantimentos, e mandou-me vestir o casaco, embora estivéssemos em Julho. «Vai», disse ela. Eu já era suficientemente crescido para não lhe dar ouvidos, mas escutei-a como uma criança. Disse-me que viria ter comigo no dia seguinte. Escolhemos um sítio que ambos conhecíamos na floresta, a nogueira gigante de que tu tanto gostavas, *tateh*, por ter qualidades humanas, como tu dizias. Não me dei ao trabalho de me despedir. Decidi acreditar no que era mais fácil. Esperei, esperei. Mas. Ela nunca apareceu. Desde então vivo com a culpa de ter compreendido demasiado tarde que ela julgava vir a ser um fardo para mim. Perdi o Fritzy. Estava a estudar em Vilnius, *tateh* – um conhecido de um conhecido disse-me que foi visto pela última vez num comboio. Perdi Sari e Hanna para os cães. Perdi Herschel para a chuva. Perdi Josef para uma falha no tempo. Perdi o som do riso. Perdi um par de sapatos, tinha-os descalçado para dormir, os sapatos que Herschel me deu, e quando acordei já lá não estavam. Caminhei descalço durante dias até que não resisti e roubei uns. Perdi a única amulher que alguma vez quis amar. Perdi anos. Perdi livros. Perdi a casa onde nasci. E perdi Isaac. Por isso, quem é que pode dizer que algures pelo caminho, e sem que eu me desse conta, não tenha perdido também o juízo?

O meu livro não estava em lado nenhum. Para além de mim, não havia qualquer sinal da minha pessoa.

SE NÃO, NÃO

1. COMO EU SOU NUA

Quando acordei no meu saco-cama, a chuva tinha parado e a minha cama estava vazia, os lençóis em desalinho. Olhei para o relógio. Eram 10h03. Era dia 30 de Agosto, o que queria dizer que faltavam apenas dez dias para a escola acabar, um mês para eu fazer quinze anos, e apenas três anos até eu ir para a universidade para iniciar a minha vida, o que, por esta altura, não parecia muito provável. Por esta e outras razões doía-me a barriga. Espreitei através do corredor para o quarto de Bird. O tio Julian estava a dormir de óculos postos, com o Volume II d'*A Destruição dos Judeus Europeus* aberto sobre o peito. Bird tinha recebido a caixa completa como presente de uma prima da minha mãe que vive em Paris, e que se interessou por ele depois de a termos conhecido para tomar chá no hotel. Disse-nos que o marido tinha combatido na Resistência, e Bird interrompeu a construção de uma casa de cubos de açúcar para dizer: «*Resistenciando* a quem?»

Na casa de banho, despi a minha *T-shirt* e roupa interior, equilibrei-me no tampo da sanita, e olhei-me ao espelho. Tentei pensar em cinco adjectivos para descrever o meu aspecto. Um deles era *escanzelada*, outro era *orelhas espetadas para fora*. Considerei a hipótese de pôr uma argola no nariz. Quando levantava os braços acima da cabeça, o meu peito tornava-se côncavo.

2. A MINHA MÃE VÊ ATRAVÉS DE MIM

Lá em baixo, a minha mãe estava de quimono a ler o jornal à luz do Sol. «Alguém me telefonou?» perguntei. «Bem, obrigado, e tu?» respondeu ela. «Mas eu não te perguntei como estás», disse eu. «Eu sei». «Uma pessoa não tem de ser sempre simpática com a família.» «Por que não?» «Era melhor as pessoas dizerem apenas aquilo que sentem.» «Estás-me a dizer que não te interessa saber se eu estou bem?» Eu arregalei-lhe os olhos. «Bem-obrigado-e-tu-como-estás?», disse eu. «Bem, obrigado», disse a minha mãe. «Alguém me telefonou?» «Como por exemplo?» «Se telefonou *alguém*?» «Aconteceu alguma coisa entre ti e o Misha?» «Não», disse eu, abrindo o frigorífico e examinando um ramo de aipo murcho. Pus um bolinho inglês na tostadeira, e a minha mãe virou a página do jornal, escrutinando as gordas. Fiquei a pensar que se eu o tivesse deixado tostar até ficar em carvão ela talvez nem tivesse dado por isso.

«*A História do Amor* começa quando a Alma tem dez anos, certo?», disse eu. A minha mãe olhou para cima e assentiu. «Então que idade tem ela quando a história acaba?» «É difícil de dizer. Há tantas Almas no livro.» «Que idade é que tem a mais velha?» «Pouca. Uns vinte anos, talvez.» «Quer dizer que quando o livro acaba Alma ainda só tem vinte anos?» «De certa maneira. Mas é mais complicado do que isso. Ela nem sequer é mencionada nalguns capítulos. E toda a dimensão narrativa e temporal do livro é bastante livre.» «Mas não há nenhuma Alma que tenha mais de vinte anos?» «Não», disse a minha mãe. «Acho que não.»

Fiz uma nota mental dizendo a mim mesma que se Alma Mereminski era uma pessoa real, então o mais provável era que Litvinoff se tivesse apaixonado por ela quando ambos tinham dez anos, e que não deveriam ter mais de vinte anos quando ela partiu para a América, que deve ter sido a última vez que ele a viu. De outra maneira, por que acabaria o livro com ela ainda tão nova?

Comi o bolinho inglês com manteiga de amendoim de pé em frente da torradeira. «Alma?», disse a minha mãe. «O quê?» «Vem cá dar-me um abraço», disse ela, e eu fui, embora não me apetecesse. «Como é que tu te tornaste tão grande?» Eu encolhi os ombros, esperando que aquilo ficasse por ali. «Vou à biblioteca», disse-lhe, o que era mentira, mas pela maneira como ela olhou para mim, percebi que ela nem sequer me chegara a ouvir, pois não era a mim que ela estava a ver.

3. TODAS AS MENTIRAS QUE EU DISSE VOLTARÃO A BATER-ME À PORTA

Ia na rua e passei por casa de Herman Cooper que estava sentado no banco da entrada. Tinha passado o Verão todo no Maine, de onde vinha com um grande bronzeado e a carta de condução recém-tirada. Perguntou-me se queria ir dar uma volta um dia qualquer. Podia ter-lhe relembrado o boato que ele espalhara sobre mim quando eu tinha seis anos segundo o qual eu era, entre outras coisas, filha adoptiva e porto-riquenha, ou então um outro, já eu tinha dez anos, segundo o qual lhe teria levantado a saia e mostrado tudo na cave dele. Em vez disso, disse-lhe que enjoava de carro.

Voltei ao número 31 de Chambers Street, desta vez para descobrir se havia certidões de casamento em nome de Alma Mereminski. Sentado atrás da secretária da sala 131 estava o mesmo homem de óculos escuros. «Olá», disse eu. Ele levantou os olhos. «Miss Carne de Coelho? Como vai?» «Bem-obrigado-e-você-como-vai?», disse eu. «Menos mal, espero eu.» Virou a página da revista e acrescentou, «Um bocado cansado, sabe, acho que estou a chocar uma gripe, e esta manhã quando acordei o meu gato tinha vomitado, o que até nem seria muito mau se não o tivesse feito em cima do meu sapato.» «Oh», disse eu. «Para além de que acabei de saber que estão prestes a cortar-me o cabo por eu me ter atrasado a pagar a conta, o que significa que vou perder todos os meus programas favoritos, para além de que a planta que a minha mãe me deu pelo Natal está a ficar ligeiramente acastanhada, e se ela morrer vou ouvir das boas da minha mãe.» Eu esperei para o caso de ele querer continuar, mas ele ficou por ali, por isso disse-lhe: «Talvez ela tenha casado.» «Quem?» «Alma Mereminski». Ele fechou a revista e olhou para mim. «Você não sabe se a sua bisavó se casou?» Eu considerei as opções que me restavam. «Ela não era bem minha bisavó», disse eu. «Pensei que me tinha dito...» «Na verdade nem sequer éramos da mesma família.» Ele pareceu confuso e um tanto aborrecido. «Desculpe, é uma longa história», disse eu, e parte de mim queria que ele me perguntasse por que andava eu à procura dela, para eu lhe poder contar a verdade: que não sabia bem, que tinha começado a procurar alguém que pudesse fazer a minha mãe feliz outra vez, e apesar de ainda não ter desistido de o procurar, ao longo do caminho comecei a procurar mais qualquer coisa, algo relacionado com a primeira busca, mas que ao mesmo tempo era diferente, pois tinha a ver comigo. Mas ele limitou-se a suspirar e disse: «Teria ela casado antes de 1937?» «Não tenho a certeza.» Ele suspirou e empurrou os óculos para cima, e disse-me que na sala 103 só havia registos de casamentos até 1937.

Procurámos de qualquer maneira, mas não encontrámos nenhuma Alma Mereminski. «O melhor é ir ao cartório notarial da cidade», disse ele carrancudo. «É aí que estão os registos mais recentes.» «Onde é que fica?» «Número 1, Center Street, sala 252», disse ele. Nunca tinha ouvido falar na Center Street, por isso tive de pedir orientação. Não era tão longe assim, por isso decidi ir a pé, e pelo caminho, imaginei todas as salas escondidas pela cidade que albergavam arquivos de que nunca ninguém ouviu falar, como as últimas palavras, as pequenas mentiras, e os falsos descendentes de Catarina, *a Grande*.

4. A LÂMPADA QUEBRADA

O homem por trás da secretária no cartório notarial já era velho. «Como posso ajudar?» perguntou ele quando chegou a minha vez. «Quero descobrir se uma mulher chamada Alma Mereminski se casou e se alguma vez mudou de nome», disse-lhe eu. Ele assentiu com a cabeça e escreveu qualquer coisa. «M-E-R,» comecei eu, e ele disse: «E-M-I-N-S-K-I. Ou será antes com Y?» «I», disse eu. «Bem me parecia», disse ele. «Quando é que ela teria casado?» «Não sei, pode ter sido em qualquer altura depois de 1937. Se ainda for viva hoje, terá cerca de oitenta anos.» «Primeiro casamento?» «Penso que sim.» Ele rabiscou uma nota no seu caderno. «Alguma ideia do homem com quem possa estar casada?» Eu abanei a cabeça. Ele lambeu o dedo, virou a página, e tirou mais uma nota. «O casamento – teria sido civil, pela igreja, ou acha que poderá ter casado numa sinagoga?» «Na sinagoga, provavelmente.» «Bem me parecia», disse ele.

Abriu uma gaveta e tirou um rolo de Life Savers. «Menta?» Eu abanei a cabeça. «Toma», disse ele, por isso tirei uma. Ele atirou uma menta para dentro da boca e começou a chupá-la. «Ela terá vindo da Polónia, talvez?» «Como é que sabe?» «É facil», disse ele. «Por causa do nome.» Rebolou a menta de um lado para o outro da boca. «É possível que ela tenha vindo em 39, 40, antes da guerra? Teria então...», ele lambeu o dedo e voltou uma página atrás, depois sacou de uma calculadora e martelou as teclas com a borracha do lápis. «Dezanove, vinte, vinte e um, no máximo.»

Apontou estes números no seu caderno. Deu dois estalidos com a língua e abanou a cabeça. «Devia sentir-se muito só.» Olhou-me de relance com um olhar perscrutador. Tinha os olhos pálidos e aguados. «Julgo que sim», disse eu. «Claro que devia!» disse ele. «Quem é que ela conhece? Ninguém! Excepto talvez um primo que não quer saber dela. Ele agora vive na América, o grande *macher*, quer lá ele saber de uma *refugenik*? O filho dele fala inglês sem sotaque, um dia será um advogado rico, por isso, a última coisa que ele precisa é que uma *mishpocheh* da Polónia, magra que nem um cadáver, lhe venha bater à porta.» Não me pareceu boa ideia dizer o que quer que fosse, e foi o que fiz. «Talvez tenha sorte uma vez, à segunda convida-a para o *Shabbes*, e a mulher dele começa logo a resmungar que já mal têm que comer para eles, e que lá vai ela ter de pedir para pôr mais um frango na conta do talho, *É a última vez*, diz ela ao marido, *Dá uma cadeira a um porco, que ele salta logo para cima da mesa.* Isto para já não falar que na Polónia os assassinos estão a aniquilar-lhe a família toda, um a um, que Deus tenha as suas almas.»

Não sabia o que dizer, mas ele parecia esperar que eu dissesse alguma coisa, por isso disse: «Deve ter sido horrível.» «É o que eu lhe estou a dizer», disse ele, após o que deu mais dois estalidos com a língua e disse: «Pobrezinha. Havia um tal de Goldfarb, Arthur Goldfarb, no outro dia veio cá alguém, uma sobrinha-neta, creio eu. Era médico, ela trazia uma fotografia, um tipo bem-parecido, mas teve um mau *shiddukh*, divorciou-se ao fim de um ano. Tinha sido perfeito para a sua Alma.» Trincou uma menta e limpou o nariz com um guardanapo. «A minha mulher diz-me que ser casamenteiro de mortos não é talento nenhum, e eu digo-lhe que se uma pessoa só beber vinagre, nunca chega a saber que existe algo mais doce.» Levantou-se da cadeira. «Aguarde aqui, por favor.»

Quando voltou, vinha sem fôlego. Deixou-se cair em cima da sua cadeira. «É como procurar ouro, não foi fácil de encontrar, esta sua Alma.» «Conseguiu?» «O quê?» «Encontrá-la?» «Claro que consegui encontrá-la, que espécie de tabelião é que julga que eu sou para não conseguir encontrar uma bela rapariga? Alma Mereminski, cá está ela. Casada em Brooklyn em 1942 com Mordecai Moritz, casamento ministrado pelo rabino Greenberg. Regista também os nomes dos pais.» «Será mesmo ela?» «Como não? Alma Mereminski, diz aqui que nasceu na Polónia. Ele nasceu em Brooklyn, mas os pais eram de Odessa. Diz aqui que o pai era dono de uma fábrica de vestuário, por isso não fez má escolha. Para ser franco, estou aliviado. Talvez tenha sido um bom casamento. Nesse tempo o *chazzan* quebrava uma lâmpada com o pé pois ninguém se dava ao luxo de partir um copo.»

5. NO ÁRCTICO NÃO HÁ CABINES TELEFÓNICAS

Encontrei uma cabine telefónica e telefonei para casa. Atendeu o tio Julian. «Alguém me telefonou?», perguntei. «Parece-me que não. Desculpa ter-te acordado ontem à noite, Al.»

«Não há problema.» «Ainda bem que conversámos um bocadinho.» «Pois», disse eu, esperando que ele não voltasse com a história de me tornar pintora. «O que é que dizes de irmos jantar juntos esta noite? A não ser que já tenhas planos?» «Não tenho planos», disse eu.

    Desliguei e liguei para as informações. «Que divisão?» «Brooklyn.» «Qual é o nome?» «Moritz. O primeiro nome é Alma». «Trabalho ou residência?» «Residência.» «Não tenho nada sob esse nome.» «Então veja-me Mordecai Mortiz.» «Não.» «Então e se for em Manhattan?» «Tenho um Mordecai Moritz na 52.» «A sério?», disse eu. Não podia acreditar. «Aguarde o número.» «Espere!», disse eu. «Preciso da morada.» «Quatrocentos e cinquenta, 52nd Street, zona oriental», disse a mulher. Eu escrevi tudo na palma da mão e apanhei o metro para a zona nova.

6. EU BATO E ELA ATENDE

É uma senhora de idade com cabelos brancos apanhados por um gancho de tartaruga. Tem um apartamento cheio de luz, e um papagaio falante. Conto-lhe como o meu pai, David Singer, encontrou *A História do Amor* na montra de uma livraria em Buenos Aires quando tinha apenas vinte e dois anos, enquanto viajava sozinho com um mapa topográfico, uma bússola, um canivete suíço, e um dicionário de espanhol-hebraico. Falo-lhe também da minha mãe e do seu muro de dicionários, e de Emanuel Chaim, que dá pelo nome de Bird em honra à sua liberdade, e de como este sobreviveu a uma tentativa de voo que lhe deixou uma cicatriz na cabeça. Ela mostra-me uma fotografia sua quando tinha a minha idade. O papagaio falante grasna, «Alma!» e nós voltamo-nos as duas para ele.

8. ESTOU FARTA DE ESCRITORES FAMOSOS

No meu devaneio, falhei a minha paragem e tive de fazer dez quarteirões a pé, e a cada quarteirão sentia-me cada vez mais nervosa e insegura. E se Alma – a verdadeira, de carne e osso – me viesse abrir a porta? Que deveria eu dizer a alguém acabado de sair das páginas de um livro? E se ela nunca tivesse ouvido falar n'*A História do Amor*? E se tivesse, mas quisesse esquecê-la? Estivera tão ocupada em encontrá-la que nunca me ocorrera que talvez ela não quisesse ser encontrada.

Mas já não havia tempo para pensar, porque agora estava na 52nd Street à porta de sua casa. «Em que posso ajudar?» perguntou o porteiro. «Chamo-me Alma Singer. Estou à procura de Mrs. Alma Moritz. Ela está?», perguntei. «Mrs. Moritz?», disse ele. Tinha uma expressão estranha quando disse o nome dela. «Ih», disse ele. «Não.» Tinha ar de quem estava com pena de mim, e depois foi a minha vez de ter pena de mim própria, pois Alma já não era viva. Tinha morrido há cinco anos atrás. E foi assim que eu descobri que toda a gente de quem eu herdara o meu nome tinha morrido. Alma Mereminski, o meu pai, David Singer, e a minha tia-avó Dora, que morreu no Gueto de Varsóvia, e de quem recebi o meu nome hebreu, Devorah. Por que é que as pessoas são sempre baptizadas com nomes de pessoas mortas? Já que têm de ser nomeadas a partir de qualquer coisa, por que não a partir de coisas mais perenes, como o céu ou o mar, ou mesmo ideias, que nunca morrem, nem mesmo as más?

O porteiro tinha estado a falar comigo, mas agora calara--se. «Está tudo bem?», perguntou ele. «Bem-obrigado», disse eu, embora não estivesse. «Queres sentar-te um bocadinho ou assim?» Eu abanei a cabeça. Não sei porquê, mas pensei na altura em que o meu pai me levou a ver os pinguins no jardim zoológico, levantando-me às cavalitas no meio do frio húmido e impregnado de peixe para eu poder encostar a cara ao vidro e vê-los a ser alimentados, e em como ele me ensinara a pronunciar a palavra *Antárctica*. Depois perguntei-me se isso chegara realmente a acontecer.

Como não havia mais nada para dizer, disse: «Alguma vez ouviu falar num livro chamado *A História do Amor*?» O porteiro encolheu os ombros e abanou a cabeça. «Se quer falar sobre livros, o melhor é falar com o filho.» «O filho de Alma?» «Claro. O Isaac. Ainda cá vem de vez em quando.» «Isaac?» «Isaac Moritz. Um escritor famoso. Não sabia que era filho deles? Claro que sim, ainda se serve da casa quando vem à cidade. Quer deixar algum recado?» «Não, obrigado», disse eu, pois nunca tinha ouvido falar em nenhum Isaac Moritz.

8. TIO JULIAN

Nessa noite, o tio Julian pediu uma cerveja para ele e um batido de manga para mim, e disse: «Eu sei que as coisas nem sempre são fáceis com a tua mãe.» «Ela tem saudades do pai», disse eu, que era quase como observar que um arranha-céus é alto. O tio Julian concordou. «Eu sei que não chegaste a conhecer o teu avô. Era uma pessoa maravilhosa, à sua maneira. Mas também era um homem muito difícil. Manipulador talvez seja a palavra certa. Tinha ideias muito rígidas sobre a maneira como eu e a tua mãe devíamos viver.» A razão pela qual não conheci o meu avô muito bem foi porque ele morreu de velho depois de eu nascer. «A Charlotte apanhou o auge da coisa, pois era a mais velha e por ser rapariga.» Acho que é por isso que ela sempre se recusou a dar ordens a ti e ao Bird.» «Excepto quanto às nossas maneiras», observei eu. «Tens razão, ela não se coíbe de vos ensinar a ter boas maneiras, pois não? Acho que o que eu estou a tentar dizer é que sei muito bem que ela às vezes pode parecer distante. Tem lá as coisas dela e precisa de as resolver. Uma delas são as saudades do teu pai. Contestar o seu próprio pai é outra. Mas tu sabes como ela vos ama, Al, não sabes?» Eu assenti. O tio Julian tinha uma maneira de sorrir que era sempre algo assimétrica, com um canto da boca retorcido e mais alto do que o outro, como se uma parte dele se recusasse a colaborar com o resto. «Bom, então», disse ele, e ergueu o copo. «Aos teus quinze anos, e a que eu consiga acabar este maldito livro.»

Fizemos um tchim-tchim. Ele contou-me como se tinha apaixonado por Alberto Giacometti quando tinha vinte e cinco anos. «Como é que se apaixonou pela tia Frances?», perguntei-lhe. «Oh», disse o tio Julian, passando a mão pela testa, que estava húmida e lustrosa. Estava a ficar um pouco careca, mas de uma maneira graciosa. «Queres mesmo saber?» «Sim.» «Por causa de uns colãs azuis que ela trazia.» «Como assim?» «Vi-a no jardim zoológico em frente à jaula dos chimpanzés, com uns colãs azul-claros. E eu pensei: aqui está a mulher com quem eu me vou casar.» «Por causa dos colãs?» «Sim. A luz incidia sobre ela de uma forma muito especial. E ela estava completamente vidrada num dos chimpanzés. Mas se não fossem os colãs, acho que nunca teria ido falar com ela.» «Já alguma vez pensou no que teria acontecido se ela não tivesse vestido os colãs nesse dia?» «Penso nisso o tempo todo», disse o tio Julian. «Podia ter sido um homem muito mais feliz.» Eu remexi a *tikka masala* no meu prato. «Ou talvez não», disse ele. «E se fosse?», perguntei eu. O tio Julian suspirou. «Quando penso nisso, é difícil imaginar seja o que for – seja a minha felicidade ou qualquer outra coisa – sem ela. Vivo com a Frances há tanto tempo que não consigo imaginar qual seria a sensação de viver com outra pessoa.»

«Como a Flo?» disse eu. O tio Julian engasgou-se. «Como é que tu sabes da Flo?» «Encontrei no caixote do lixo a carta que começou a escrever.» Ficou bastante corado. Olhei para o mapa da Índia na parede. Qualquer jovem de catorze anos devia saber onde ficava a cidade de Calcutá. Não era admissível andar às voltas pelo mapa sem fazer a menor ideia de onde ficava. «Estou a ver», disse o tio Julian. «Bem, a Flo é uma colega minha no Courtauld. É uma boa amiga, e a Frances sempre teve um bocadinho de ciúmes por causa disso. Há certas coisas... Como é que isto se diz, Al? OK. Deixa-me dar-te um exemplo. Posso dar-te um exemplo?» «OK.» «Existe um auto-retrato do Rembrandt. Está na Kenwood House, muito perto da nossa casa. Levámos-te lá uma vez quando eras pequena. Lembras-te?» «Não.» «Não interessa. O que eu quero dizer é que é um dos meus quadros preferidos. Vou vê-lo muitas vezes. Começo por um passeio no Heath, e quando dou por mim lá estou eu outra vez. É um dos auto-retratos que ele fez. Pintou-o algures entre 1665 e o dia em que morreu, quatro anos mais tarde, sozinho e na bancarrota. Há bocados inteiros da tela em branco. Há uma intensidade urgente nas pinceladas – podem ver-se os sítios onde ele raspou a tinta húmida com o cabo do pincel. É como se soubesse que não lhe restava muito tempo. E no entanto, há uma serenidade no seu rosto, um sentido de algo que sobrevive à sua própria ruína.» Eu deslizei na cadeira e levantei o pé, pontapeando a perna do tio Julian sem querer. «O que é que isso tem a ver com a tia Frances e a Flo?», perguntei. Por momentos, o tio Julian parecia perdido. «Sinceramente, não sei», disse ele. Voltou a passar a mão pela testa, e pediu a conta. Ficámos os dois em silêncio. O tio Julian ia retorcendo os lábios. Tirou uma nota de vinte da carteira, dobrou-a num quadradinho, e voltou a dobrá-la num quadradinho ainda mais pequeno. Depois, muito rapidamente, disse: «Não há nada que a Fran me pudesse dizer sobre aquele quadro», e levou o copo de cerveja aos lábios.

«Se queres saber, não acho que sejas nenhum pulha», disse eu. O tio Julian sorriu. «Posso fazer-lhe uma pergunta?», disse eu, enquanto o empregado ia buscar o troco. «Claro.» «O pai e a mãe alguma vez discutiram?» «Suponho que sim. Às vezes, com certeza. Mas não mais do que toda a gente.» «Achas que o pai gostaria que a mãe se voltasse a apaixonar outra vez?» O tio Julian fez-me um dos seus sorrisos enviesados. «Acho que sim», disse ele. «Acho que ele gostaria muito que isso acontecesse.»

9. *MERDE*

Quando chegámos a casa, a minha mãe estava no pátio das traseiras. Através da janela, via-a ajoelhada num par de jardineiras, a plantar flores na escassa luz que ainda restava. Abri a porta de correr. As folhas secas e as ervas daninhas que vinham crescendo há anos tinham sido arrancadas e varridas, e havia quatro sacos de lixo pretos junto ao banco de jardim de ferro em que ninguém jamais se sentava. «O que é que estás a fazer?», chamei eu. «A plantar crisântemos e ásteres», disse ela. «Porquê?» «Apeteceu-me.» «Por que é que te apeteceu?» «Acabei de enviar mais alguns capítulos esta tarde, por isso apeteceu-me fazer uma coisa relaxante.» «O quê?» «Disse que enviei mais alguns capítulos ao Jacob Marcus, por isso resolvi descontrair um bocado», tornou ela. Eu não podia acreditar. «Mandaste os capítulos sozinha? Mas tu costumas dar-me sempre tudo para eu ir pôr no correio!» «Desculpa. Não sabia que era assim tão importante para ti. De qualquer maneira, passaste o dia todo fora. E eu queria despachar isto. Por isso fui lá eu.» FOSTE

LÁ TU?, apeteceu-me gritar. Igual a si mesma, a minha mãe largou uma flor numa cova e começou a enchê-la de terra. Voltou-se e olhou para mim por cima do ombro. «O pai adorava jardinar», disse ela, como se eu nunca o tivesse conhecido.

10. MEMÓRIAS HERDADAS DA MINHA MÃE

    i   Acordar para ir para a escola de noite.
    ii   Brincar no entulho de edifícios bombardeados perto de casa dela em Stamford Hill.
    iii   O cheiro dos livros velhos que o pai dela trouxe da Polónia.
    iv   O toque da enorme manápula do pai dela na sua cabeça quando lhe dava a bênção às sextas-feiras à noite.
    v   O barco turco que ela apanhou de Marselha para Haifa; os seus enjoos.
    vi   O grande silêncio e os campos vazios de Israel, bem como o barulho dos insectos na sua primeira noite em Kibbutz Yavne, que dava profundidade e dimensão ao silêncio e ao vazio.
    vii   A vez em que o meu pai a levou ao mar Morto.
    viii   Encontrar areia nos bolsos.
    ix   O fotógrafo cego.
    x   O meu pai a conduzir só com uma mão.
    xi   A chuva.
    xii   O meu pai.
    xiii   Milhares de páginas.

11. COMO REPOR O BATIMENTO CARDÍACO

Os capítulos I a XXVIII d'*A História do Amor* repousavam empilhados junto ao computador da minha mãe. Vasculhei o caixote do lixo, mas não havia rascunhos das cartas que ela enviara a Marcus. A única coisa que encontrei foi um papel amarrotado onde se lia: *De volta a Paris, Alberto começou a pensar duas vezes.*

12. DESISTÊNCIA

Assim acabou a minha busca para encontrar alguém que fizesse a minha mãe feliz outra vez. Finalmente percebi que independentemente do que eu pudesse fazer, ou de quem pudesse encontrar, nem eu nem ninguém poderia passar por cima das recordações que ela tinha do meu pai, recordações que a consolavam ao mesmo tempo que a entristeciam, pois ela construíra um mundo a partir delas onde sabia sobreviver, mesmo que mais ninguém soubesse.

Não consegui dormir nessa noite. Sabia que Bird também estava acordado, pela forma como respirava. Queria perguntar-lhe o que era que ele andava a fazer no descampado, e como é que soubera ser um *lamed vovnik*, e pedir-lhe desculpa por ter gritado com ele por ele ter escrito no meu caderno. Queria dizer-lhe que estava com medo, por ele e por mim, e queria contar-lhe a verdade sobre todas as mentiras que eu inventara ao longo de todos estes anos. Sussurrei o nome dele. «Sim?» sussurrou ele por sua vez. Eu estava deitada no silêncio e na escuridão; estava longe de ser o silêncio e a escuridão em que o meu pai se deitava quando era miúdo em sua casa numa rua de terra batida em Telavive, ou o silêncio e a escuridão em que a minha mãe se deitara na sua primeira noite em Kibbutz Yavne, mas não deixava de encerrar igualmente esses outros silêncios e escuridões. Tentei pensar naquilo que queria dizer. «Ainda não estou a dormir», disse finalmente. «Nem eu», disse Bird.

Mais tarde, quando Bird finalmente adormeceu, acendi a minha lanterna e li mais um bocado d'*A História do Amor*.

Pensei como poderia, através de uma leitura atenta, descobrir alguma verdade acerca do meu pai, e das coisas que ele gostaria de me dizer se não tivesse morrido.

Na manhã seguinte acordei cedo. Ouvi Bird remexer-se por cima de mim. Quando abri os olhos estava ele agarrado aos lençóis com o fundilho do pijama molhado.

13. DEPOIS VEIO SETEMBRO

O Verão tinha acabado, Misha e eu estávamos oficialmente de relações cortadas, não chegaram mais cartas de Jacob Marcus, e o tio Julian anunciou que ia regressar a Londres para tentar resolver as coisas com a tia Frances. Na noite antes de partir para o aeroporto e de eu iniciar o décimo ano, veio bater-me à porta. «Lembras-te daquilo que eu disse acerca da tia Frances e do Rembrandt», disse ele quando eu lhe abri a porta. «Podemos fazer de conta que eu nunca o disse?» «Disseste o quê?» disse eu. Ele sorriu, mostrando a falha nos dentes da frente que ambos herdámos da minha avó. «Obrigado», disse ele. «Hei, trouxe-te uma coisa.» Estendeu-me um grande envelope. «O que é?» «Abre.» Lá dentro estava um folheto de uma escola de artes da cidade. Eu levantei os olhos para ele. «Vá lá, lê lá.» Quando abri a capa, vi uma folha de papel solta cair no chão. O tio Julian agachou-se e apanhou-a. «Aqui tens», disse ele, passando a mão pela testa. Era um boletim de inscrição. Nele estava o meu nome, e o nome de um curso chamado «Desenho da Vida». «Também tens um postal», disse ele. Eu rebusquei o envelope. Era um postal de um auto-retrato de Rembrandt. No verso lia-se, *Querida Al, Wittgenstein escreveu um dia que quando o olho vê algo de belo, a mão tem vontade de o desenhar. Quem me dera conseguir desenhar-te a ti. Parabéns adiantados. Um beijo do teu tio Julian.*

A ÚLTIMA PÁGINA

NO PRINCÍPIO era fácil. Litvinoff fingia estar só a passar o tempo, assobiando distraidamente por cima do rádio, como os seus alunos faziam enquanto ele dava a matéria nas aulas. O que ele não fazia era sentar-se na secretária onde a mais importante oração judaica fora gravada pelo filho da sua senhoria, e pensar para si mesmo: vou plagiar o meu amigo que foi morto pelos nazis. Tão-pouco pensava: se ela pensar que eu escrevi isto, vai amar-me. Limitou-se a copiar a primeira página, o que, naturalmente, o levou a copiar a seguinte.

Só quando chegou à terceira página é que o nome de Alma apareceu. Fez uma pausa. Já tinha alterado um Feingold de Vilnius para um De Biedma de Buenos Aires. Seria assim tão terrível alterar Alma para Rosa? Três simples letras – o «A» final podia ficar. Já tinha ido tão longe. Levou a caneta à folha. De qualquer maneira, disse ele a si mesmo, Rosa era a única pessoa que o tinha lido.

Mas se, quando se preparava para escrever um «R» maiúsculo onde estava um «A» maiúsculo, a mão de Litvinoff hesitou, tal devia-se provavelmente ao facto de ele ser a única pessoa, para além do seu verdadeiro autor, a ler *A História do Amor* e a ter conhecido a verdadeira Alma. Na verdade, conhecia-a desde que ambos eram crianças, tendo feito todas as classes com ela antes de ter ido estudar para a *yeshiva*. Ela era uma de um grupo de raparigas que ele vira desabrochar de meros rebentos em beldades tropicais que impregnavam o ar à sua volta de uma humidade densa. Alma deixara-lhe uma impressão indelével no espírito, tal como outras seis ou sete raparigas cujas transformações ele tinha testemunhado, e tomado como objecto do seu desejo nos arroubos da adolescência. Mesmo todos esses anos mais tarde, sentado na sua secretária em Valparaíso, Litvinoff recordava-se ainda do catálogo original de coxas, braços e pescoços que lhe tinham servido de inspiração para um sem número de variações frenéticas. Que Alma tivesse sido tomada por outra pessoa de forma continuada e inconstante e persistente em regime de anda-acaba-e-volta-outra-vez não punha em causa a sua participação nos devaneios de Litvinoff (que repousavam largamente na técnica da montagem). Se alguma vez teve ciúmes de ela ser tomada por outrem, não foi devido a nenhum sentimento especial por Alma, mas sim por também desejar ser escolhido e amado por alguém.

E se, ao tentar pela segunda vez substituir o nome dela por outro, a sua mão voltou a imobilizar-se, talvez fosse por saber que eliminar aquele nome seria como eliminar toda a pontuação, vogais, adjectivos e substantivos do texto. Porque sem Alma não haveria livro nenhum.

Com a caneta suspensa sobre a folha, Litvinoff lembrou-se do dia, no Verão de 1936, em que regressara a Slonim depois de dois anos fora na *yeshiva*. Tudo parecia mais pequeno do que ele se lembrava. Caminhou pela rua de mãos nos bolsos, trazendo o chapéu novo que tinha comprado com as suas poupanças, e que julgava conferir-lhe um ar de homem experiente. Ao virar numa rua que saía da praça, sentiu que tinha passado muito mais tempo do que apenas dois anos. As galinhas continuavam a pôr os ovos nas mesmas cestas, os mesmos homens desdentados continuavam a discutir sobre coisa nenhuma, mas de algum modo tudo parecia mais pequeno e miserável. Litvinoff sabia que algo mudara dentro dele. Tinha-se tornado outra coisa. Passou por uma árvore com um buraco no tronco onde ele uma vez escondera uma fotografia ordinária que tinha roubado da secretária de um amigo do seu pai. Tinha-a mostrado a cinco ou seis rapazes antes de isto chegar aos ouvidos do irmão, que lha tinha confiscado para seu uso pessoal. Litvinoff dirigira-se então à árvore. E foi aí que os viu. Estavam a cerca de dez metros dele. Gursky estava encostado a uma vedação, e Alma estava encostada a ele. Litvinoff viu Gursky tomar o rosto dela nas suas mãos. Ela deteve-se por instantes, após o que ergueu o rosto de encontro ao dele. E enquanto Litvinoff os via a beijarem-se, sentiu que nada do que lhe pertencia tinha valor.

Dezasseis anos mais tarde, via um novo capítulo do livro escrito por Gursky ressurgir do seu próprio punho. Para que não se perdesse, copiou-o palavra a palavra, excepção feita aos nomes, os quais alterou todos menos um.

CAPÍTULO XVIII, escreveu ele à décima oitava noite. *AMOR ENTRE OS ANJOS.*

COMO OS ANJOS DORMEM. Penosamente. Remexem-se e reviram-se, tentando entender o mistério dos Mortais. Não imaginam como é preencher uma requisição médica para um par de lentes e, de um momento para o outro, voltar a ver o mundo outra vez, com um misto de desapontamento e gratidão; ou o que sentimos da primeira vez que uma rapariga chamada – aqui Litvinoff fez uma pausa para estalar os nós dos dedos – *Alma nos põe a mão na cintura: acerca desta sensação, apenas têm teorias, e não ideias sólidas. Se lhe déssemos uma caixinha de flocos de neve, talvez nem sequer se lembrassem de a abanar.*

Para além disso, também não sonham. Por esta razão, têm menos uma coisa de que falar. Quando acordam, sentem que há alguma coisa que se estão a esquecer de dizer uns aos outros. Há alguma discórdia entre os anjos quanto ao facto de isto resultar de uma qualquer reminiscência, ou de resultar antes da empatia que sentem para com os Mortais, poderosa a ponto de por vezes os fazer chorar. De um modo geral, dividem-se nestes dois campos no que toca ao tema dos sonhos. Mesmo entre os anjos, existe a tristeza da divisão.

Aqui, Litvinoff levantou-se para urinar, puxando o autoclismo antes de terminar para ver se conseguia esvaziar a bexiga antes de a pia voltar a encher-se de água fresca. Depois, olhou-se rapidamente ao espelho, retirou uma pinça do cesto dos remédios, e arrancou um pêlo saído do nariz. Atravessou o corredor até à cozinha e revolveu o armário à procura de qualquer coisa para comer. Não encontrando nada, pôs a cafeteira a ferver, sentou-se à secretária e continuou a transcrever.

COISAS ÍNTIMAS. É verdade que não têm o sentido do olfacto, mas os anjos, no seu amor infinito pelos Mortais, andam por aí a cheirar tudo por imitação. Tal como os cães, não têm pejo em desatar a cheirar-se uns aos outros. Às vezes, quando não conseguem dormir, deitam-se na cama com o nariz nos próprios sovacos, imaginando como seria o seu cheiro.

Litvinoff assoou o nariz, amarrotou o lenço, e deixou-o cair aos pés.

AS DISCUSSÕES ENTRE OS ANJOS. São eternas e desprovidas da esperança de uma solução. Isto deve-se ao facto de discutirem o significado de estar entre os Mortais, e por não saberem que apenas podem especular, assim como os Mortais especulam acerca da natureza (ou falta dela) – aqui a chaleira começou a ferver – *de Deus.*

Litvinoff levantou-se para preparar uma chávena de chá. Abriu a janela e atirou uma maçã estragada lá para fora.

ESTAR SOZINHO. Tal como os Mortais, os anjos fartam-se por vezes uns dos outros e querem estar sozinhos. Como as casas onde vivem estão sempre cheias e não há mais lugar nenhum para onde ir, a única coisa que um anjo pode fazer nessas alturas é fechar os olhos e esconder a cabeça entre os braços. Quando um anjo faz isto, os outros percebem que ele está a tentar convencer-se de que está sozinho, e começam a andar à volta dele em bicos dos pés. A ajudar, são capazes de começar a falar sobre ele como se ele não estivesse ali. Se por acaso esbarrarem nele sem querer, ciciam: «Não fui eu».

Litvinoff sacudiu a mão já entorpecida. Depois continuou a escrever:

PARA O BEM OU PARA O MAL. *Os anjos não se casam. Para começar andam sempre demasiado ocupados, e em segundo lugar não se apaixonam uns pelos outros. (Quando não sabemos como é sentirmos a mão de alguém que amamos na cintura pela primeira vez, que possibilidade há para o amor?)*

Litvinoff fez uma pausa para imaginar a mão macia de Rosa na sua cintura, e foi com agrado que notou que ela lhe causava pele de galinha.

A maneira como eles vivem juntos apresenta algumas semelhanças com uma ninhada de cachorros: cegos, gratos e descobertos. Isto não significa que não sintam amor, porque sentem; por vezes sentem-no com tal intensidade que pensam tratar-se de um ataque de pânico. Nestas alturas, os seus corações batem desenfreadamente e receiam começar a vomitar. Mas o amor que sentem não é pelos seus congéneres, mas sim pelos Mortais, os quais não podem entender, cheirar ou tocar. É um amor geral pelos Mortais (embora o facto de ser geral não faça com que seja menos potente). Só de tempos a tempos é que um anjo encontra em si mesmo um defeito que faz com que se apaixone, não em geral, mas em particular.

No dia em que Litvinoff chegou à última página, pegou no manuscrito do seu amigo Gursky, misturou as folhas e atirou--as para o caixote do lixo por baixo do lava-loiça. Mas Rosa vinha lá a casa com frequência, e ocorreu-lhe que ela talvez pudesse encontrá-las. Por isso tirou-as novamente para fora e dispô-las nos caixotes do lixo metálicos por trás da casa, escondidas por baixo de alguns sacos de plástico. Depois preparou-se para se ir deitar. Mas daí a meia hora, assaltado pelo medo de que alguém os pudesse encontrar, já ele estava a pé outra vez, revolvendo os caixotes do lixo para recuperar as folhas. Enfiou-as debaixo da cama e tentou dormir, só que o cheiro a lixo era demasiado intenso, por isso levantou-se, descobriu uma lanterna, foi buscar um pano de jardinagem ao barracão da sua senhoria, abriu uma cova junto à hortênsia branca, deixou cair as folhas lá dentro, e cobriu-as. Quando voltou para a cama no seu pijama sujo de lama, já a luz da manhã clareava no céu.

A coisa podia ter ficado por aqui, não fora o facto de Litvinoff se lembrar daquilo que queria esquecer de cada vez que via da janela a hortênsia da senhoria. Quando a Primavera chegou, começou a vigiar o arbusto obsessivamente, meio à espera que ele desabrochasse as notícias do seu segredo. Uma tarde ficou à janela num suspense redobrado a ver a vizinha plantar algumas túlipas à volta da hortênsia. Sempre que fechava os olhos para tentar dormir, as enormes flores brancas ressurgiam para o atormentar. As coisas pioravam de dia para dia, a sua consciência atormentava-o cada vez mais, até à noite em que ele e Rosa se iam casar e mudar para o *bungalow* no monte, Litvinoff acordou em suores frios e desenterrou o seu fardo de uma vez por todas. A partir daí, guardou-o numa gaveta da sua secretária no escritório da casa nova, trancado com uma chave que ele julgava ter bem escondida.

Acordávamos sempre às cinco ou seis da manhã, escreveu Rosa no parágrafo final da segunda e última edição d'*A História do Amor*. *Morreu num mês de Janeiro muito quente. Eu levei-o na cama de rodas para a janela aberta no piso de cima. O sol jorrava sobre nós, ele sacudiu os cobertores, desembaraçou-se da roupa toda e bronzeou-se ao sol, como fazia todas as manhãs, pois a enfermeira chegava às oito da manhã, e a partir daí o dia começava a tornar-se algo medonho. Questões médicas, que não interessavam a nenhum de nós. Zvi não tinha dores. Eu perguntava-lhe: «Estás com dores?» E ele respondia: «Nunca me senti tão confortável em toda a minha vida.» E nessa manhã, olhámos para o céu, que estava claro e luminoso. Zvi abrira o livro de poemas chineses que estava a ler num poema que dizia ser para mim. Chamava--se Não Te Faças ao Mar. É muito curto. Começa assim: Não te faças ao mar!/Amanhã o Vento terá amainado;/E então já podes ir,/E eu não me vou preocupar contigo. Na manhã em que ele morreu tinha havido um temporal tremendo, um vendaval no jardim durante toda a noite, mas quando lhe abri a janela o céu estava limpo. Nem uma ponta de vento. Voltei-me e chamei-o. «Amor, o vento parou!» E ele disse: «Então já posso ir, e tu não ficas preocupada comigo?» E eu pensei que o meu coração ia parar de bater. Mas era verdade. Foi exactamente assim.*

Mas não foi exactamente assim. Não na realidade. Na véspera da morte de Litvinoff, durante a noite, enquanto a chuva batia no telhado e escorria pelas caleiras, ele chamara por Rosa. Ela estava a lavar a loiça, e foi ter com ele a correr. «O que é, meu amor?» perguntou ela, pondo-lhe a mão na testa. Ele tossiu com tanta força que ela pensou que ele ia começar a cuspir sangue. Quando ficou melhor, disse-lhe: «Há uma coisa que eu te quero dizer.» Ela aguardou em silêncio. «Eu...», começou ele, mas logo recomeçou a tossir por entre convulsões. «Chh», disse Rosa, colocando-lhe os dedos sobre os lábios. «Não fales.» Litvinoff pegou-lhe na mão e apertou-lha. «Preciso de te dizer isto», disse ele, e por uma vez o seu corpo condescendeu e ficou quieto. «Não vês?», disse ele. «Vejo o quê?», perguntou ela. Ele cerrou os olhos e voltou a abri-los. Ela ainda lá estava, olhando-o com ternura e desvelo. Deu-lhe duas palmadinhas na mão. «Vou fazer-te um chá», disse ela, levantando-se. «Rosa!», chamou ele.

Ela voltou-se. «Queria que tu me amasses», sussurrou ele. Rosa olhou para ele. Parecia-lhe agora o filho que eles nunca tinham tido. «E eu amei-te», disse ela, endireitando o abajur do candeeiro. Depois atravessou a porta, fechando-a devagarinho atrás de si. E foi o fim da conversa.

Seria conveniente imaginar que essas tivessem sido as últimas palavras de Litvinoff. Mas não foram. Mais tarde nessa noite ele e Rosa falaram acerca da chuva, do sobrinho de Rosa, e da possibilidade de ela vir a comprar uma torradeira nova, visto que a antiga já tinha pegado fogo duas vezes. Mas não voltaram a mencionar *A História do Amor* nem o seu autor.

Anos antes, quando *A História do Amor* foi aceite por uma pequena editora em Santiago, o editor fez algumas sugestões, e Litvinoff, numa demonstração de boa vontade, tentou proceder às alterações requeridas. Às vezes quase conseguia convencer-se de que aquilo que estava a fazer não era nada de terrível: Gursky estava morto, o livro ia finalmente ser publicado e lido, não era já qualquer coisa? A esta pergunta retórica, a sua consciência respondia com desdém. Desesperado, sem saber o que mais fazer, nessa noite fez uma alteração que o editor não lhe pedira para fazer. Fechou a porta do escritório, levou a mão ao bolso da lapela e desdobrou um pedaço de papel que trazia consigo há anos. Retirou uma folha de papel da gaveta da secretária. Na parte de cima escreveu, CAPÍTULO 39: A MORTE DE LEOPOLD GURSKY. Depois copiou a página palavra a palavra e traduziu-a para espanhol o melhor que sabia.

Quando o editor recebeu o manuscrito escreveu respondendo a Litvinoff. *Qual foi a sua ideia de acrescentar este último capítulo? Vou eliminá-lo – não tem nada a ver com nada*. Estava maré baixa, e Litvinoff levantou os olhos da carta e viu as gaivotas a digladiarem-se por algo que haviam encontrado nas rochas. *Se o fizer*, escreveu ele, *retiro o livro*. Um dia de silêncio. *Por amor de Deus!*, foi a resposta que chegou do editor. *Não seja tão susceptível*. Litvinoff sacou a caneta do bolso. *Não há discussão possível*, escreveu ele de volta.

E foi por esta razão que, quando a chuva finalmente parou na manhã seguinte, e Litvinoff morreu tranquilamente na sua cama banhada de sol, não levou o seu segredo com ele. Pelo menos não inteiramente. A única coisa que alguém teria de fazer era virar a última página, e aí encontraria, escrito preto no branco, o nome do verdadeiro autor d'*A História do Amor*.

De entre os dois, era Rosa quem melhor guardava segredos. Nunca tinha contado a ninguém, por exemplo, da vez que vira a sua mãe a beijar o embaixador português numa festa montada pelo seu tio. Ou da vez que vira a criada enfiar o fio de ouro da sua irmã no bolso do avental. Ou que o seu primo Alfonso, que era extremamente popular entre as raparigas por causa dos seus olhos verdes e lábios grossos, preferia rapazes, ou que o pai dela sofria de dores de cabeça que o levavam às lágrimas. Por isso não deverá surpreender-nos que ela também nunca tenha contado a ninguém acerca da carta dirigida a Litvinoff que chegou poucos meses depois da publicação de *A História do Amor*. Vinha com o carimbo postal da América, e Rosa julgou tratar-se de uma rejeição atrasada de um dos editores de Nova Iorque. A fim de poupar Litvinoff a qualquer abalo, enfiou-a numa gaveta e nunca mais se lembrou dela. Alguns meses mais tarde, ao procurar uma direcção, voltou a encontrá-la e abriu-a. Para grande espanto seu, estava escrita em *yiddish*. *Caro Zvi*, começava. *Para que não tenhas um ataque de coração, vou começar por dizer que é o teu amigo Leo Gursky quem te escreve. Estarás provavelmente surpreendido por eu estar vivo, como eu próprio às vezes também fico. Escrevo-te de Nova Iorque, que é onde estou a viver agora. Não sei se esta carta chegará às tuas mãos. Há alguns anos enviei uma carta para a única morada tua que tinha comigo, mas foi-me devolvida. Para te explicar como consegui descobrir esta, teria de te contar uma longa história. De qualquer maneira, muito mais haveria para dizer, mas por carta é muito difícil. Espero que estejas bem e feliz, e que tenhas uma vida boa. Claro que sempre me interroguei se terias guardado o embrulho que eu te dei da última vez que nos vimos. Lá dentro estava o livro que eu estava a escrever quando me conheceste em Minsk. Se o tiveres contigo, poderias fazer-me o favor de mo enviar? Já não tem valor nenhum para ninguém a não ser para mim. Um abraço e as saudades deste teu amigo, L.G.*

A pouco e pouco, a verdade abateu-se sobre Rosa: algo de terrível se passara. Era grotesco, para dizer a verdade; só de pensar nisso ficava enjoada. E ela era parcialmente culpada. Lembrou-se do dia em que tinha descoberto a chave da gaveta da secretária dele, onde dera com um monte de folhas sujas, escritas numa letra que ela não reconhecera, e como optara por não lhe perguntar nada. Litvinoff tinha-lhe mentido, sim. Mas, com uma sensação tenebrosa, lembrou-se de como tinha sido ela a insistir para que ele publicasse o livro. Ele tinha discutido com ela, dizendo que era uma coisa demasiado pessoal, um assunto privado, mas ela insistira, insistira, amaciando a sua resistência até ele dar o braço a torcer e concordar. Pois não era isso que as mulheres dos artistas deviam fazer? Casar a obra dos seus maridos com o mundo, para que o seu trabalho não ficasse perdido na obscuridade?

Ultrapassado o choque inicial, Rosa rasgou a carta em pedaços, lançou-os para a sanita e puxou o autoclismo. Pensou rapidamente no que fazer. Sentou-se na mesa da cozinha, desencantou uma caneta e papel de carta, e escreveu: *Caro Mr. Gursky, lamento informar que Zvi, o meu marido, se encontra demasiado doente para responder pelo próprio punho. Ficou radiante de receber a sua carta, no entanto, e por saber que está vivo. Infelizmente, o seu manuscrito foi destruído com a inundação que houve em nossa casa. Espero que um dia nos possa perdoar.*

No dia seguinte preparou um farnel e disse a Litvinoff que iam dar um passeio às montanhas. Depois da excitação que recentemente envolvera a publicação da sua obra, disse ela, o que ele precisava era de repouso. Ela própria se encarregou de transportar as provisões para o carro. Quando Litvinoff deu à chave, Rosa deu uma palmada na testa. «Quase me esquecia dos morangos», disse ela, e voltou a casa a correr.

Lá dentro, foi directamente ao escritório de Litvinoff, retirou a pequena chave presa por baixo da gaveta da secretária com fita--cola, introduziu-a na fechadura, e retirou um maço de folhas sujas e amassadas com cheiro a mofo. Colocou-o no chão. Depois, como medida suplementar, retirou o manuscrito redigido em *yiddish* pela mão de Litvinoff de uma prateleira alta, e colocou-o numa outra mais perto do chão. Quando ia a sair, abriu a torneira do lava-loiça e tapou o ralo. Deteve-se por momentos a ver a água encher a pia até começar a transbordar. Depois fechou atrás de si a porta do escritório do marido, pegou no cesto de morangos na mesa do corredor, e precipitou-se para o carro.

A MINHA VIDA DEBAIXO DE ÁGUA

1. DISTÂNCIA ENTRE ESPÉCIES

Depois de o tio Julian se ir embora, a minha mãe tornou-se mais reservada, ou talvez *obscura* seja uma palavra mais adequada, no sentido de apagada, vaga, distante. As chávenas de café vazias acumulavam-se à sua volta, e as folhas dos dicionários caíam-lhe aos pés. Abandonou o jardim, e os crisântemos e ásteres que haviam confiado nela para olhar por eles até às primeiras geadas, deixavam cair os seus capítulos sedentos. Chegavam cartas dos seus editores perguntando se ela estava interessada em traduzir este ou aquele livro. Todas por responder. Os únicos telefonemas que recebia eram do tio Julian, e sempre que falava com ele fechava a porta.

De ano para ano, as memórias que tenho do meu pai vão-se tornando mais apagadas, vagas e distantes. Dantes eram vívidas e verdadeiras, depois foram-se tornando como fotografias de fotografias. Mas às vezes, em raros momentos, sou assaltada de forma tão súbita e clara por recordações suas que todos os sentimentos que eu fui recalcando ao longo dos anos emergem como uma caixinha de surpresas. Nestas alturas, pergunto-me se com a minha mãe também será assim.

2. AUTO-RETRATO COM SEIOS

Todas as quintas-feiras apanhava o metro para a cidade e frequentava o curso de «Desenho da Vida». Durante a primeira aula descobri o que isto queria dizer. Significava desenhar as pessoas integralmente nuas que eram contratadas para posar no centro do círculo que nós fazíamos com as nossas cadeiras. Eu era de longe a pessoa mais nova do curso. Tentava parecer casual, como se andasse a desenhar pessoas nuas há anos e anos. O primeiro modelo foi uma mulher de seios descaídos, cabelo frisado, e joelhos vermelhos. Não sabia para onde olhar. À minha volta, toda a gente se debruçava sobre os respectivos blocos, desenhando furiosamente. Fiz algumas linhas hesitantes no papel. «Atenção aos mamilos, pessoal», disse a professora em voz alta, enquanto dava a volta ao círculo. Eu acrescentei os mamilos. Quando ela passou por mim, disse-me, «Dás-me licença?», e ergueu o meu desenho para o resto da classe. Até a modelo se voltou para ver. «Sabem o que é isto? Um disco voador com um mamilo», disse ela. «Desculpe», gaguejei. «Não tens nada que pedir desculpa», disse a professora, pondo-me a mão sobre o ombro: «Sombra.» Depois demonstrou à classe como transformar o meu disco voador num enorme seio.

A modelo da segunda aula era bastante parecida com a da primeira. Sempre que a professora se aproximava, debruçava-me sobre o meu trabalho e sombreava vigorosamente.

3. COMO IMPERMEABILIZAR UM IRMÃO

A chuva começou perto do fim de Setembro, alguns dias antes do meu aniversário. Choveu durante uma semana a fio, e quando parecia que o sol ia finalmente aparecer, recomeçava novamente a chover. Houve dias em que caiu com tanta força que Bird teve de abandonar o seu trabalho na torre de entulho, ainda que tivesse estendido uma tela de lona sobre a cabine que começava a ganhar forma no topo. Talvez estivesse a construir uma sala de reuniões para *lamed vovniks*. Tinha duas paredes feitas com tábuas velhas, e tinha empilhado várias caixas de cartão para fazer as outras duas. Para além da lona enfolada, ainda não havia tecto. Uma tarde parei a vê-lo arrojar-se pela escada encostada a um dos lados do monte de entulho. Trazia uma grande chapa de ferro-velho. Queria ajudá-lo, mas não sabia como.

4. QUANTO MAIS PENSAVA NISSO, MAIS ME DOÍA O ESTÔMAGO

Na manhã do meu décimo quinto aniversário, acordei a ouvir Bird a gritar, «VAMOS A ELES!» seguido de «Porqu'Ela é Bo'Companheira», uma canção que a nossa mãe nos costumava cantar pelo nosso aniversário quando éramos pequenos, e que Bird se encarregou de perpetuar. Ela apareceu passado um bocado e deixou os seus presentes junto ao de Bird em cima da minha cama. A atmosfera era leve e feliz até eu abrir a prenda de Bird e perceber que era um colete salva-vidas cor de laranja. Seguiu-se um momento de silêncio enquanto eu olhava para ele, embrulhado no celofane.

«Um salva-vidas!», exclamou a minha mãe. «Mas que grande ideia. Onde é que o descobriste, Bird?», perguntou ela, dedilhando os cordões com uma admiração genuína. «Que prático», disse ela.

Prático?, apeteceu-me gritar. PRÁTICO?

Estava a começar a ficar seriamente preocupada. E se a religiosidade de Bird não fosse apenas uma fase, mas sim um estado permanente de fanatismo? A minha mãe achava que era a maneira de ele lidar com a perda do pai, e que mais tarde ou mais cedo acabaria por ultrapassar tudo aquilo. Mas, e se a idade apenas servisse para lhe reforçar as convicções, apesar de todas as provas em contrário? E se ele nunca viesse a fazer amigos? E se ele se tornasse numa dessas pessoas que erram pela cidade num casaco sujo a distribuir salva-vidas, obrigadas a negar o mundo por este ser inconsistente com o seu sonho?

    Tentei descobrir o diário dele, mas ele tinha-o tirado de trás da cama, e também não estava em nenhum dos sítios onde eu procurei. Em vez disso, misturado na minha roupa suja debaixo da cama e com duas semanas para além do prazo de devolução, encontrei *The Streets of Crocodiles*, de Bruno Schulz.

5. UMA VEZ

Tinha perguntado casualmente à minha mãe se já tinha ouvido falar em Isaac Moritz, o escritor que o porteiro do número 450 da zona oriental da 52nd Street tinha dito ser o filho de Alma. Ela estava sentada no banco do jardim a mirar um enorme marmeleiro como se este estivesse prestes a dizer alguma coisa. A princípio, não me ouviu. «Mãe?», tornei eu. Ela voltou-se, parecendo surpreendida. «Ouve lá, alguma vez ouviste falar num escritor chamado Isaac Moritz?» Ela disse que sim. «Já leste algum livro dele?», perguntei. «Não.» «E achas que há alguma hipótese de ele merecer o prémio Nobel?» «Não.» «Como é que sabes, se nunca leste os livros dele?» «Estou a especular», disse ela, pois jamais admitiria que só era capaz de atribuir prémios Nobel a autores mortos. Em seguida retomou a sua contemplação do marmeleiro.

Introduzi o nome «Isaac Moritz» no computador da biblioteca. Apareceram-me seis livros. Aquele de que havia mais exemplares era *O Remédio*. Tomei nota dos números de referência dos livros dele, e quando os encontrei, tirei *O Remédio* da prateleira. Na contracapa vinha uma fotografia do autor. Era estranho olhar para a cara dele e pensar que a pessoa de quem eu herdara o nome devia ser muito parecida com ele. Tinha cabelos encaracolados, estava a ficar careca, e uns olhos castanhos que pareciam pequenos e fracos sob os óculos metálicos. Folheei-o até à capa e abri-o na primeira página. *CAPÍTULO I*, lia-se. *Jacob Marcus esperava pela sua mãe na esquina da Broadway com a Graham.*

6. RELI OUTRA VEZ

Jacob Marcus esperava pela sua mãe na esquina da Broadway com a Graham.

7. E OUTRA VEZ

Jacob Marcus esperava pela sua mãe

8. E OUTRA VEZ

Jacob Marcus

9. VALHA-ME DEUS

Saltei novamente para a fotografia. Depois li toda a primeira página. Depois voltei à fotografia, li mais uma página, depois saltei novamente para trás e fiquei a olhar para a fotografia. Jacob Marcus era apenas uma personagem de um livro!

O homem que andava a enviar cartas à minha mãe todo este tempo era Isaac Moritz. O *filho* de Alma. Tinha assinado as cartas com o nome da personagem do mais célebre dos seus livros! Relembrei uma linha de uma das suas cartas: *Às vezes chego a fingir que estou a escrever, mas não ando a enganar ninguém.*

Cheguei à página cinquenta e oito antes de a biblioteca fechar. Já tinha anoitecido quando cheguei cá fora. Deixei-me ficar à entrada com o livro debaixo do braço, a ver a chuva a cair e a tentar compreender a situação.

10. A SITUAÇÃO

Nessa noite enquanto a minha mãe estava lá em cima a traduzir *A História do Amor* para o homem que ela pensava chamar-se Jacob Marcus, acabei de ler *O Remédio*, a história de uma personagem chamada Jacob Marcus, escrita por um tal de Isaac Moritz, que era filho da personagem Alma Mereminski, que por acaso também era uma mulher de carne e osso.

11. À ESPERA

Quando acabei a primeira página, liguei a Misha, deixando tocar duas vezes antes de desligar. Isto era um código que costumávamos usar quando queríamos falar um com o outro a meio da noite. Já há mais de um mês que não nos falávamos. Eu tinha feito uma lista no meu caderno das coisas de que tinha saudades nele. A maneira como engelhava o nariz quando estava a pensar era uma delas. Como segurava nas coisas era outra. Mas agora precisava de falar com ele a sério e não havia lista nenhuma que o pudesse substituir. Fiquei junto ao telefone com o estômago às voltas de alto a baixo. Durante o tempo que estive à espera, poderá ter ocorrido a extinção de toda uma espécie de borboletas, ou de um mamífero grande e complexo com sentimentos como os meus.

Mas ele nunca mais me ligou. O que provavelmente queria dizer que não queria falar comigo.

12. TODOS OS AMIGOS QUE EU JÁ TIVE

Ao fundo do corredor, o meu irmão dormia no seu quarto, com o seu *kippah* caído aos pés da cama. Estampado no forro em letras douradas lia-se *Casamento de Marsha e Joe, 13 de Junho, 1987*, e embora Bird alegasse tê-lo encontrado no armário da sala de jantar e estivesse convencido de que pertencia ao pai, nenhum de nós alguma vez ouvira falar de Marsha ou de Joe. Sentei-me ao pé dele. Tinha o corpo quente, quase febril. Pensei que se não tivesse inventado tantas coisas sobre o pai, talvez Bird não o tivesse venerado de modo tão intenso e acreditasse que era ele próprio quem precisava de se tornar uma pessoa extraordinária.

A chuva batia contra as janelas. «Acorda», sussurrei eu. Ele abriu os olhos e soltou um grunhido. A luz brilhava vinda do corredor. «Bird», disse eu, tocando-lhe no braço. Ele semicerrou os olhos e esfregou um deles. «Tens de parar de falar sobre Deus, OK?» Ele não disse nada, mas agora tinha a certeza de que ele estava acordado. «Estás quase a fazer doze anos. Tens de deixar de fazer barulhos esquisitos, de saltar de sítios impossíveis e de te estares sempre a aleijar.» Sabia que estava a rebaixar-me, mas não me importava. «Tens de deixar de molhar a cama de noite», sussurrei eu, e agora, na luz baça, via a mágoa no seu rosto. «Só tens de controlar os teus sentimentos e tentar ser normal. Senão...» Cerrou os lábios, mas não disse nada. «Tens de fazer alguns amigos», disse eu. «Eu tenho um amigo», murmurou ele. «Quem?» «Mr. Goldstein.»

«Tens de ter mais do que um.» «Tu também só tens um», disse ele. «A única pessoa que te telefona é o Misha.» «Não tenho nada. Tenho dezenas de amigos», disse eu, e só quando estas palavras me saíram é que me dei conta de que eram falsas.

13. NOUTRO QUARTO, A MINHA MÃE DORMIA ENROS-CADA NO ACONCHEGO DE UMA PILHA DE LIVROS

14. TENTEI NÃO PENSAR EM

a) Misha Shklovsky
b) Luba, a Grande
c) Bird
d) Isaac Moritz

15. EU DEVIA

Sair mais, inscrever-me nalguns clubes. Devia comprar roupa nova, pintar o meu cabelo de azul, deixar Herman Cooper levar-me a dar uma volta no carro do pai dele, beijar-me, e possivelmente apalpar os meus seios inexistentes. Devia desenvolver algumas técnicas úteis tais como falar em público, tocar violoncelo eléctrico, ou soldar; ir ao médico por causa das minhas dores de estômago, encontrar um herói que não seja alguém que escreveu um livro para crianças para depois morrer num acidente de avião, parar de tentar montar a tenda do meu pai em tempo recorde, atirar os meus cadernos para o lixo, endireitar as costas, e parar com este hábito de responder a qualquer pergunta acerca do meu bem-estar com uma resposta típica de uma colegial inglesa bem-comportada para quem a vida não passa de uma longa preparação para tomar chá com a Rainha.

16. UMA CENTENA DE COISAS QUE PODEM MUDAR A NOSSA VIDA

Abri a gaveta da secretária e virei-a de pernas para o ar à procura de um pedaço de papel onde tinha copiado a morada de Jacob Marcus, isto é, Isaac Moritz. Debaixo de uma pauta da escola, descobri uma carta antiga de Misha, uma das primeiras. *Querida Alma*, dizia. *Como é que tu me podes conhecer tão bem? Acho que somos como duas ervilhas da mesma vagem. É verdade que gosto mais do John do que do Paul. Mas também tenho uma grande admiração pelo Ringo.*

No sábado de manhã imprimi um mapa e os trajectos a partir da Internet, e disse à minha mãe que ia passar o dia a casa de Misha. Depois subi a rua e bati à porta dos Cooper. Herman veio atender com o seu cabelo espetado para cima, envergando uma *T-shirt* dos Sex Pistols. «Oah», disse ele quando me viu, recuando um passo da porta. «Queres ir dar uma volta?», perguntei eu. «Estás a gozar?» «Não.» «Oookaay», disse Herman. «Aguenta aí, só um bocadinho.» Subiu as escadas para pedir a chave ao pai, e quando voltou a descer trazia o cabelo molhado e uma *T-shirt* azul lavada.

17. OLHA PARA MIM

«Onde é que nós vamos, ao Canadá?», perguntou Herman quando viu o mapa. Tinha uma marca branca no pulso onde trouxera o seu relógio durante o Verão. «Connecticut», disse eu. «Só se tirares esse capuz», disse ele. «Porquê?» «Não te consigo ver a cara.» Eu puxei-o para baixo. Ele sorriu-me. Ainda trazia um ar de sono no canto do olho. Uma gota de chuva escorreu-lhe pela testa abaixo. Eu fui-lhe ditando as direcções e conversámos sobre as faculdades a que ele se ia candidatar no ano seguinte. Disse-me que estava a considerar fazer uma especialização em Biologia Marinha porque queria viver uma vida como a de Jacques Cousteau. Pensei que talvez tivéssemos mais em comum do que eu originalmente pensara. Depois perguntou-me o que é que eu queria ser, e eu disse-lhe que a dada altura tinha pensado em Paleontologia, ao que ele me perguntou o que é que um paleontólogo fazia, e eu disse-lhe que se ele pegasse num guia ilustrado e completo do Museu de Arte Moderna de Nova Iorque, o rasgasse em mil pedaços, e os lançasse ao vento das escadas do museu, e por aí fora, e ele perguntou-me o que é que me tinha feito mudar de ideias, e eu disse-lhe que achava que não tinha vocação, e ele perguntou-me para o que é que eu tinha vocação, e eu disse, «É uma longa história», e ele disse, «Eu tenho tempo», por isso perguntei-lhe, «Queres mesmo saber?», e ele disse, «Sim», por isso contei-lhe a verdade, começando pelo canivete suíço do meu pai, passando pelo livro das *Plantas e Flores Comestíveis da América do Norte*, e acabando com os meus planos para um dia explorar as vastidões do Árctico com uma simples mochila às costas. «Espero que nunca faças uma coisa dessas», disse ele. Depois falhámos uma saída e parámos numa bomba de gasolina para pedir orientações e comprar Sweet Tarts. «Isto é por minha conta», disse Herman quando eu puxei da carteira para pagar. Quando ele estendeu sobre o balcão uma nota de cinco dólares para pagar, tinha as mãos a tremer.

18. CONTEI-LHE TUDO ACERCA D'*A HISTÓRIA DO AMOR*

Começou a chover com tal intensidade que tivemos de encostar na berma da estrada. Eu descalcei as minhas sapatilhas e pus os pés no *tablier*. Herman escreveu o meu nome no vidro embaciado. Depois relembrámos uma guerra de água que tínhamos tido há mil anos atrás, e eu senti um baque de tristeza por Herman estar quase a ir-se embora para começar a sua vida.

19. PORQUE SEI

Ao fim de uma eternidade à procura, lá descobrimos a estrada de terra batida para a casa de Isaac Moritz. Devemos ter passado por ela duas ou três vezes sem a ter notado. Eu já estava prestes a desistir, mas Herman não. Tinha as palmas das mãos húmidas enquanto avançávamos pela estrada lamacenta pois nunca tinha conhecido um escritor famoso, e muito menos um escritor famoso a quem tivesse forjado a correspondência. Os números da morada de Isaac Moritz estavam afixados numa placa num grande bordo. «Como é que sabes que é um bordo?», perguntou Herman. «Porque sei», disse eu, poupando-o aos pormenores. Foi então que vi o lago. Herman estacionou junto à casa e desligou o motor. Subitamente, tornou-se tudo muito silencioso. Eu agachei-me para apertar os atacadores das sapatilhas. Quando me levantei ele estava de olhos postos em mim. Tinha uma expressão esperançosa e descrente e ao mesmo tempo um pouco triste, e eu perguntei-me se haveria ali alguma semelhança com a expressão do meu pai quando ele olhava para a minha mãe há todos esses anos no mar Morto, desencadeando toda uma sucessão de acontecimentos que finalmente me haviam trazido aqui, no meio de nenhures, com um rapaz com quem tinha crescido mas que mal conhecia.

20. CHALMUGRA, CHALO, CHALOCA, CHALORDA

Saí do carro e respirei fundo.

Pensei: chamo-me Alma Singer, o senhor não me conhece, mas eu fui baptizada em honra da sua mãe.

21. CHALOTA, CHALRAR, CHALREADA

Bati à porta. Ninguém atendeu. Toquei à campainha, mas continuava a não aparecer ninguém, por isso fui à volta e espreitei pelas janelas. Estava escuro lá dentro. Quando voltei a dar à entrada da frente, Herman estava encostado ao carro com os braços cruzados sobre o peito.

22. DECIDI QUE JÁ NÃO HAVIA NADA A PERDER

Sentámo-nos juntos no alpendre da casa de Isaac Moritz, a balançar um banco e a ver a chuva a cair. Perguntei a Herman se alguma vez tinha ouvido falar de Antoine de Saint-Exupéry e quando ele respondeu que não perguntei-lhe se já tinha ouvido falar em *O Principezinho*, e ele disse que sim. Por isso contei-lhe a história de quando Saint-Exupéry espatifou o avião no deserto da Líbia, bebeu o orvalho das asas do avião que recolheu com um trapo velho, e fez centenas de quilómetros a pé, desidratado e a delirar com o frio e o calor. Quando cheguei à parte em que ele foi encontrado pelos beduínos, Herman enfiou a sua mão na minha, e eu pensei: uma média de setenta e quatro espécies desaparecem todos os dias, o que era uma boa razão, mas não a única, para pegar na mão de alguém, e quando dei por mim estávamo-nos a beijar, e eu descobri que sabia como fazê-lo, e senti-me feliz e triste em partes iguais, pois sabia que estava a apaixonar-me, mas não era por ele.
Esperámos durante muito tempo, mas Isaac não apareceu. Eu não sabia o que fazer, por isso deixei um bilhete na porta com o meu número de telefone.

Semana e meia mais tarde – ainda me lembro da data, dia 5 de Outubro – a minha mãe estava a ler o jornal e disse-me, «Lembras-te daquele escritor de que me falaste no outro dia, Isaac Moritz?» e eu disse, «Sim», e ela disse, «Vem aqui um obituário por ele no jornal de hoje.»
Nessa noite subi ao escritório dela. Faltavam-lhe cinco capítulos d'*A História do Amor*, e mal imaginava que agora estava a traduzi-los só para mim e para mais ninguém.
«Mãe?», disse eu. Ela voltou-se. «Posso falar de uma coisa contigo?»
«Claro que sim, minha querida. Anda cá.»
Eu dei alguns passos sala dentro. Havia tanta coisa que eu queria dizer.
«Preciso que tu sejas...», disse eu, e larguei a chorar.
«Que eu seja o quê?», disse ela, abrindo os braços.
«Menos triste», disse eu.

UMA COISA BOA

28 de Setembro

יהוה

Hoje é o décimo dia de chuva consecutivo. O Dr. Vishnubakat disse que uma coisa boa para eu escrever no meu diário são os meus pensamentos e sentimentos. Disse que se algum dia eu quisesse desabafar alguma coisa acerca daquilo que sentia mas não quisesse falar nisso podia simplesmente dar-lhe a ler o meu diário. Eu não lhe cheguei a dizer, Nunca ouviu falar na palavra CONFIDENCIAL? Um pensamento que tenho muitas vezes é que é muito caro apanhar um avião para Israel. Sei disto porque tentei comprar um bilhete no aeroporto e disseram-me que custava 1200 dólares. Quando disse à mulher que a minha mãe uma vez comprou um bilhete por 700 dólares, ela disse que já não havia mais bilhetes a 700 dólares. Pensei que talvez ela só estivesse a dizer aquilo por pensar que eu não tinha dinheiro, por isso saquei da caixa de sapatos e mostrei-lhe os meus 741 dólares e 50 cêntimos. Ela perguntou-me onde é que eu tinha ido arranjar tanto dinheiro, ao que eu respondi com 1500 copos de limonada, embora não fosse totalmente verdade. Depois perguntou-me por que é que eu queria tanto ir a Israel e eu perguntei-lhe se ela era capaz de guardar um segredo. Ela disse que sim por isso disse-lhe que era um *lamed vovnik* e talvez mesmo o Messias. Ao ouvir isto, levou-me para uma sala especial que é só para o pessoal de serviço e deu-me um crachá da El Al. Depois veio a polícia e levaram-me para casa. Como eu me senti com isto foi furioso.

29 de Setembro

יהוה

Há onze dias que está a chover. Como é que alguém pode ser um *lamed vovnik* se num dia a viagem para Israel custa 700 dólares e no outro já custa 1200? Deviam manter o preço sempre igual para as pessoas saberem quanta limonada é que têm de vender se quiserem ir a Jerusalém.

Hoje o Dr. Vishnubakat pediu-me para explicar o bilhete que eu deixei à mãe e à Alma quando pensava que ia para Israel. Pô-lo à minha frente para me refrescar a memória. Mas eu não precisava que ma refrescassem porque sabia muito bem o que ele dizia pois como queria dar um ar oficial à coisa tinha feito nove tentativas para o dactilografar e estava-me sempre a enganar. O que ele dizia era «Querida Mãe e Alma e Mais Seja Quem For, tenho de me ir embora e posso ter de me ausentar por muito tempo. Por favor não tentem encontrar-me. O motivo é que eu sou um *lamed vovnik* e tenho de me ocupar de uma série de coisas. Vai haver um dilúvio, mas vocês não têm de se preocupar porque eu construí-vos uma arca. Alma, tu sabes onde ela está. Saudades, Bird.»

O Dr. Vishnubakat perguntou-me como é que eu tinha arranjado o nome de Bird. Eu disse-lhe que me chamavam assim e pronto. Se querem saber por que é que o Dr. Vishnubakat se chama Dr. Vishnubakat é porque vem da Índia. Se quiserem uma maneira de se lembrarem do nome dele pensem em Dr. Pêrabacate.

30 de Setembro

יהוה

Hoje a chuva parou e os bombeiros levaram a minha arca dizendo que representava um risco de incêndio. Como eu me senti com isto foi triste. Tentei não chorar porque Mr. Goldstein diz que o que D–s faz é para nosso bem, e também porque Alma me disse que eu devia tentar controlar os meus sentimentos para poder ter amigos. Outra coisa que Mr. Goldstein costuma dizer é que O que os olhos não vêem o coração não sente mas eu tinha de ir ver o que tinha acontecido à arca pois de repente lembrei-me que tinha pintado יהוה na parte de trás, que era uma coisa que ninguém poderia deitar fora. Obriguei a mãe a telefonar aos bombeiros a perguntar onde tinham posto as tábuas. Ela disse-me que as tinham empilhado no passeio para a recolha do lixo, por isso obriguei-a a levar-me lá, mas o homem do lixo já tinha passado e já lá não estava nada. Depois gritei e dei um pontapé numa pedra. A minha mãe tentou abraçar-me, mas eu não deixei porque ela não devia ter deixado os bombeiros levar a arca, e também devia ter falado comigo antes de deitar fora o que quer que fosse que pertencesse ao pai.

1 de Outubro

יהוה

Hoje fui ver Mr. Goldstein pela primeira vez desde que tentei ir a Israel. A minha mãe trouxe-me à escola hebraica e esperou cá fora. Ele não estava no seu gabinete da cave, nem no santuário, mas por fim lá o encontrei nas traseiras a cavar um buraco para uns *siddurs* de lombada quebrada. Disse Olá a Mr. Goldstein e durante muito tempo ele não me disse nada e nem sequer olhou para mim, por isso eu disse Pois é, parece que vai voltar a chover amanhã, ao que ele respondeu que os tolos e as ervas daninhas crescem mesmo sem chuva, e continuou a cavar. A sua voz parecia triste e eu tentei entender o que é que ele me estava a querer dizer. Deixei-me ficar ao pé dele a ver o buraco tornar-se cada vez maior. Tinha os sapatos cheios de terra e eu lembrei-me de como uma vez alguém dos *daleds* colara um papel nas suas costas a dizer DÁ-ME UM PONTAPÉ, e ninguém lhe disse nada, nem mesmo eu pois não queria que ele soubesse que eu lá estava. Fiquei a vê-lo embrulhar três *siddurs* num pano velho, e depois beijá-los. As olheiras em volta dos seus olhos estavam mais negras do que nunca. Pensei que o que ele tinha dito sobre os tolos e as ervas daninhas talvez pudesse querer dizer que ele estava desiludido com alguma coisa por isso tentei imaginar por que seria, e quando ele atirou o pano com os *siddurs* estragados no buraco eu disse *Yisgadal veyisqadash shemei rabbah*, enaltecido e santificado seja o Seu grande nome no mundo que Ele criou, e possa o Seu reino entrar nas vossas vidas e nos vossos dias, e foi então que vi as lágrimas nos olhos de Mr. Goldstein. Começou a tapar o buraco com uma pá e eu vi que ele estava a mexer os lábios mas não conseguia ouvir o que eles diziam, por isso esforcei-me por o ouvir melhor, encostei os ouvidos à boca dele, e ele disse, Chaim, que era como ele me chamava, um *lamed vovnik* é uma pessoa humilde e trabalha em segredo, após o que virou costas, e foi aí que eu entendi que a razão por que ele estava a chorar era eu.

2 de Outubro

יהוה

Hoje recomeçou a chover outra vez, mas eu nem me importei porque agora já não tenho a arca, e porque Mr. Goldstein estava desapontado comigo. Ser um *lamed vovnik* significa nunca dizer a ninguém que somos uma das 36 pessoas de quem depende o mundo, e significa fazer coisas boas que ajudem as pessoas sem que ninguém dê por isso. Em vez disso, tinha contado que era um *lamed vovnik* a Alma, à mãe, à mulher da El Al, e a Louis, e a Mr. Hintz, o meu professor de ginástica, quando ele tentou obrigar-me a tirar a minha *kippah* e a vestir uns calções, e ainda a mais algumas pessoas. Depois a polícia teve de me vir buscar, e os bombeiros vieram buscar a arca. Como isto me faz sentir é com vontade chorar. Desapontei Mr. Goldstein e também a D–s. Não sei se isto significa que deixei de ser um *lamed vovnik* ou não.

3 de Outubro

יהוה

Hoje o Dr. Vishnubakat perguntou-me se eu estava deprimido por isso perguntei-lhe O que é que ele queria dizer com deprimido e ele disse Se te costumas sentir triste, por exemplo, e uma coisa que eu não lhe cheguei a dizer foi Mas será que você é parvo? porque não era uma coisa que um *lamed vovnik* dissesse. Em vez disso disse que se um cavalo soubesse como um homem é pequeno comparado com ele, passava-lhe por cima, que era uma coisa que Mr. Goldstein costumava dizer, e o Dr. Vishnubakat disse Isso é interessante, podes desenvolver um bocadinho? e eu disse que não. Depois ficámos sentados em silêncio durante alguns minutos, que é uma coisa que às vezes fazemos, mas eu fartei-me e disse que o milho cresce com estrume, que é mais uma coisa que Mr. Goldstein costuma dizer, isto pareceu interessar bastante ao Dr. Vishnubakat pois assentou qualquer coisa no seu caderno, e eu acrescentei que o orgulho reside num monte de esterco. Depois o Dr. Vishnubakat disse Posso fazer-te uma pergunta e eu disse Depende e ele disse Tens saudades do teu pai, e eu disse que não me lembrava dele muito bem, e ele disse acho que deve ser muito difícil perder um pai, e eu não disse nada. Se querem saber por que é que eu não disse nada é porque não gosto que as pessoas me falem do meu pai a não ser que o tenham conhecido.

Uma coisa que eu resolvi é que a partir de agora antes de fazer alguma coisa vou perguntar sempre a mim mesmo SERÁ QUE UM *LAMED VOVNIK* FARIA ISTO? Por exemplo hoje o Misha ligou à procura da Alma, e eu não lhe cheguei a dizer Queres dar-lhe beijos franceses? pois quando perguntei a mim mesmo SERÁ QUE UM *LAMED VOVNIK* FARIA ISTO? a resposta era NÃO. Depois Misha disse Como é que ela está? e eu disse OK e ele disse Diz-lhe que eu liguei para saber se ela já tinha encontrado a pessoa de que andava à procura. Eu não sabia do que é que ele estava a falar por isso disse Perdão? E ele disse, Pensando bem, deixa lá, não lhe digas que eu liguei, e eu disse OK e não disse nada à Alma, porque uma coisa em que um *lamed vovnik* é bom é a guardar segredos. Não sabia que Alma andava à procura de uma pessoa, por isso tentei pensar quem podia ser, mas não descobri.

4 de Outubro

יהוה

Hoje aconteceu uma coisa horrível. Mr. Goldstein sentiu-se muito mal e desmaiou e só foi encontrado ao fim de três horas, estando agora internado no hospital. Quando a minha mãe me contou refugiei-me na casa de banho, tranquei a porta e pedi a D–s para fazer com que Mr. Goldstein ficasse bom. Quando tinha quase 100 por cento de certeza de ser um *lamed vovnik*, estava convencido de que D–s me ouvia. Hoje já não tenho a certeza. Depois tive um pensamento horrível que foi que se calhar Mr. Goldstein adoeceu por eu o ter desiludido. Subitamente, senti-me muito, muito triste. Cerrei os olhos com toda a força para que as lágrimas não pudessem sair, e tentei pensar no que fazer. Até que tive uma ideia. Se eu pudesse fazer uma coisa boa para ajudar alguém e não contar nada a ninguém, talvez Mr. Goldstein voltasse a ficar melhor, e eu me tornasse um verdadeiro *lamed vovnik*!

Às vezes, quando preciso de saber alguma coisa, pergunto a D–s. Por exemplo, digo assim Se queres que eu roube 50 dólares da carteira da mãe para poder comprar um bilhete para Israel ainda que roubar seja uma coisa má, então, faz com que eu encontre três carochas azuis seguidos amanhã, e se eu encontrar três carochas azuis seguidos a resposta é sim. Mas desta vez sabia que não podia pedir ajuda a D–s e que tinha de ser eu a descobrir sozinho uma maneira. Por isso tentei pensar em alguém que precisasse de ajuda e de repente descobri a resposta.

A ÚLTIMA VEZ QUE TE VI

ESTAVA NA CAMA, a sonhar um sonho que tinha lugar na ex-Jugoslávia, ou talvez fosse em Bratislava, ou talvez até pudesse ser na Bielorrússia. Quanto mais penso nisso, mais difícil é dizer ao certo. *Acorda!*, gritou Bruno. Pelo menos, assim presumo que tenha feito, antes de recorrer à caneca de água fria que me atirou pela cara abaixo. Talvez se estivesse a cobrar daquela vez em que eu lhe salvei a vida. Puxou-me os lençóis de cima. Lamento o que ele possa lá ter encontrado. E no entanto. Melhor argumento era difícil. Todas as manhãs se empertiga como um advogado de defesa.

Olha!, gritou Bruno. *Vem um artigo sobre ti numa revista.*

Eu não estava com disposição para brincadeiras. Entregue aos meus próprios métodos, contento-me em acordar com um traque. Por isso atirei a minha almofada molhada para o chão e arremeti de cabeça para debaixo dos lençóis. Bruno deu-me com a revista na cabeça. *Levanta-te e olha*, disse ele. Eu fiz-me de surdo, papel em que me especializei ao longo dos anos. Ouvi os passos de Bruno a afastar-se. O barulho de alguma coisa a bater no armário do corredor. Eu contraí-me. Ouvi um barulho intenso, seguido de um ruído de fundo estridente. *VEM UM ARTIGO SOBRE TI NUMA REVISTA*, disse Bruno através do altifalante que lá conseguira desencantar no meio das minhas coisas. Apesar de eu estar debaixo dos lençóis, conseguiu detectar a localização exacta do meu ouvido. *REPITO*, chiou o altifalante. *TU: NUMA REVISTA*. Eu sacudi os lençóis e arrebatei-lhe o altifalante da boca.

Desde quando é que és tão parvo?, disse eu.

E tu?, disse Bruno.

Ouve lá, Gimpel, disse eu. *Vou fechar os olhos e contar até dez. Quando voltar a abri-los, não te quero ver aqui.*

Bruno pareceu magoado. *Não estás a falar a sério*, disse ele.

Estou sim senhor, disse eu, e fechei os olhos. *Um, dois.*

Diz que não estavas a falar a sério, disse ele.

Com os olhos fechados lembrei-me da primeira vez que vi Bruno. Estava aos pontapés a uma bola num descampado, um rapazito magro, de cabelos ruivos, cuja família acabara de se mudar para Slonim. Fui ter com ele. Ele ergueu os olhos e encarou-me. Sem dizer palavra, passou-me a bola. Eu passei-lha de volta.

Três, quatro, cinco, disse eu. Senti a revista cair-me aberta no colo e ouvi os passos de Bruno afastarem-se pelo corredor. Detiveram-se por momentos. Tentei imaginar a minha vida sem ele. Parecia impossível. E no entanto. *SETE!*, gritei eu. *OITO!!* Ao número nove, ouvi a porta da entrada a bater. *Dez*, disse eu, para ninguém em particular. Abri os olhos e olhei para baixo.

Aí, numa página da única revista de que sou assinante, vinha o meu nome. Pensei: que coincidência, outro Leo Gursky! Claro que senti uma pontinha de excitação, ainda que tivesse de ser outra pessoa. Não é um nome especialmente invulgar. E no entanto. Vulgar também não é.

Li uma frase. E foi quanto bastou para verificar que não podia ser mais ninguém senão eu. E isto porque era eu quem a tinha escrito. No meu livro, a obra da minha vida. O livro que eu tinha começado a escrever após o meu ataque de coração, e que enviara a Isaac na manhã a seguir à aula de desenho. O meu filho Isaac, cujo nome via agora impresso em letras negras no cabeçalho da página. PALAVRAS PARA TUDO, lia-se, o título que eu escolhera, e por baixo: ISAAC MORITZ.

Olhei para o tecto.

Baixei os olhos. Como já disse, há partes que sei de cor. E a primeira frase que eu sabia de cor ainda lá estava. Tal como umas boas centenas de outras que eu sabia igualmente de cor, tirando algumas correcções aqui e ali, todas meticulosamente irritantes. Ao virar o livro para ler as notas finais, li que Isaac tinha morrido nesse mês e que o trecho publicado fazia parte do seu último manuscrito.

Levantei-me da cama e tirei a lista telefónica de baixo do *Citações Célebres* e d'*A História da Ciência* com que Bruno gosta de elevar o moral na minha mesa da cozinha. Procurei o número de telefone da revista. *Está lá?*, disse eu, quando a telefonista me atendeu. *Ficção, por favor.*

Tocou três vezes.

Departamento de ficção, ouvi um homem dizer. Parecia novo.

Onde é que foram buscar esta história?, perguntei eu.

Desculpe?

Onde é que foram buscar esta história?

Qual história, senhor?

Palavras para Tudo.

É de um romance recente de Isaac Moritz, disse ele.

Ah, ah, disse eu.

Perdão?

Não é, não senhor, disse eu.

É sim, disse ele.

Não é, não.

Asseguro-lhe que sim.

Asseguro-lhe que não.

É, sim, senhor.

OK, disse eu. *Então é.*

Posso perguntar com quem tenho o prazer de estar a falar?, disse ele.

Leo Gursky, disse eu.

Seguiu-se uma pausa desajeitada. Quando tornou a falar já não tinha a voz tão firme.

Isto é alguma brincadeira?

De maneira nenhuma, disse eu.

Mas isso é o nome de um dos personagens da história.

Justamente, disse eu.

Vou ter de conferir isto com o Departamento de Verificação de Factos, disse ele. *Normalmente, eles informam-nos sempre que existe alguém real com o mesmo nome.*

Surpresa!, exclamei eu.

Aguarde um momento, por favor.

Eu desliguei o telefone.

Geralmente, uma pessoa tem duas, três boas ideias durante a vida. E naquelas páginas estava uma das minhas. Li-as uma e outra vez. Aqui e ali, ria em voz alta e ia-me deslumbrando com o meu próprio génio. E no entanto. A maior parte do tempo, pestanejava.

Marquei o número da revista outra vez e pedi para falar com o departamento de ficção.

Adivinhe quem é, disse eu.

Leo Gursky?, disse o homem. Sentia o medo na sua voz.

Bingo, disse eu, e depois disse: *Esse tal livro.*

Sim?

Quando é que sai?

Não desligue, por favor.

Eu não desliguei.

Em Janeiro, disse ele quando voltou.

Janeiro!, exclamei eu. *Tão cedo!* O calendário na parede dizia 17 de Outubro. Não consegui conter-me, e perguntei, *Vale alguma coisa?*

Há quem diga que é um dos melhores.
Um dos melhores! A minha voz subiu uma oitava e falhou-me. *Sim, senhor.*
Gostaria de ficar com um exemplar desde já, disse eu. *Em Janeiro posso já não estar vivo para ler a minha própria história.*
Silêncio do outro lado da linha.
Bem, disse ele por fim. *Vou ver se conseguimos desencantar algum. Qual é a sua morada? A mesma do Leo Gursky do livro,* disse eu, e desliguei. Pobre rapaz. Podia passar anos a tentar desvendar este mistério.

Mas eu tinha o meu próprio mistério para desvendar. Nomeadamente, se o meu manuscrito tinha sido encontrado em casa de Isaac e tomado como seu, não significaria isto que ele o tinha lido, ou pelo menos que o tinha começado a ler antes de morrer? Porque se tinha, isso mudava tudo. Significava...

E no entanto.

Deambulei pelo quarto em grandes passadas, pelo menos tanto quanto isso era possível, com uma raquete de badminton aqui e uma pilha de *National Geographic* acolá, e um conjunto de esferas de chinquilho, jogo do qual nada sei, espalhadas pelo chão da sala de estar.

Era simples: se ele tivesse lido o meu livro, saberia a verdade.
Eu era pai dele.
Ele era meu filho.

E agora dava-me conta de que era possível que tivesse havido uma breve janela de tempo em que Isaac e eu vivêramos conscientes da existência um do outro.

Fui à casa de banho, lavei a cara com água fria, e desci as escadas para ir ver o correio. Pensei que ainda havia uma possibilidade de receber uma carta do meu filho, que ele poderia ter enviado imediatamente antes de morrer. Enfiei a chave na caixa e rodei-a.

E no entanto. Um monte de lixo, mais nada. A *TV Guia*, uma revista de Bloomingdale's, uma carta do Fundo Mundial para a Vida Selvagem, que permaneceram meus fiéis companheiros desde que eu lhes enviei dez dólares em 1979. Levei o correio para cima para atirar tudo para o lixo. Estava eu com o pé no pedal do caixote quando o vi, um pequeno envelope com o meu nome dactilografado na frente. Os setenta e cinco por cento do meu coração que ainda estão vivos, começaram a ribombar. Abri-o com um rasgão.

Caro Leopold Gursky, dizia. *Por favor vá ter comigo às 16 horas de sábado nos bancos em frente à entrada do jardim zoológico do Central Park. Julgo que sabe quem eu sou.*

Dominado pelos sentimentos, gritei: *Sei sim!*

Atenciosamente, dizia no fim.

Atenciosamente, pensei eu.

Alma.

E foi então que soube que era chegada a minha hora. As mãos tremiam-me com tanta força que o papel estalejava. Senti as pernas desfalecer. A cabeça muito leve. Com que então é assim que enviam o anjo da morte. Com o nome do eterno amor das nossas vidas.

Desatei a bater no radiador por Bruno. Não houve resposta, nem daí a um minuto, nem daí a dois, embora eu batesse e continuasse a bater, três toques significava ESTÁS VIVO?, dois significava SIM, um significava NÃO. Esperei pela resposta, mas nada. Se calhar não lhe devia ter chamado parvo, pois agora, quando mais precisava dele, não tinha nada nem ninguém.

SERÁ QUE UM *LAMED VOVNIK* FARIA ISTO?

5 de Outubro

יהוה

Esta manhã entrei à socapa no quarto de Alma enquanto ela estava no duche e tirei-lhe da mochila o volume III de *Como Sobreviver no Mato*. Depois voltei para a cama e escondi-o debaixo dos cobertores. Quando a minha mãe entrou no quarto, fingi estar doente. Ela pôs-me a mão na testa e perguntou-me O que é que sentes?, eu disse-lhe que tinha os gânglios inchados, e ela disse, Deves estar a chocar alguma, Mas eu tenho de ir para a escola, disse eu, e ela disse Se faltares um dia não há problema nenhum, e eu respondi OK. Trouxe-me um chá de camomila com mel e eu bebi-o de olhos fechados para lhe mostrar como estava doente. Ouvi Alma sair para a escola e a minha mãe subir as escadas para trabalhar. Quando ouvi a cadeira dela a ranger saquei o volume III de *Como Sobreviver no Mato* e comecei a ler para ver se descobria alguma pista que me ajudasse a entender de quem é que Alma andava à procura.

A maioria das páginas estavam cheias de informação sobre como fazer uma cama de pedra quente, ou um telheiro, ou como obter água potável, coisa que eu não entendia muito bem porque nunca vi água nenhuma que não pudesse ser vertida num púcaro. (Excepto talvez o gelo.) Estava eu já a duvidar se alguma vez conseguiria descobrir alguma coisa acerca do mistério quando cheguei a uma página que dizia COMO SOBREVIVER SE O SEU PÁRA-QUEDAS NÃO ABRIR. Havia dez passos mas nenhum deles fazia sentido. Por exemplo, se estivermos a cair pelo ar e o nosso pára-quedas não abrir não me parece que o facto de ter um jardineiro coxo possa ajudar por aí além. Também dizia para procurarmos uma pedra mas como é que poderia haver pedras a não ser que alguém estivesse a atirá-las contra nós ou que tivéssemos alguma no bolso, o que normalmente, nunca acontece? O último passo era apenas um nome: Alma Mereminski.

Uma coisa que me ocorreu foi que Alma estivesse apaixonada por alguém chamado Mr. Mereminski e quisesse casar com ele. Mas depois virei a página e li ALMA MEREMINSKI = ALMA MORITZ. Por isso pensei que Alma talvez estivesse apaixonada por Mr. Mereminski e Mr. Moritz. Depois virei a página e no topo dizia COISAS DE QUE TENHO SAUDADES EM M e havia uma lista de quinze coisas, e a primeira era A MANEIRA COMO ELE SEGURA NAS COISAS. Não entendia como era possível ter saudades da maneira como alguém segura nas coisas.

Tentei pensar mas era difícil. Se Alma estava apaixonada por Mr. Mereminski ou por Mr. Moritz, como é que eu nunca tinha conhecido nenhum deles, e como é que eles nunca lhe telefonavam como Herman ou Misha? E se ela amava Mr. Mereminski ou Mr. Moritz, como podia ter saudades dele?

O resto do caderno estava em branco.

A única pessoa de quem eu tenho mesmo saudades é do meu pai. Às vezes tenho ciúmes da Alma por ela ter conhecido o pai melhor do que eu e por ainda se lembrar de muitas coisas sobre ele. Mas o que é estranho é que quando li o volume II do caderno dela o ano passado, dizia, SINTO-ME TRISTE PORQUE NUNCA CHEGUEI A CONHECER O MEU PAI. Estava eu a pensar por que seria que ela tinha escrito aquilo quando de repente tive uma ideia muito estranha. E se a minha mãe estivesse apaixonada por outro homem chamado Mr. Mereminski ou Mr. Moritz, e fosse ELE o pai da Alma? E se ele tivesse morrido, ou ido embora, e fosse por isso que a Alma nunca o tinha conhecido? E depois disso, a minha mãe teria conhecido o David Singer e tinha-me tido a mim. E depois ELE morreu, e foi essa a razão pela qual ele ficou tão triste. Isso explicaria por que razão ela escrevera ALMA MEREMINSKI e ALMA MORITZ mas não ALMA SINGER. Talvez estivesse a tentar encontrar o seu verdadeiro pai!

Ouvi a minha mãe levantar-se da cadeira por isso fiz a melhor imitação possível de alguém a dormir, algo que já treinei centenas de vezes frente ao espelho. A minha mãe entrou e sentou-se na borda da cama e não disse nada durante muito tempo. Mas de repente tive de espirrar pelo que abri os olhos e espirrei e a minha mãe disse, 'Tadinho. Depois fiz uma coisa muito arriscada. Usando a minha voz mais roufenha e sonolenta, perguntei, Mãe, alguma vez amaste alguém antes do pai? Tinha quase a certeza absoluta que ela ia dizer que não, mas em vez disso, a sua expressão alterou-se e ficou com um estranho brilho nos olhos e disse Suponho que sim, sim! E eu disse, E ele morreu? e ela riu-se e disse Não! Eu estava a ferver por dentro mas não quis que ela ficasse desconfiada por isso fingi voltar a adormecer.

Agora penso que sei de quem é que Alma anda à procura. Também sei que se eu for um verdadeiro *lamed vovnik* serei capaz de ajudá-la.

6 de Outubro

יהוה

Fingi estar doente pelo segundo dia seguido para poder ficar em casa outra vez e também para não ter de ver o Dr. Vishnubakat.

Quando a minha mãe subiu as escadas pus o despertador do relógio e de dez em dez minutos tossi durante cinco segundos. Ao fim de meia hora levantei-me sorrateiramente da cama para poder procurar mais pistas na mochila de Alma. Primeiro, não vi nada para além das coisas que normalmente lá estavam como o estojo de primeiros socorros e o canivete suíço, mas depois tirei a camisola e descobri algumas páginas embrulhadas lá dentro. Só tive de olhar para elas por um segundo para saber que eram do livro que a minha mãe está a traduzir, que se chama *A História do Amor*, pois está sempre a atirar rascunhos para o lixo e eu já os reconheço. Também sei que Alma só guarda na mochila coisas muito importantes de que possa precisar em caso de emergência, por isso tentei perceber por que é que *A História do Amor* seria tão importante para ela.

Depois ocorreu-me uma coisa. A minha mãe está sempre a dizer que tinha sido o pai quem lhe oferecera *A História do Amor*. Mas e se durante todo este tempo ela se referisse ao pai de Alma e não ao meu? E se o livro encerrasse o segredo de quem ele era?

A mãe desceu as escadas e eu tive de correr para a casa de banho e fingir que estava com prisão de ventre durante 18 minutos para não levantar suspeitas. Quando saí deu-me o número de Mr. Goldstein no hospital e disse-me que se me apetecesse, podia telefonar-lhe. Ele tinha uma voz muito cansada, e quando lhe perguntei como é que se sentia ele disse que de noite todos os gatos são pardos. Quis contar-lhe acerca da boa acção que estava prestes a fazer, mas sabia que não podia dizer mais nada, nem mesmo a ele.

Voltei para a cama e falei comigo próprio para tentar descortinar por que é que a identidade do pai de Alma tinha de ser segredo. A única razão que consegui encontrar foi ele poder ser um espião como aquela senhora loira do filme preferido da Alma, aquela que trabalhava para o FBI e que não podia revelar a sua verdadeira identidade a Roger Thornhill ainda que estivesse apaixonada por ele. Talvez o verdadeiro pai de Alma também não lhe pudesse revelar a sua verdadeira identidade, nem mesmo à minha mãe. Talvez fosse por isso que ela tinha dois nomes! Ou até mesmo mais do que dois! Senti inveja por o meu pai também não ser espião mas depois passou-me porque lembrei-me que talvez eu fosse um *lamed vovnik*, que ainda é melhor do que ser espião.

A mãe desceu as escadas para ver como eu estava. Disse que ia sair por uma hora, e perguntou-me se eu ficava bem sozinho. Quando ouvi fechar a porta e o rodar do trinco, fui à casa de banho para falar com D–s. Depois fui à cozinha para fazer uma sanduíche de manteiga de amendoim e geleia. Foi aí que o telefone tocou. Primeiro pensei que não fosse nada de especial, mas quando atendi a pessoa do outro lado da linha disse Boa tarde fala Bernard Moritz, seria possível falar com Ms. Alma Singer?

Foi assim que descobri que D–s me ouve.

Tinha o coração a bater desordenadamente. Tive de raciocinar muito rápido. Disse Ela não está de momento mas pode deixar recado. Ele disse Bem é uma longa história. Por isso disse-lhe que podia deixar um longo recado.

Bem, disse ele, Encontrei um bilhete que ela deixou debaixo da porta de casa do meu irmão. Deve ter sido pelo menos há uma semana, estava ele no hospital. Dizia que sabia quem ele era e que precisava de falar com ele sobre *A História do Amor*. Deixou este número.

Eu não disse Eu sabia! nem Sabia que ele era um espião? Permaneci em silêncio para não dizer nada de errado.

Até que o homem disse De qualquer maneira o meu irmão faleceu, já estava doente há muito tempo e só estou a ligar porque antes de ele morrer disse-me que tinha descoberto algumas cartas na gaveta da nossa mãe.

Eu não disse nada, e o homem continuou a falar.

Disse que tinha lido as cartas e convencera-se de que o homem que era o seu verdadeiro pai era o autor de um livro chamado *A História do Amor*. Só acreditei mesmo quando vi o bilhete de Ms. Alma. Ela referia o livro e, bem vê, a minha mãe também se chamava Alma. Achei que devia falar com ela, ou pelo menos dizer-lhe que Isaac faleceu para ela não ficar a imaginar coisas.

Agora estava completamente baralhado porque pensava que este Mr. Moritz era o pai de Alma. A única coisa me ocorreu pensar foi que o pai de Alma poderia ter uma data de filhos que não o conheciam. Talvez o irmão deste homem fosse um deles e Alma fosse outra, e andassem os dois à procura do pai.

Perguntei-lhe Disse que ele achava que o verdadeiro pai dele era o autor d'*A História do Amor*?

O homem ao telefone disse que sim.

Então eu disse, Bem, e não achava que o nome do pai fosse Zvi Litvinoff?

Agora o homem ao telefone parecia confuso. Disse, Não, achava que era Leopold Gursky.

Eu fiz uma voz muito calma e disse Importa-se de soletrar isso por favor? E ele disse G-U-R-S-K-Y. Eu disse Por que é que ele pensava que o nome do pai era Leopold Gursky? E o homem disse Porque foi ele que enviou à nossa mãe as cartas com passagens do livro que andava a escrever, que se chamava *A História do Amor*.

Eu estava a ferver por dentro porque apesar de não compreender tudo tinha a certeza de estar muito perto de resolver o mistério do pai de Alma, e que se conseguisse resolvê-lo estaria a fazer qualquer coisa de útil, e se fizesse alguma coisa de útil ainda poderia ser um *lamed vovnik*, e tudo estaria muito bem.

Depois o homem disse Oiça acho que seria melhor eu falar com Ms. Singer pessoalmente. Não quis levantar suspeitas por isso disse Vou dar-lhe o recado e desliguei o telefone.

Sentei-me na cozinha a tentar pensar naquilo tudo. Agora sabia que quando a mãe dizia que o pai lhe tinha oferecido *A História do Amor* era ao pai da Alma que ela se referia, pois tinha sido ele a escrevê-la.

Cerrei os olhos e disse a mim mesmo Se eu sou um *lamed vovnik* como é que eu vou encontrar o pai de Alma que se chamava Leopold Gursky e também Zvi Litvinoff e também Mr. Mereminski e também Mr. Moritz?

Abri os olhos. Fixei-os no caderno onde tinha escrito G-U-R-S-K-Y. Depois levantei-os para a lista telefónica que estava em cima do frigorífico. Fui buscar o escadote e subi. A capa estava cheia de pó por isso limpei-a e abri na letra G. Na verdade não tinha grande esperança de o encontrar. Vi GURLAND John. Percorri a página com o dedo, GUROL, GUROV, GUROVICH, GURRERA, GURRIN, GURSHON, e depois de GURSHUMOV vi o nome dele. GURSKY Leopold. Estivera ali o tempo todo. Assentei o número de telefone e a morada, 504 Grand Street, fechei a lista, e arrumei o escadote.

7 de Outubro

יהוה

Hoje era sábado por isso não tive de voltar a fingir estar doente. Alma levantou-se cedo e disse que ia sair, e quando a minha mãe me perguntou como eu me sentia, eu disse Muito melhor. Depois perguntou-me se queria fazer alguma coisa com ela como ir ao jardim zoológico, porque o Dr. Vishnubakat tinha dito que era bom nós fazermos mais coisas juntos como uma família. Eu tinha vontade de ir mas sabia que havia uma coisa que eu tinha de fazer. Por isso disse-lhe Talvez amanhã. Depois subi ao escritório dela, liguei o computador e imprimi *A História do Amor*. Pu-la num envelope castanho e escrevi PARA LEOPOLD GURSKY na parte da frente. Disse à minha mãe que ia sair um bocado para brincar, e ela disse Brincar aonde? e eu disse Em casa do Louis, apesar de ele já não ser meu amigo. A minha mãe disse OK, mas não te esqueças de me telefonar. Depois tirei 100 dólares do meu dinheiro da limonada e enfiei-os no bolso. Escondi o envelope com *A História do Amor* debaixo do casaco, e saí porta fora. Não sabia onde ficava a Grand Street mas tenho quase doze anos e sabia que ia dar com ela.

A + L

A CARTA apareceu no correio sem remetente. O meu nome, Alma Singer, vinha dactilografado na frente. As únicas cartas que eu tinha recebido eram de Misha, mas ele nunca usava a máquina de escrever. Abri-a. Eram duas linhas apenas. *Cara Alma*, dizia. *Por favor venha ter comigo no sábado às 16 horas nos bancos em frente à entrada do jardim zoológico do Central Park. Julgo que sabe quem eu sou. Atenciosamente, Leopold Gursky.*

Nicole Krauss

Não sei há quanto tempo estou sentado neste banco aqui no parque. A luz já quase desapareceu. Enquanto havia luz ainda pude admirar as estátuas. Um urso, um hipopótamo, um animal de cascos fendidos que eu tomei por um bode. Pelo caminho passei por uma fonte. Estava vazia. Parei a ver se via algumas moedas no fundo. Mas havia apenas folhas secas. Estão por todo o lado, a cair, a cair, devolvendo o mundo à terra. Às vezes esqueço-me de que o mundo não obedece aos mesmos ciclos que eu. Que nem tudo está a morrer, e que aquilo que está a morrer acabará por retornar à vida, com um bocadinho de sol e o estímulo habitual. Às vezes penso: sou mais velho do que esta árvore, mais velho do que este banco, mais velho do que a chuva. E no entanto. Não sou mais velho do que a chuva. Há anos que ela cai e assim continuará depois de eu partir.

Li a carta outra vez. *Julgo que sabe quem eu sou*, dizia. Mas eu não conhecia ninguém chamado Leopold Gursky.

Resolvi ficar aqui sentado à espera. Não há mais nada que eu tenha para fazer na vida. Talvez fique com as nádegas doridas, mas do mal o menos. Se ficar com sede não será crime nenhum ajoelhar-me e lamber a relva. Gosto de imaginar os meus pés a criar raízes no chão e o musgo a crescer-me sobre as mãos. Talvez até tire os sapatos para acelerar o processo. Terra molhada entre os dedos, como se fosse um menino outra vez. As folhas crescer-me-ão entre os dedos. Talvez apareça uma criança a trepar por mim acima. O rapazito que eu vi a atirar pedras para a fonte seca, esse era suficientemente novo para trepar árvores. Via-se bem que era demasiado sábio para a idade. Provavelmente acreditava que não era feito para este mundo. Apeteceu-me dizer-lhe: *Se não fores tu, quem será?*

Talvez fosse mesmo de Misha. Era o género de coisa que ele era capaz de fazer. Eu ia lá ter no sábado, e lá estaria ele sentado no banco. Tinham passado dois meses desde aquela tarde no quarto dele, com os pais a gritar do outro lado da parede. Dir-lhe-ia o quanto senti a sua falta.

Gursky – soava a russo.

Talvez fosse de Misha.

Ou talvez não.

Às vezes não pensava em nada e outras vezes pensava na minha vida. Pelo menos tinha uma vida. Que tipo de vida? Uma vida. Não era fácil. E no entanto. Descobri que há muito poucas coisas intoleráveis.

Se não fosse de Misha, talvez fosse do homem de óculos que trabalhava nos Arquivos Municipais no n.º 31 de Chambers Street, aquele que me chamava Miss Carne de Coelho. Eu nunca lhe perguntara o nome, mas ele sabia o meu, bem como a minha morada, visto que eu tivera de preencher um formulário. Se calhar tinha encontrado alguma coisa – um ficheiro ou um certificado. Ou então julgava que eu tinha mais de quinze anos.

Houve uma altura em que vivi na floresta, ou nas florestas, no plural. Comia lagartas. Comia insectos. Comia qualquer coisa que pudesse meter à boca. Às vezes ficava agoniado. Tinha o estômago numa lástima, mas precisava de trincar alguma coisa. Bebia água das poças. Neve. Tudo o que me fosse dado encontrar. Às vezes escondia-me nos celeiros que os camponeses tinham em redor das aldeias. Eram um bom esconderijo porque eram ligeiramente mais quentes no Inverno. Mas estavam cheios de roedores. Pensar que comi ratazanas cruas – é verdade. Aparentemente, queria viver a todo o custo. E havia uma única razão para isso: ela.

A verdade é que ela me disse que não me podia amar. Quando disse adeus, estava a dizer adeus para sempre.

E no entanto.

Fiz por esquecer. Não sei porquê. Pergunto-me muitas vezes porquê. Mas o que é certo é que o fiz.

Ou talvez fosse o velhote judeu que trabalhava no Cartório Notarial no n.º 1 de Center Street. Tinha ar de quem podia ser Leopold Gursky. Se calhar sabia alguma coisa acerca de Alma Moritz, ou de Isaac, ou d'*A História do Amor*.

Lembro-me da primeira vez que me dei conta de que podia ver coisas que não estavam presentes. Tinha dez anos de idade, vinha da escola a caminho de casa. Alguns rapazes da minha turma passaram por mim a correr, rindo e gritando. Eu queria ser como eles. E no entanto. Não sabia como. Toda a vida me sentira diferente dos outros, e a diferença era dolorosa. Até que dobrei a esquina e foi então que o vi. Um enorme elefante, estacado no meio da praça. Sabia que o estava a imaginar. E no entanto. Queria acreditar.

Por isso tentei.

E descobri que conseguia.

Ou talvez a carta fosse do porteiro do n.º 450 da zona oriental da 52nd Street. Talvez ele tivesse perguntado alguma coisa acerca d'*A História do Amor* a Isaac. Talvez Isaac lhe tivesse perguntado o meu nome. Talvez tivesse descoberto quem eu era antes de ele morrer, e tivesse deixado alguma coisa ao porteiro para me dar.

Depois desse dia em que vi o elefante, comecei a permitir-me ver mais e acreditar mais. Era um jogo que eu jogava comigo mesmo. Quando contava a Alma as coisas que via, ela ria-se e dizia-me que adorava a minha imaginação. Para ela, transformava pedrinhas em diamantes, sapatos em espelhos, transformava vidro em água, dava-lhe asas e desencantava pássaros das suas orelhas, deixando-a encontrar as penas nos bolsos do casaco; fazia de uma pêra um ananás, de um ananás uma lâmpada, de uma lâmpada a lua, e da lua uma moeda que eu atirava ao ar pelo seu amor, com caras de ambos os lados: sabia que não podia perder.

E agora, já no fim da vida, mal sei distinguir entre o que é real e aquilo em que eu acredito. Por exemplo, esta carta na minha mão – consigo senti-la entre os dedos. O papel é macio, excepto nos cantos. Posso desdobrá-lo e voltar a dobrá-lo. Tão certo como eu estar aqui sentado, esta carta existe.

E no entanto.

No meu íntimo, sei que a minha mão está vazia.

Ou talvez a carta fosse do próprio Isaac, que a poderia ter escrito antes de morrer. Talvez Leopold Gursky fosse mais uma personagem do livro. Talvez houvesse coisas que ele me queria dizer. E agora era demasiado tarde – quando lá fosse amanhã, o banco do parque estaria vazio.

Nicole Krauss

Havia tantas maneiras de estar vivo, mas apenas uma maneira de estar morto. Assumi a posição. Pensei: ao menos aqui encontram-me antes de eu empestar o edifício todo com o meu cheiro. Depois de Mrs. Freid morrer, e de ninguém saber dela durante três dias, vieram pôr-nos papéis debaixo da porta dizendo *É FAVOR DEIXAR AS JANELAS ABERTAS DURANTE O DIA DE HOJE, ASSINADO, A GERÊNCIA*. E assim todos gozámos de uma brisa fresca em honra de Mrs. Freid que viveu uma vida longa e cheia de estranhas reviravoltas que ela jamais poderia ter imaginado em criança, a culminar numa derradeira excursão à mercearia para comprar uma caixa de bolachas que ainda estavam por abrir quando ela se deitou para descansar um bocado e o seu coração parou.

Pensei: o melhor é esperar ao ar livre. O tempo virou para pior, uma aragem fresca cortou o ar, as folhas estremeceram. Às vezes pensava na minha vida, outras vezes não. De vez em quando, em momentos de maior ansiedade, realizava um pequeno exame: não se tratava sequer de saber se ainda conseguia sentir as minhas pernas ou nádegas, mas tão-só de responder à pergunta: o teu coração está a bater?

E no entanto.

Fui paciente. Sem dúvida que havia outros como eu, noutros bancos do parque. A morte estava ocupada. Tantas pessoas a acudir. Para que ela não pensasse que era falso alarme, tirei o cartão que trago dentro da carteira, e prendi-o com um alfinete na lapela do casaco.

Nicole Krauss

Há cem coisas que podem mudar as nossas vidas. E durante alguns dias, desde que recebi a carta até ir ter com quem quer que fosse que ma enviara, tudo era possível.

Um polícia passou por mim. Leu o cartão pregado ao peito e olhou para mim. Pensei que me ia pôr um espelho debaixo do nariz, mas limitou-se a perguntar se estava tudo bem. Eu disse que sim, o que é que eu havia de dizer, olhe, passei a vida toda à espera dela, era o oposto da morte – e agora continuo aqui à espera?

O sábado chegou finalmente. O único vestido que tinha, aquele que vesti no Muro das Lamentações, estava-me demasiado pequeno. Por isso vesti uma saia e enfiei a carta no bolso. Depois pus-me a caminho.

Agora que a minha está quase a acabar, posso dizer que a coisa que mais me surpreendeu na vida é a nossa capacidade de mudança. Num dia somos uma pessoa e no dia seguinte dizem-nos que somos um cão. A princípio, é difícil de suportar, mas passado pouco tempo aprendemos a não ver isso como uma perda. Às vezes chega a tornar-se hilariante verificar quão pouco precisamos que se mantenha na mesma para que prossigamos esse esforço a que chamam, à falta de melhor, ser-se humano.

Saí da estação de metro e encaminhei-me para o Central Park. Passei pelo Plazza Hotel. Já era Outono; as folhas começavam a tornar-se castanhas e a cair.

Entrei no parque pela 59th Street e subi o caminho até ao jardim zoológico. Quando cheguei à entrada caiu-me o coração aos pés. Havia para aí uns vinte e cinco bancos seguidos. Havia pessoas sentadas em sete deles.

Como é que eu havia de saber qual deles era ele?

Caminhei de um lado para o outro diante dos bancos. Ninguém olhou para mim duas vezes. Finalmente sentei-me junto a um homem. Ele não me prestou atenção.

O meu relógio marcava 16h02. Talvez estivesse atrasado.

Uma vez estava escondido num celeiro quando a SS apareceu. A entrada estava escondida por uma fina camada de palha. Os passos deles aproximaram-se, conseguia ouvi-los a falar uns com os outros como se estivessem dentro dos meus ouvidos. Eram dois homens. Um deles disse, *A minha mulher anda a dormir com outro homem*, e o outro disse, *Como é que sabes? Não sei, mas desconfio*, ao que o segundo homem retorquiu, *Desconfias porquê?* enquanto o meu coração entrava em detenção cardíaca, *É só um palpite*, disse o primeiro e eu imaginei a bala que estava prestes a perfurar-me o cérebro, *Não consigo pensar direito*, disse ele, *perdi o apetite por completo*.

Passaram quinze, vinte minutos. O homem ao meu lado levantou-se e foi-se embora. Uma mulher sentou-se e abriu um livro. Um banco mais abaixo, uma outra mulher levantou-se. Dois bancos mais abaixo, uma mulher sentou-se e embalou um bebé num carrinho ao pé de um velhote. Três bancos mais abaixo dois namorados riam-se e davam as mãos. Depois vi-os levantarem-se e desaparecerem. A mãe foi-se embora com o carrinho. Restava a mulher, o velhote e eu. Passaram mais vinte minutos. Já começava a fazer-se tarde. Pensei que quem quer que fosse já não vinha. A mulher fechou o livro e foi-se embora. Restava o velhote e eu. Não sei do que é que eu estava à espera. Comecei a andar. Passei pelo velhote. Tinha um cartão pregado à lapela com um alfinete. Nele lia-se: *CHAMO-ME LEO GURSKY NÃO TENHO FAMÍLIA POR FAVOR LIGUE PARA O CEMITÉRIO DE PINE-LAWN TENHO LÁ UM TALHÃO NA PARTE JUDAICA OBRIGADO PELA SUA CONSIDERAÇÃO.*

Por causa dessa mulher que se fartou de esperar pelo seu soldado, sobrevivi. A única coisa que ele fez foi remexer a palha ao de leve para chegar à conclusão de que não havia nada por baixo; não tivesse ele a cabeça tão cheia e eu teria sido descoberto. Às vezes pergunto-me o que lhe terá acontecido a ela. Gosto de imaginar a primeira vez que ela se inclinou para beijar esse desconhecido, como ela se terá sentido ao enamorar-se dele, ou simplesmente por fugir à sua solidão, que é como um pequeno nada que despoleta um desastre natural noutro ponto do mundo, e neste caso o contrário de um desastre, a forma como ela me salvou acidentalmente a vida por um acto irreflectido de misericórdia e sem que alguma vez o soubesse, e como isso faz igualmente parte da história do amor.

Nicole Krauss

Detive-me diante dele.
Ele mal pareceu dar por mim.
E eu disse, «Eu sou a Alma.»

E foi então que a vi. É estranho o que o espírito pode fazer quando é o coração quem comanda. Pareceu-me diferente da imagem que eu tinha dela. E no entanto. Igual. Os olhos: foi assim que a conheci. E pensei, Com que então é assim que nos enviam o anjo. Cristalizado na idade em que mais nos amou.
Ora vejam só, disse eu. *O meu nome preferido.*

Nicole Krauss

«Fui baptizada em honra de todas as personagens femininas de um livro chamado *A História do Amor*», disse eu.

Fui eu que escrevi esse livro, disse eu.

Nicole Krauss

«Oh», disse eu. «A sério. É um livro real.»

A História do Amor

Eu continuei a reinar: *não podia estar a falar mais a sério.*

Não sabia o que dizer. Ele era tão velho. Se calhar estava só a brincar ou talvez estivesse confuso. Para meter conversa, disse: «Você é escritor?»

Ele respondeu: «De certa maneira.»

Perguntei-lhe o nome dos seus livros. Ele disse que um era *A História do Amor*, e que outro se chamava *Palavras para Tudo*.

«É estranho», disse eu. «Se calhar há dois livros chamados *A História do Amor*.»

Ele não disse nada. Os seus olhos brilhavam.

«O de que eu estou a falar foi escrito por Zvi Litvinoff», disse eu. «Escreveu-o em espanhol. O meu pai ofereceu-o à minha mãe quando se conheceram. Depois o meu pai morreu, e ela pô--lo de lado até há coisa de oito meses, quando alguém lhe escreveu a pedir para ela o traduzir. Agora já só lhe faltam alguns capítulos. N'*A História do Amor* a que eu me refiro há um capítulo chamado "A idade do silêncio", e outro chamado "A origem dos sentimentos" e outro chamado...»

O homem mais velho do mundo desatou a rir.

E disse, «O que é que me estás a dizer, que também estavas apaixonada pelo Zvi? Não bastava apaixonares-te por mim, tinhas de te apaixonar por mim e pelo Bruno, depois só pelo Bruno, e depois já nem pelo Bruno nem por mim?»

Estava a começar a ficar nervoso. Talvez ele fosse maluco. Ou demasiado só.

Estava a começar a escurecer.

«Desculpe», disse eu. «Não estou a perceber.»

Percebi que a tinha assustado. Já era tarde para discutir. Tinham passado sessenta anos.

Desculpa, disse eu. *Diz-me quais foram as partes que mais gostaste. E «A idade do vidro»? Queria fazer-te rir.*

Os olhos dela arregalaram-se.

E também chorar.

Ela parecia agora assustada e surpreendida.

Até que se me fez luz.

Parecia impossível.

E no entanto.

E se as coisas que eu julgava possíveis fossem afinal impossíveis, e as coisas que eu tinha por impossíveis na verdade não o fossem?

Por exemplo.

E se a rapariga que estava ali sentada ao pé de mim fosse real?

E se ela se chamasse Alma, em honra da minha Alma?

E se o meu livro nunca se tivesse perdido em inundação nenhuma?

E se...

Vi um homem a passar.

Desculpe, chamei eu.

Sim?, disse ele.
Está alguém sentado ao meu lado?
O homem parecia confuso.
Não compreendo, disse ele.
Nem eu, disse eu. *Importa-se de responder à pergunta?*
Se está alguém sentado ao seu lado?, disse ele.
É isso que eu estou a perguntar.
E ele disse, *Sim*.
Então diga-me, disse eu, *É uma rapariga, de quinze, talvez dezasseis anos, ou talvez catorze mas bem desenvolvida para a idade?*
Ele riu-se e disse, *Sim*.
Sim por oposição a não?
Por oposição a não, disse ele.
Obrigado, disse eu.
Ele afastou-se.
Eu voltei-me para ela.
Era verdade. Ela era-me familiar. E no entanto. Não era muito parecida com a minha Alma, agora que olhava com olhos de ver. Era muito mais alta, desde logo. E tinha o cabelo preto. E tinha uma falha nos dentes da frente.
Quem é o Bruno?, perguntou ela.
Eu estudei a cara dela. Tentei pensar na resposta.
Lá invisível é ele, disse eu.
À sua expressão de susto e surpresa acrescentava-se agora a confusão.
Mas quem é ele?
É o amigo que eu não tive.
Ela olhou para mim, expectante.
É a maior personagem que alguma vez criei.
Ela não disse nada. Tive medo que ela se levantasse e me deixasse ali. Não consegui pensar em mais nada para lhe dizer. Por isso contei-lhe a verdade.

Está morto.

Doeu-me dizer-lho. E no entanto. Havia tanto mais para dizer.

Morreu num dia de Julho em 1941.

Esperei que ela se levantasse e fosse embora. Mas ela ficou, sem pestanejar.

Já tinha ido tão longe.

Pensei, por que não mais um bocadinho?

E mais.

Tinha conquistado a atenção dela. Era uma alegria sentir-me observado. Ela esperou, toda ouvidos.

Tive um filho que nunca soube da minha existência.

Um pombo esvoaçou sobre nós. E eu disse: *Chamava-se Isaac.*

Percebi então que tinha andado à procura da pessoa errada.

Olhei para os olhos do homem mais velho do mundo procurando os olhos do rapaz que se apaixonara aos dez anos de idade.

«Alguma vez se apaixonou por uma rapariga chamada Alma?», perguntei eu.

Ele não respondeu. Os lábios tremiam-lhe. Pensei que ele não tinha percebido, por isso voltei a perguntar-lhe. «Alguma vez se apaixonou por uma rapariga chamada Alma Mereminski que depois veio para a América?»

Os olhos encheram-se-lhe de lágrimas, deu-me duas palmadinhas no braço, mais outras duas. Eu disse: «O filho que você pensa que não sabia da sua existência, por acaso não se chamava Isaac Moritz?»

Senti o coração disparar. Pensei: já vivi este tempo todo. Por favor. Mais um bocadinho não me pode fazer mal. Queria dizer o nome dela em voz alta, ficaria feliz de o pronunciar, pois sabia que de certo modo tinha sido baptizada pelo meu amor. E no entanto. Não conseguia falar. Tinha medo de escolher a frase errada. Ela disse:

O filho que você diz que não sabia – e eu dei-lhe duas palmadinhas. Mais outras duas. Ela procurou a minha mão. Com a outra, dei-lhe duas palmadinhas. Apertou-me os dedos. Dei-lhe duas palmadinhas. Pousou a cabeça no meu ombro. Dei-lhe duas palmadinhas. Pôs-me um braço sobre as costas. Dei-lhe duas palmadinhas. Pôs-me ambos os braços sobre as costas e abraçou-me. Eu não lhe dei mais palmadinhas.

Alma, disse eu.
Sim, disse ela.
Alma, disse eu outra vez.
Sim, disse ela.
Alma, disse eu.
Ela deu-me duas palmadinhas.

A MORTE DE LEOPOLD GURSKY

Leopold Gursky começou a morrer no dia 18 de Agosto de 1920.
Morreu aprendendo a andar.
Morreu quando ia ao quadro na escola.
E uma vez, enquanto trazia um tabuleiro pesado.
Morreu praticando uma nova maneira de assinar o seu nome.
Abrindo uma janela.
Lavando os orgãos genitais durante o banho.

Morreu sozinho, porque tinha vergonha de telefonar a alguém.
Ou então morreu pensando em Alma.
Ou quando decidiu não o fazer.

Na verdade, não há muito mais a dizer.
Era um grande escritor.
Apaixonou-se.
Foi a sua vida.